만남, 그 신비

안영 장편소설
만남, 그 신비

초판 발행 2022년 7월 15일
1판 2쇄 2022년 10월 5일
개정판 2023년 1월 20일

지은이 안 영
펴낸이 서영주
총편집 김동주
편집 김정희　　**제작** 김인순　　**마케팅** 서영주

펴낸곳 레벤북스
출판등록 2019년 9월 18일 제2019-000033호
주소 서울 강북구 오현로7길 20(미아동)
취급처 레벤북스보급　　**전화** 02 944 8300, 986 1361
팩스 02 986 1365　　**통신판매** 02 945 2972

이메일 bookclub@paolo.net
www.paolo.kr

사진 안봉주
디자인 아트리베

ISBN 979-11-969116-3-8

이 책의 판권은 지은이에게 있으며 이 책 내용의 전부 또는
일부를 재사용하려면 지은이의 서면 동의를 받아야합니다.

안 영 장편소설

듀엣 영가(靈歌)

만남, 그 신비

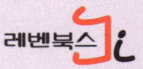

나의 영적 교유(交遊) 이야기
- 개정판을 내면서

　1968년 1월《현대문학》에 발표한 단편소설 「가을, 그리고 산사」. 아주 오래전부터 그 후편을 쓰고 싶었습니다. 저의 소망이기도 했지만, 그 글의 독자 중에는 주인공 수도승이 그 이후 어떻게 세상을 헤쳐나갔을까, 궁금해하는 사람이 많았기 때문입니다.
　하느님의 안배인지 저는 그분과 인연을 맺고 영적 도반(道伴)으로 편지를 나누어 왔습니다. 그동안 혼자만 간직하던 것인데, 이것저것 비움에 신경 쓰는 나이가 되자 그분의 고매한 인격과 폭넓은 지성, 그리고 깊은 영성 등을 독자들과도 나누고 싶어졌습니다. 제 문학과 신앙에 관계되는 부분을 중심으로, 반세기 동안 그분과 나눈 이야기를 소설로 엮어 세상에 내놓습니다.
　독자들의 이해를 돕기 위해, 「가을, 그리고 산사」도 맨 앞에 실었습니다.

　2022년 여름 초판 발행 후, 저는 기대 이상의 반응에 당황스러울 정도였습니다. 여러 매스컴에 기사가 뜨고 독자들의 문자, 카톡, 메일, 전화 등이 줄을 이었습니다. 읽다 보니 도저히 손을 놓을 수가 없어 새벽까지 한걸음에 읽었다고도 하고, 이토록 가슴 설레며 읽은 책은 드물어서 그 감동의 여운이 오래오래 남는다고도 하며 즐거워했습니다.

    요즘처럼 현실적이고 물질적인 가치관이 팽배한 세상에 이 글이 읽힐까 우려했지만, 그것은 제 기우에 지나지 않았습니다. 역시 인간은 누구나 순수지향의 본성을 가지고 있음을 확인할 수 있어 무척 기뻤습니다.

    몇 군데 영어 문장이 나옵니다. 요즈음 거의 영어가 통용되고 있어 초판에서는 번역문 없이 실었는데, 독자들의 요청이 있어 이번에는 번역문도 함께 실었습니다. 아무래도 장년층 독자들에게는 독해에 어려움이 있었으리라 생각되어 늦게나마 송구스러운 마음을 전합니다.

    한가지 욕심은, 스마트 폰에 취하여 종이책을 멀리하는 젊은 세대들도 이 책에 잠시 머물러 60년대부터 변화해 온 시대상에도 접해 보고, 당시 선배들이 추구했던 정신적 가치의 소중함과 아름다움에 마음을 촉촉이 적실 수 있기를 바랍니다.

    선뜻 출판을 맡아 주신 성바오로 수도회 〈레벤북스〉 대표 김동주 수사님께 다시 한번 감사드립니다.

2023년 1월
분당에서 안 영

나의 영적 교유(交遊)이야기

Ⅰ. 가을, 그리고 산사(山寺) _011
Ⅱ. 여수행 밤 배 _045
Ⅲ. 해후(邂逅) _099
Ⅳ. 새천년을 맞이하여 _129
Ⅴ. 무궁무진한 대화 _187
Ⅵ. 땅속으로 스며든 물줄기 _239
Ⅶ. 피안, 그 아름다운 여정 _269

I.
가을, 그리고 산사(山寺)

1.

　단 세 줄 글이 적혀 있을 뿐인 쪽지였다. 그런데도 이상하게 나의 마음은 울렁이고 있었다. 생활이 너무 무사한 탓이겠지. 다시 오빠의 글을 읽어본다.

　너 어젯밤 짙은 커피 생각난다고 했지?
　지금 곧 나와. 여기 〈수향〉이다.
　오늘은 우리 밖에서 이야기 좀 할까?

　나는 무심코 벽시계를 보았다. 5시 반. 퇴근은 가능하다. 무슨 용건일까. 밤에 집에서도 넉넉히 이야기할 수 있을 텐데 그런 곳으로 나를 다 불러내다니.
　책상을 정리하고 밖으로 나섰다. 〈수향〉은 바로 청사 맞은편에 있는 이 고장 유일의 다방이다. 그렇게 가까운 거리에 두고도 아직 한 번도 들러 보지 않았다는 생각이 이제야 났다. 유치하다 싶은 주황색 페인트가, 문과 창 둘레에 듬뿍 칠해져 있었다. 어색한 기분을 누르고 문을 밀었다. 저쪽 구석에 오빠가 와 있었다. 꼭 무슨 야간학원의 교실 같은 느낌. 다탁도 의자도 심지어는 주위 환경이 너무 허름한 데 실망을 했다. 천장에 매달린 사각형의 스피커가 더욱 눈 거슬리어 이름이 아깝다는 생각. 〈수향〉.

"무슨 일 있었어, 오빠?"

"아니."

"근데 왜?"

"너 커피 사주려고."

"에이, 시시해."

오빠는 나를 바라보며 또 웃었다. 그러더니 한참 만에야,

"너 지금도 그 수도승 생각하니?"

라고 물었다.

너무나 예상 밖이어서 나는 좀 허망했다. 그러나 다음 순간, 나는 이상하게도 더 가슴이 울렁이기 시작했다. 그것은 퍽 빠른 속도로 가슴께를 덥혀 주는, 참으로 미묘한 울렁임이었다.

수도승. 갈대. 대화자. 피곤 피곤, 아야 아야. 동로(東路). 피, 피….

지난 일 년 동안의 숱한 낙서가 다시 내 머릿속을 어지럽히며 다가왔다.

생각하느냐고? 그럼요. 생각하고말고요, 평생이라도 좋아요. 물론 그건 피안이죠. 손 닿을 수 없이 머언! 그래도 좋아요. 아니 그래서 더 좋아요.

그런데 나는 이런 대답을 했다.

"아뇨. 난 오빠가 더 좋아."

엉뚱했다. 머릿속에는 그런 답 생각지도 않았으니까. 오빠도 풀썩 웃었다.

"짜식. 뚱딴지 같군, 좋다. 나를 생각하건 수도승을 생각하건 다 좋아. 이 가을, 다시 등산계획이다. 마음 없니?"

"등산요? 어디로요?"

"백운산."

"또 백운산? 멤버는?"

"남녀 여섯 명 예정. 나를 단장으로."

이번에는 내가 풀썩 웃었다. 오빠도 따라 웃었다. 그리고는 덧붙였다.

"이번 등산은 좀 재밌을 거야. 이젠 경험들을 많이 쌓았으니까."

"홍, 작년처럼 길 잃고 헤매게?"

"이젠 달라. 지리산까지 정복하고 오지 않았어? 결정이나 해라. 오는 토요일 가서 일요일 온다. 갈래, 안 갈래?"

피곤, 피곤. 공양주. 예불(禮佛), 천수(千手). 피 피…. 수도승.

그래 그 수도승이 보고 싶다. 가자. 가서 이번에는 부딪치고 말리라. 대화를 하리라. 기어코!

"가겠어요."

나는 잘라 말했다

2.

그 무렵의 나는 왜 그렇게도 외로웠을까. 그것은 도무지 주체할 수 없는 무게로였다.

대화자! 대화자가 없다는 데서 오는 '홀로감(感)'. 도무지 출구가 없었다. 헤르만 헤세가 말하는, 아니 모든 앞서간 사람들이 말하는 인간의 숙명적 또는 본연적 고독에 앞서 '말벗'이 없다는 외로움까지를 견뎌야 했으니 말해 무엇하랴.

나는 내 대학 시절, 숱하게 일렁이던 고뇌나 홀로감이 실은 얼마나 사치한 감정이었는가를 생각하곤 했다. 그땐 나에게 영화가 있었고, 음악회가 있었고, 언제 어느 때든 불러내면 만날 수 있는 친구들이 있었다. 그런데도 나는 늘 견딜 수 없는 홀로감 속에 흠뻑 빠져 있었고, 어디엔가 나를 구제할 출구가 없나 하고 사방을 두리번거리곤 했었다.

그러나 현재의 나를 돌아보자. 대학 졸업 직후 내 나이 22세, 광양군청 공보실 직원. 교직에 계시는 당숙님 댁에서 하숙. 아무리 써 나가도 뾰족한 것이 나올 리가 없다. 이미 고정된 테두리.

공보실 이야기를 좀 하자. 그해 처음으로 각 시·군에 설치한 공보기관. PR이란 말이 아마 그즈음에 성행하지 않았는가 한다. 정부 시책 PR, 도정 중요시책 PR, 군정 중요업무 PR, 무슨 PR, 무슨 PR…. 나도 그해 처음으로 그 말을 배웠다. 퍼블릭 릴레이션(Public Relation). 공공관계? 그러나 의역해서 '선전'이나 '홍보'로 통용되었다는 게 더 정확할 것 같다.

대학을 졸업할 무렵, 나는 나의 취직 문제에 대해서 별로 염려를 해 본 적이 없었다. 적어도 그때까지는 내가 가고 싶은 길이 막혀 있거나 방해를 받아본 일이 없었다. 그러기에 무슨 일에든지 나는 자신이 있었다. 어디선가 나를 보살피고 있는 수호신의 존재를 믿으며 모든 일에 낙관해 왔었다.

그런 나에게 참 뜻밖의 일이 일어났다. 나를 극진히도 아껴 주시던 우리 과 주임 교수님이 나보다 먼저 나의 진로를 염려하시어 C여고로 추천서를 보내 주셨다. 그런데 그만 보기 좋게 거절을 당한 것이다. 이유는 딱 하나. 나를 만나보지도 않고, 테스트해 보지도 않고, 그들은 나를 거절했다.

"우리는 E대 출신이 아니면 안 씁니다."

그것이었다. 단순히 중앙의 E 대학을 나오지 않았다는 이유로 나는 선도 못 보인 채 거절을 당하고 말았다. 비로소, 학창과 사회가 얼마나 다르다는 것을 깨달았다.

첫발을 디딘 사회에서 내가 받은 첫 선물. 그것은 문자 그대로 환멸이었다. 슬펐다. 아니 우스웠다. 나보다 못한 옛 성적을 가지고 E대에 지원 합격한 동창생들이 우루루 시야에 몰려왔다. 어디서든지 자아를 기르고 보다 나은 내일을 가꾸기에 충실만 하면 된다는 내 생각은 이미 낡은 것이었을까. 학비 댈 부모가 없으니, 장학금을 받으며 고향인 광주에서 공부하겠다는 내 생각은 커다란 계산 착오였을까.

나는 실의에 빠져서 맥없이 천장의 무늬만 세어보곤, 세어보곤 하며 매일을 살았다.

그 무늬를 따라 미로를 방황하며 나의 미래를 점쳐 보던 것도 그즈음에 길들인 버릇이었다.

그런데 어느 날, 동창인 숙과 함께 거리를 쏘다니다가 도청 게시판 앞에서 우리는 멈췄다.

4급 을류 국가 공무원, 각 군청에 파견할 공보요원 모집공고가 붙어 있었던 것이다.

응시자격 : 대학 졸업 이상자

응시과목 : 행정학, 행정법, 공무원법 운운.

우리는 그때 응시과목에서 영 먼 거리를 느꼈다. 승산 없는 도박은 하지도 말라. '행정'의 '행'자도 모르는 주제에.

그러나 우리가 원하는 교직 시험은 없고, 졸업한 지 넉 달이 다 되도록 직장을 못 얻은 우리는 그 공고에 관심을 기울이기 시작했다. 우리는 참 얼토당토않게 행정 공부를 시작하기로 했다. 책은 양쪽이 나누어서 사고 함께 보았다. 한꺼번에 다 살 용의는 조금도 없었다. 그 돈 있음 차라리 문학 전집이나 레코드판을 산다는 심산에서였다.

겨우 엿새의 기일. 밤마다 2시 3시가 되도록 숙과 나는 청승스럽게도 엉뚱한 '행정' 공부에 전념했고, 덕분에 우리는 높은 경쟁률의 관문을 뚫었다. 얼마나 많은 E대 졸업생들이 우리와 어깨를 겨뤘던가. 패배의 허탈을 온몸에 바르고 뒤돌아가는 그네들의 뒷모습을 바라보면서 나는 C 여고 교장의 말을 상기했다.

"우리는 E대 졸업생이 아니면 안 씁니다."

3.

5월 어느 날, 나는 「광양 공보실 근무를 명함」이라는 전남 지사의 임명장을 받고 생후 처음으로 직장생활을 시작하게 되었다.

PR. PR….

일주일에 한 번씩 《광양공보》라는 군보(郡報)를 발간하여 정부 중요시책을 PR하고, 도청 중요업무를 PR하고, 군정 계획과 실적을 PR하고…. 각 읍면 유선방송망을 통해 필요한 사항을 방송하고, 군수 직속 부하가 되어, 적어도 한 달에 한 번씩은 끼기 마련인 모든 행사에 머리를 짜 가며 식사(式辭)를 써 바치고…. 이것이 나의 일과가 되었다.

그런데 그 모든 일을 해나가면서, 나는 왜 그런지 '나의 일'을 하고 있다는 생각을 한 번도 못 해 봤다. 늘 나와는 관계도 없는 일, 남의 일을 대행하고 있다는 생각이었고, 어쩌다 길을 잃어 외도를 하고 있다는 느낌? 행동이나 대화가 거칠고, 문화니 예술이니 하는 것과는 거리가 먼, 그 이질적 분위기 속에서 나는 얼마나 짙은 소외감과 홀로감을 감수해야 했던가.

나는 그저 틈만 나면 책을 읽었고, 앞뒤도 없는 낙서를 했고, 그런 감정의 부스러기를 숙에게 적어 보내곤 했다. 숙은 바다를 곁한 무안군에 가 있었다. 그녀 역시 대화자가 없어 무척 쓸쓸하다는 사연들을 내 편지 위에다 똑똑 떨구어 보내오곤 했다.

책만 읽는 공보실. 편지만 쓰는 공보실. 동료들의 핀잔을 들었지만, 그것마저 내게서 빼앗아 간다면 나는 미치고 말 것이었다. 나는 열심히 일해서 내 시간을 마련했고, 그 여유 시간에 책을 읽었다. 독서. 독서. 그것만이 내 유일한 대화였다. 영화가 있을까, 음악이 있을까, 친구가 있을까, 책, 오로지 그뿐이었다.

그러나 참 이상한 일이었다. 언제부턴가 나는 '생명'이 있는 것을 원하게 되었다. 나 혼자만의 독백으로 그치고 마는 대화가 아니라, 눈빛을 굴리며 마주 앉아 이야기할 그 '인간 대화자'가 절절히 그리워지는 것이었다.

그런데 그 가을이었다. 내가 묵고 있는 아저씨 댁, 오빠가 군에서 제대해 돌아왔다. 좋은 직장을 얻기 위해 무척 힘을 썼지만 여의치 않아 우선 이곳 교육청 말석 하나를 얻어 다니기로 했다고.

오빠는 이따금 외출을 삼가고 내 곁에 머물러 이야기 벗이 되어 주기도 했다. 실제로야 어쨌건, 오빠는 그런대로 명랑했고 동료들과도 어울려 쏘다니곤 했다. 대화가 통하건 안 통하건 술은 그런 것을 초월하는 모양이었다.

"같이 갈까?"

오빠는 때로 어떤 모임에의 동행을 권해 오곤 했지만 나는 모두를 거절했었다. 어디 출구가 없느냐고 호소해 놓고는 정작 문을 열어 주면 또르르 안으로 말려드는, 나는 한 마리의 달팽이. 그런 심상 속에서 가을은 짙어가고 있었다. 발끝에 나뭇잎이 구를 때마다 대화자에의 그리움은 더욱 절실해지고.

오빠가 백운산 등산계획을 짜 온 것은 바로 그 무렵이었다. 멤버는 남녀 6명. 그런데 그 6명이라는 짝수가 싫어 그런다며 내게 꼭 들어와 행운의 쎄븐을 만들어 달란다. 나는 짝수고 행운이고 하는 것엔 관심도 없고, 단지 '등산' 그 자체에 귀가 확 뜨였다. 좋아! 동반자야 누가 됐건 가을의 산경에 취해 보리라. 나는 일행에 끼어들어 그 토요일 백운산을 올랐었다.

백운산. 해발 1,222m. 중봉도 못 올라서 날이 어두워져 버렸다. 준비해 온 몇 개의 손전등이 우리의 앞길을 비춰 주었지만 험준한 산야에선 당황하지 않을 수가 없었다. 수풀, 수풀. 가시넝쿨이 사방에서 튀어나와 얼굴을 할퀴고, 팔다리를 퉁기고…. 밤은 자꾸 깊어지는데 우리를 밝혀 줄 호롱불 빛은커녕 반딧불 빛 하나도 보이지 않았다.

　기진맥진. 그러나 우리는 걸었다. 남자들은 책임감을 느끼며, 여자들은 저들에게 인내심을 과시하기 위해서. 앞장은 오빠가 섰다. 그는 어떤 장애물에 가로채일 때마다 '조심!'이라고 경고했다. 그러면 그것은 잇달아 전달되어 조심, 조심의 연창으로 번지고.

　얼마를 그렇게 헤매다가였다.

　"불빛이다!"

　누군가가 소리치는 바람에 일행은 모두 고개를 휘둘렀다. 그리고는 다 같이 소리쳤다. 저기다! 됐다. 이젠 됐어. 됐어. 그런데 이상도 하지. 우리는 기운이 나는 것이 아니라 몸을 질질 끌며 불빛을 향해 걸었다. 학창시절. 먼 소풍에서 돌아올 때, 저만큼 집 앞이 보이면 힘이 탁 풀리듯 천근만근 몸을 끌고 걸었다.

　그곳은 생각보다 너무나 작고 초라한 암자였다. 창호지로 발라 만든 초롱이 처마 끝에 걸리어 깜박이고 있었다. 저것이 바로 우리를 구제해 준 빛이구나 생각하니 신통했다. 꼭 닫힌 세 개의 영창과 두 켤레의 신발, 불빛에 보이는 것이라곤 그뿐이었다.

　실례합니다. 남자들이 번갈아 소리를 높였다. 한참 만에 인기척이 나고 영창이 열렸다. 스님이었다. 일행은 다투어 자초지종을 이야기하고 하룻밤 묵어가게 해 달라고 간청을 했다. 그런데 스님은 태연히 말했다.

"저 밑으로 한참 가면 하 백운암이 있소. 그리로 가시오. 이 상 백운암은 원체 비좁아 아예 손님을 받지 않고 있습니다. 안됐습니다."

청천벽력이었다. 이젠 정말, 한 발자국도 더는 못 간다. 하 백운암이 아니라 중 백운암이 있다 해도 못 간다. 우리는 모두 나서서 사정사정했다. 앉아서라도 새고 가겠습니다. 앉아서라도 밤만 지내게 해 주십시오. 부엌이라도 좋습니다. 제발 부탁입니다, 스님.

"몇 시요?"

퍽 난처한 듯 스님이 물었다.

"열 한 십니다. 곧 자정이에요."

재빨리 내가 대답했다. 스님은 할 수 없다는 듯 다른 한쪽 방문을 열고 들어갔다. 그리고 키 큰 청년 스님을 데리고 나왔다. 그는 자다 깼는지 눈을 비비고 있었다.

"할 수 없소. 법당에서 지내시오."

스님이 그에게 말했다. 그리고는 우리를 향해 근엄히 말했다.

"도저히 안 될 일이지만, 밤이 너무 늦어 할 수 없구려. 저 사람은 여기 와 있는 수도승이오. 방 조심히 쓰고 너무 떠들지 않도록 주의해 주시오. 여기는 법당이라는 것을 잊지 마시오."

네, 네. 우리는 그저 고마워서 허리를 굽실거리며 인사를 드렸다.

문을 열고 들어선 방. 글쎄 그 방의 크기를 얼마나 하다고 설명하면 좋을까. 우리 직장에서 쓰는 테이블 네 개를 보태 놓은 것만이나 하다 할까. 이 판국에 작고 크고가 문제냐며 짐을 풀어놓고,

남자들은 불 피우기, 여자들은 쌀 씻기, 큰 돌 셋을 주워다 아궁이를 만들어 포르르 밥을 짓기 시작했다.

밥이 이렇게 맛있는 것인 줄은 예전에 미처 몰랐다며 허둥지둥 저녁을 마치고 나니 자정이 넘어버렸다. 일행은 피로해 죽겠다면서도 화투판을 벌였다. 화투엔 7보다 6의 짝수가 좋을 것 같아 나는 한편 구석으로 빠져나왔다. 실은 화투놀이에 취미가 없기도 했고.

구석에는 사과 궤짝만 한 책상이 하나 놓여 있었다. 그리고 책이 쌓여 있었다. 반가운, 반가운 나의 친구. 나는 하나, 둘 뒤적이기 시작했다.

『선가귀감(禪家龜鑑)』.『달마관심론(達摩觀心論)』.『논어(論話)』.『명심보감(明心寶鑑)』….

뭐가 뭔지 알 수도 없는 한자투성이의 책들. 재미가 없었다. 또 뒤적였다. 아니 이건? 이건? 나는 경이감에 차서 동공을 굴렸다.

『Webster Dictionary』.『Gandhi』.『Use of Life』.『Golden Treasury』.『The old Man and the Sea』….

자다 깨어, 언짢은 표정으로 눈을 비비며 나가던 그 야위고 큰 키의 주인공이 눈에 어른거렸다. 또 뒤적였다.『생활의 발견』.『바이블』.

누구일까. 수도승이면서 성경은 왜? 또 뒤적였다. 이번에는 노트였다. 알 수도 없는 한자투성이. 불경인가? 재미가 없었다. 다시 뒤적였다. 또 노트. 첫 장을 열었다. ○월 ○일. 아, 일기! 나는 섬찟 놀라 그것을 덮었다. 뒤를 돌아봤다. 일행은 화투에 한창.

일기….

아직 남의 일기를 훔쳐본 경험은 없다. 내가 밤마다 일기를 쓰기 때문에 남의 일기도 늘 아끼고 조심했다. 그러나 지금은, 지금은 읽고 싶었다. 이 주인공은 누구라는 말인가. 가슴이 달막거렸다. 읽고 싶다는 바람은 호기심 이상의 것이었다. 노트를 들었다. 폈다. 뒤를 돌아봤다. 화투. 나는 차분히 마음을 가라앉히며 수도승의 일기를 읽어 내려갔다.

…

○월 ○일

어젯밤 드디어 집을 나서다. 대문을 나서 걸음 돌이켜 집을 보니 조부님 입에 무신 담뱃불이 보이다. 눈물이 쏟아지려고 쏟아지려고 하다. 11시 C읍 출발. 마지막 불빛이 보일 때까지 갑판에 서서 C읍 바라보다. 새벽 3시 20분 여수 착. 순천·광양 거쳐, 멀리 나의 목적지 백운산을 바라보고 주위 촌락, 누런 보리밭을 구경하며 걷다. 효봉 스님이 일러 주신 대로 산밑 이 씨 집 찾아 짐 맡기고 점심 먹고 산 오르다. 산길 이십여 리. 하 백운사부터는 오색 창연한 기암괴석. 문자 그대로의 수림 굴속을 오르다. 복더위에 그곳을 못 간다는 효봉 스님 말씀을 상기하다.

드디어 상 백운암. 보조국사(普照國師)께서 창건하셨다는 이 암자. 또한 주천하지제일(周天下之第一)이라 칭찬하셨다는 이 백운산. 마침내 바라고 바라던 곳에 오다. 감개무량. 울창한 수림은 이곳에서 처음보다. 스님께 인사하고 저녁 후 일찍 자다.

○월 ○일

새벽 예불 후 『명심보감(明心寶鑑)』 일독(一讀). 동봉 등산. 나는 무엇하러 여기 왔는가. 꿈. 반쯤 미치다. 조부님 절치통곡.

오후, 스님과 함께 약쑥 뜯으러 뒷산 오르다. 북으로 지리산. 아래로 섬진강, 하동 악양골. 서로는 광주 무등산. 남으로는 여수 앞바다. 다도해. 날씨가 좋으면 거제도 미륵산도 보인다고 하다.

○월 ○일

또 꿈. 다리가 하나 없고 생의 낙오자가 되다. 나의 이 벅찬 운명을 어떻게 타개할 것인가. 멀고 높고 험한 산은 천천히 천천히, 그리고 천천히…. 또한 쉬지 않고 꾸준히, 쉬지 않고 꾸준히 오르지 않으면 안 된다. 『초발심자경문(初發心自警文)』 일독.

○월 ○일

자신을 알자. 꿈속의 내가 내 자신이다. 다리가 없고 인생에 낙오한, 얼마나 비참한가? 그러나 지금의 내 정신은? 지금의 내 신체는? 지금의 내 의지는? 그렇다면 미래의 나는?

○월 ○일

효(曉) 3시 기상, 예불. 동로(東路) 풀 베다. 오후 목욕. 스님이 내 머리를 삭도질 하고 내가 스님 머리를 삭도질 하다. 저녁. 스님과 불가에 대한 즐거운 담화.

○월 ○일

무슨 일이든지 시작 전에 그 일을 끝까지 할 수 있는가 생각한 뒤 결심 작정하고 한 번 손댄 일은 끝까지 완결하라. 적어도 나는 이곳에 5년~10년은 있어야 할 것이다. 그래야만 무엇이 하나 해결되지 않겠는가.

○월 ○일

효(曉) 예불. 냉수마찰. 동로 산책. 기관지 음이 자꾸 들리다. 백운산 허리를 감도는 저 구름덩이. 아름다운 산경(山景). 내가 만일 시인이었다면! 워즈워스가 느낀 자연도 이보다는 아름답지 못했으리라.

○월 ○일

예불 후 동대(東臺) 오르다. 숨이 차다. 오후, 당국화를 솎아 아래 샘 주위에 꽃밭 일구다. 스님 산 아래 다녀오시다. 이 씨 집에서 조부님 하서(下書) 찾아다 주다. 집은 나 떠난 후 인간암자처럼 적적, 조부님은 내가 무얼 먹고 사나 혼자 눈물 흘린다고 하시다.

집. 아버지도 어머니도 버리고 간 집. 최후의 나마저 버리게 된 집.

○월 ○일

동녘 숲 산책. 회의. 나는 여기 무엇하러 왔는가? 부처를 알려고? 건강을 위해서? 정신안정을 위해서? 아니다. 아니다. 나는 무엇인가. 하나를 캐내지 않으면 안 된다. 온전한 나의 것으로. 기운을 내자. 저녁. 스님으로부터 출가의 동기를 듣다. 나만 보면 자기 과거 이야기를 하게 된다고, 나더러 자기 '마귀'라고 하시다.

○월 ○일

지인들께 편지 쓰는 것에 대해 생각하다. 완전히 속세를 떠나고 싶었다면 끊어야 할 게 아닌가. 결심하자. 내 뜻을 이룸에 필요한 사연 외에는 일절 삼가기로. 괴롭더라도 삼가기로. 오후 3시간 반 동안 동로(東路) 풀 베다. 피곤 피곤.

○월 ○일

효 예불. 『명심보감』 독료(讀了).

오전, 가랑비, 안개비 속으로 동로 두 번 왕복. 명상의 길. 명상의 시간. 아, 나의 동로. 한 시간쯤 지나니 날씨가 쾌청. 비 온 뒤끝의 청아함. 옥룡 들, 순천 들이 연초록으로 덮이다.

저녁 후, 낫 들고 동대 올라 풀 베다. 그리고 잔잔한 황혼을 보다. 구름, 구름. 은회색의 북운(北雲). 암홍색(暗紅色)의 동운(東雲). 그리고 서녘의 채운(彩雲).

○월 ○일

오전, 스님과 폭포 밑 딸기 따러 가다.

살어리 살어리랏다. 청산에 살어리랏다. 딸기가 많고도 많다. 계피도 많고.

저녁. 동로 산책. 나는 이 말할 수 없이 마음에 드는 동편 바위 숲 오솔길에서 나의 사상을 가꾸리라. 자연 속으로 완전히 녹아들려면, 첫째, 엄(嚴)을 배우지 않으면 안 될 것이다. 내 심신의 상하고 병듦을 고치기 위해서도 급선무.

○월 ○일

종일 폭풍우, 『대학(大學)』 일독.

나는 나의 게으름과 싸우고 낮잠과 겨루지 않으면 안 된다. 오전은 수심(修心), 오후 노동. 아침은 작심(作心). 저녁은 반성. 필요하지 않은 것은 보지도 말고 듣지도 말고, 또한 생각지도 만다. 필요한 것만 조금씩 보고 듣고 생각한다.

오후. 『생활의 발견』, 그리고 셰익스피어 읽다.

○월 ○일

아저씨, 경훈, 정(丁)에게 편지 쓰다. 끊어야 하는데. 입산이 나의 진정에서 우러나온 것이었다면 끊어야 하는데….

효 3시 일어나 지금(밤 10시)까지 눕지도 않고 기대지도 않다. 하면 된다. 내일도 그리 하리라. 『천수경』 복사. 그리고 『성서』에서 「고린도 전서」 13장 베끼다. 좋고 좋은 글.

○월 ○일

법당에서 자고 3시 일어나 자지 않다. 오전 나무 내다 말리고 오후 서곡(西谷)에서 풀 베다. 저녁엔 바위 밑 약수천 치우다. 피곤, 피곤. 열이 나고 기침이 잦더니 기어이 객혈. 혈담(血痰). 혈담. 내 나이 지금 25세. 혈기 방장. 무서운 것 없이 정진할 때. 그런데 아아, 이

건강. 통재(痛哉)! 의지로 몸을 이끌 것, 아직은 노래하지 말고 음독(音讀) 말고, 말을 삼가서 빨리 폐를 안정시킬 것. 3시 일어나 마음 새롭히고. 정오에 다시 한번 분발하고, 저녁에 정신을 더욱 가다듬어 그날을 반성하고, 늘 황혼처럼 하루를 빛나게 할 것. 하루하루를 일생과 같이 살 것!

○월 ○일

꿈, 무리 중 내가 우두머리긴 하나 정신이 약하다. 효 예불 후 서산대사께서 지은 『선가귀감』 일독. 너무너무 좋을 글. 복사하고 싶은 글.

오후 이불 호청, 좌복 덮개, 베갯잇 끼고 두루마기 먹물 들이다. 내일 밭에 갓씨 뿌리려고 씨 가지러 하 백운암 내려가는데, 고열. 숨이 차고 기침이 잦다. 내 몸이 이래서야. 내 몸이 이래서야.

○월 ○일

새벽 2시 기상. 천수 치다가 『무량수경』 읽다. 참으로 좋고 좋은 경. 극락세계. 나는 의심 없이 믿는다. 내 직감이 서방정토 극락세계를 보는 한.

오후, 풀 베고 동로 신선대 산책 후 벽에 기대었더니 꼬박 졸다. 수마(睡魔). 퍼뜩 깨어 천수 108번 치다.

○월 ○일

대 폭풍우. 무시무시한 밤. 밤중 내내 부엌에 물 푸다. 잠 못 이루고 『지장경(地藏經)』 독(讀). 좋고 좋다. 경(經)이란 경은 다 좋구나. 아침, 날씨 확 개다. 목욕하고 빨래. 동로 산책. 오 맑은 햇빛 너 참 아름답다. 폭풍우 지난 뒤 너 더욱 찬란해. 크게 노래할 수 없어 괴롭다. 객혈에의 공포. 우선 폐부터 안정시킬 것!

오후, 피곤, 피곤. 정신이 혼탁. 엎드리는 것은 괜찮겠지. 두 시간 낮잠. 깨고 나니 불쾌 불쾌. 참회하다. 그까짓 수마 하나를 물리치지 못하면 다른 군마(群魔)를 어이 물리치랴. 『채근담』 원문 복사하다.

○월 ○일

간밤 잠 한숨 못 자다. 오전 새우잠과 『채근담』 기록에 과로인가? 잠 안 오면 생각은 날개를 타고 나른다. 즐겁던 일, 고통스럽던 일. 대학에서 영문학 강의를 듣고 있는 나. 마산 요양소 생활. 그 암담한 속에서도 클래식 음악을 들으며 평화를 느끼고 희망을 품었던 나. 여기서는 음악 대신 바람 소리, 새 소리를 듣는다.

오전 동로 산책. 오후 배추밭 일구는데 피곤, 피곤. 기침이 심해지더니 피, 피. 아아 나의 건강은? 오호, 통재라!

○월 ○일

구산 스님으로부터 누차 권유받은 「천수경」 외다. 스님은 이 경을 세 번이나 염하고 크게 공덕을 보셨다고 하시다. 열심히 염했더니 꿈에 혓바닥이 벗겨지고 전신이 허둘을 벗으며 속에서 온갖 오물이 나왔다고 하시다.

○월 ○일

오늘이 추석. 종일 비 내리다. 몸 불편한 것으로 치고 내내 자는데 꿈에 조부님, 아버님, 자꾸 보이다. 고향의 뒷산이었을까. 저녁 산책에서 돌아오니 아버지께서 와 계시다. 내가 빨리 걸어와 한참 동안 숨찬 걸 보시고 정상이 아니라며 아직도 폐가 안 좋으냐 물으시다. 아무 일 없다고 답하다. 아직껏 아버지 앞에서는 위엄에 눌리다. 꿈 속인데도.

함께 산책할까, 물으시어 뒷산 한 바퀴 돌다. 백운산에 있는 취지 말씀드리고 몸이 좋아지는 대로 의과(醫科)를 해 보겠다고 말씀드리니 매우 기뻐하시다. 무서운 잠재의식. 그래. 나는 의과를 가서 나의 폐를 고쳐 보겠다는 것인가?

○월 ○일

화창한 가을. 탑 너머 나무하러 갔다가 입이 검어지도록 머루 따 먹다. 단풍, 단풍. 온산이 한 덩이 단풍으로 물들다. 밟히는 것은 낙엽. 나부끼는 것은 억새 풀. 머언 산 푸른 하늘. 온갖 생각하며 걷다. 나의 미래는?

○월 ○일

효 예불.

밥 짓고 국, 찬 만드는 데도 뉘가 나다. 걸망 빨래하고 방 정리. 나는 내 형편에 맞는 길을 가지 않으면 안 된다. 비록 그 길이 조금 멀더라도 결국은 목적지를 가는 길이면 내 힘에 맞는 길을 택하여 무리 없이 할 일이다. 결코, 모험적이어서는 안 된다. 모든 것은 자연처럼, 서서히, 꾸준히. 마음을 닦아서 행(行)을 고치고, 행을 고쳐서 마음을 닦지 않으면 안 된다. 마치 산을 격(隔)한 굴을 양편에서 파고, 강을 격한 다리를 양편에서 놓듯이.

○월 ○일
　새벽 예불. 근일 계속 무리로 피곤, 피곤. 자리에 누워 『생활의 발견』, 『The Use of Life』 등으로 마음 안정. 좋고 좋은 책.
　오후, 나무 나르고 들깨 찧고 토란 캐어 국 끓이다. 속절없는 식모살이 공양주로다. 밤 군불 솥 더운물에 세수 세족하고 방에 들어와 잠옷 갈아입으면 아아, 안식의 보금자리.

○월 ○일
　이른 아침부터 스님과 억새 풀 베다. 한 시간쯤 베다가 상처. 엄지손가락 깊이 베다. 피. 피. 살이 너풀너풀. 고통 심해 중지하고 내려오다. 아야, 아야. 그러나 그 아픈 손으로 점심 저녁 만들다. 물이 들면 더욱 아야, 아야.

○월 ○일
　나는, 언제쯤이나 바라는 사람이 될꼬.
　꿈. 혼자 쓸쓸히 고향의 뒷산을 오르다. 다리를 언제나처럼 절며 망원경을 손에 들고 가다. 구름 속에 가린 해가 은빛으로 잠시 빛나고 산 위엔 커다란 배가 한 척 뜨다. 거기 영문과 동창생들이 전부 타고 있었다. 밝게 웃으며, 나의 갈 길은? 내 이웃들은 벌써 생의 기반을 이룩했는데.

○월 ○일
효 예불, 천수 치다. 오전, 독서. 어느 책이나 손에 들면 놓을 때까지 기쁨. 행복, 생활에의 의욕이 샘솟다. 밤, 잠이 오지 않다. 하모니 두 알 복용. 약. 도대체 이 많은 약을 내가 언제나 끊게 될 것인가.
어젯밤 꿈. 악몽, 악몽. 아버지와 병원에 들르다. 의사는 희망이 없다고. 아버지, 긴 숨을 몰아쉬며 탄식하다. 오늘 동대 오르고 돌아오는데 기침, 기침. 피, 피. 내 건강은? 내 마지막 길은?

○월 ○일
꿈 이후, 계속 정신 산란. 몸 피곤.
문득 과거를 생각하다. 슬픔의 평화. 나는 언제나 한번 단란한 가정의 평화를 누려볼꼬. 천수로 마음을 밝히고 독서로 정신을 모으며 규칙 생활로 신체를 건강히 하고, 그래서 내 학업을 닦아야 할 텐데.

…

이것은 내 기억력을 더듬어가며 산에서 내려온 날 밤 내 일기에 옮겨본 그의 일기다. 내가 읽은 한 권의 노트를 나는 겨우 이만큼으로 압축할 수 있었다. 그 밤, 산사에서 느낀 여러 가지 빛깔의 감정을 이 압축된 일기가 전달해 줄 수 있을는지.

하여간 그 밤, 그의 일기를 다 읽고 났을 때 나는 완전히 그에게 심취해 버리고 말았다.

입버릇처럼 중얼거려오던 대화자. 그가 바로 이곳에 있다니, 삭발에 승복을 입고 이 심심 고산의 손바닥만 한 흙방에서 피를 토하며 건강과 싸우고 있다니, 억울했다. 누군가가 미웠다. 세상을 주관하는 신은 과연 있을까?

나는 무심코 책상 밑에 손을 넣어 보았다. 파쓰. 나이드라지드. 스트랩토마이신…. 새 병, 빈 병들이 수두룩했다. 움찔 놀라 뒤를 돌아보았다. 나야 감정이 동화되어 있으니 문제없지만, 일행이 알면 언짢아하리라.

그러나 천만다행이었다. 그들은 이미 쿨쿨 단잠에 빠져 있었다. 좁은 공간에서 벽에 등을 기댄 채 다리도 못 뻗고 새우잠을 자고 있었다. 그럴 수밖에. 얼마나 지쳤었다고.

하지만 나는 달랐다. 잠을 이룰 수가 없었다. 이 작은 지붕 밑에 그는 있다. 문만 열면 법당이요, 소리만 치면 들을 수 있는 거리다. 왜 나에게는 용기가 없는가, 수도승이면 어떻고 스님이면 어떻냐. 소원대로 대화만 나누면 되는 것 아니냐.

나는 금방이라도 문을 열고 뛰쳐나갈 사람처럼 문 쪽을 향해 도사리고 앉아 있었다. 그때였다. 분명 밖에서 인기척이 났다. 무서웠다. 무언가 일이 터질 것만 같았다. 정작 인기척이 나고 보니 문을 열고 나갈 용기는 아예 없었다. 숨소리를 죽이며 앉아 있었다.

얼마 후, 똑딱똑딱….

법당 쪽에서였다. 시계를 보니 3시. 아, 효 예불. 후유! 나는 모았던 숨을 한꺼번에 내뱉었다. 그러나 다음 순간 나는 다시 불안해졌다. 이 새벽에 깨어 있는 사람은 그와 나밖에 없지 않은가. 뛰쳐나갈 것만 같은 나를 가누기 위해서 다시 그의 일기를 폈다. 열리는 대로 다시 읽었다. 문득 낙서가 하고 싶었다. 마주할 수 없는 현 위치에 반발이라도 하듯이.

그러나 쓸 말이 없었다. 그냥 앉아 있었다. 불경 외는 소리. 목탁 치는 소리. 이따금 타오르는 촛불이 흔들렸다. 촛물이 흘러내린다. 이대로 뛰어나가 그를 만날 순 없을까. 그러나 용기가 없었다. 다시 무엇인가 하고 싶었다. 그냥은 못 있겠다. 펜을 들었다. 그가 밤마다. 쓰던 거겠지. 잉크를 찍었다. 그러나 그 잉크가 다 마르도록 한 마디도 쓰지 못했다. 또 찍었다, 그리고 또. 또.

그러다가 나는 드디어 썼다. 오늘까지 메꿔진 그의 일기 다음 페이지에다. 처음 몇 줄은 영어로 시작하고, 다음은 우리말로.

...

저는 이 기분으로 도저히 잠을 이룰 수가 없군요. 우선 저를 용서해 주세요. 책이 반가워 뒤적거리다가 일기장을 발견했어요. 무례인 줄 알면서도 읽었습니다. 이 일기를 읽는 동안 제 가슴은 기쁨, 외로움, 슬픔, 탄식 등으로 가득 찼어요. 제가 이 도시에 와서 머무른 이래 오늘 같은 느낌은 처음이에요. 제 진심을 다 모아 빌어 드리겠어요. 스님의 건강을!

진실은 통한다고 합니다. 이 세상에 만일 신이 존재한다면 나의 이 기도를 들으실 겁니다. 용기를 가지세요. 하루속히 자유스러운 몸 되어 큰 뜻 이루시길 비는 마음으로, 여기 시 한 편 적고 가겠습니다. 「베토벤 심포니 NO. 9」 '환희의 송가'를 상상으로 들으며.

갈대
신경림

언제부턴가 갈대는 속으로
조용히 울고 있었다.
그런 어느 밤이었을 것이다. 갈대는
그의 온몸이 흔들리우고 있는 것을 알았다.

바람도 달빛도 아닌 것.
갈대는 저를 흔드는 것이
제 조용한 울음인 것을 까맣게 몰랐다.
 - 산다는 것은 속으로 이렇게
조용히 울고 있는 것이란 것을
그는 몰랐다.

…

쓰고 보니 너무나 초라했다. 평범하기 짝이 없었다. 그러나 나는 자부하고 싶었다. 이것은 나의 '진실'을 잘라 낸 글귀라고. 한 사람의 진실이 고스란히 통해 간다면 초라하고 평범하고가 무슨 문제가 되겠는가. 펜을 놓고 나니 6시. 나는 꼬박 밤을 새우고 만 것이었다.

4.

　불현듯 일어나는 나의 변덕은 때로 나 자신도 어쩔 수가 없다. 앞 일기를 읽고 나자 도저히 갈 수가 없다고 마음을 고쳐먹었다. 이번엔 그때처럼 견디지 못하리라. 작년엔 정말 무척 견디었다. 아니 그 날은 또 어떻고.
　꼬박 밤을 새우고 난 이튿날 우리는 상봉에 오르기 전, 암자 주변에서 몇 장의 사진을 찍었다. 그에게 함께 찍기를 권했으나 그는 시종일관 우리들의 카메라를 맡아 들고 찍어만 주고 말았다.
　핼쑥한 얼굴. 환자임을 알고 보니 더욱 풀이 없어 보였다. 나는 무어라고 말을 붙여 보고 싶어 몇 번이나 그쪽으로 다가가곤 했지만 끝내 용기가 없었다. 차라리 일행에서 빠져나가자. 나는 햇살 따갑게 내려쬐는 동편 담에 기대어 보았다. 그리고 동쪽으로 난 오솔길로 들어섰다. 아, 동로(東路). 이곳이 바로 그의 사상을 숙성시킨 곳인가, 생각하며! 바보, 앞에다 두고도 말을 못 건네다니, 생각하며!
　나는 그 모든 것에 반항이라도 하듯 노래를 부르기 시작했다. 내가 가장 즐겨 부르는 아베 마리아. 아베 마리아. 나는 나의 진심을 불어넣어 그의 건강을 기도하며 슈베르트를, 구노를, 잇달아 불렀다. 되도록 곱고 큰 소리가 되길 원하면서, 그리하여 사진사가 되어 있는 그의 귀에까지 울려가길 원하면서, 그러고는 또 오 맑은 태양 너 참 아름답다, 성문 앞 우물 곁에 서 있는 보리수, 머릿속 가곡집을 한 장 한 장 뒤지며 노래, 노래, 노래로 사위를 맴돌았다.

얼마 후 우리는 상봉 정복에 나섰다. 발아래 깔린 구름, 그 위에 둥둥 떠서 어디 천상으로나 오르는 듯한 기분. 그 너른 섬진강도 한 줄 실개천 되어 가늘게 흐르고 세상은 온통 내 발아래, 내 눈 아래…. 험한 벼랑이 나올 때마다 오빠가 손을 잡아준다고 내밀었다. 그러나 나는 매양 거절했다. 앞장을 뻿겨선 안 된다고 안간힘 쓰며, 어떤 바위건 어떤 벼랑이건 다 스스로 건너치웠다. 모든 것이 내 것이었다. 이 통쾌한 정복감!

그러나 나는 자꾸만 마음이 비었다. 수도승…. 그렇듯 내가 심취해 버린 대화자를 왜 그냥 두고 가야 하는가. 한마디 말도 건네 보지 못한 채, 그냥 이렇게 떠나가야 하는가.

집에 돌아와서도 생각은 늘 산에 있었다. 피곤, 피곤. 첫날보다는 둘째 날에, 둘째 날보다는 셋째 날에 더욱 쑤시고 아려오는 다리를 주무르며 나는 또 아야, 아야. 하나에서 열까지 모든 생활이 산사의 수도승에게로 연결되어가는 것을 어쩌랴.

편지를 쓰고 싶었다. 긴긴 편지를 쓰고 싶었다. 그러나 나는 참지 않으면 안 되었다. 그가 연락 주고받는 산 밑 이 씨 집 주소가 없어서이기도 하지만, 그보다는 더 큰 이유가 있었다. 그는 지금 가까스로 세상과의 연을 끊으려고 애를 쓰고 있지 않은가. 참자. 내가 할 수 있는 일은 그의 건강을 비는 일이다. 그것이 전부다. 스쳐

가는 정도의 동정으로가 아니라, 내 진심을 다해서 기도하자. 편지를 쓰는 것은 역행이다. 오로지 기도가 있을 뿐이다.

　나는 끝내 편지를 쓰지 않았다. 그러나 한 가지, 누구에겐가 나의 이 비밀을 말해 버리고 싶었다. 비밀이란 가슴에 간직했을 때가 소중하다지만 그러나 가슴이 무거워서 견딜 수가 없었다. 수도승의 일기를 훔쳐보고 말았다는 그 어쩔 수 없는 죄의식이 늘 나를 괴롭혔다. 누구에겐가 싸악 털어놓고, 그와의 공범의식으로 나의 죄책감을 줄이고 싶었다.

　그리하여 지난봄, 겨우내 지녀온 인내를 끊고, 나는 그 모든 것을 오빠에게 고백했던 것이다. 그렇다. 이번에 등산을 거부한 것은 현명했다. 비밀을 털어놓아 버렸으니 오빠는 그저 내 눈치만 엿보겠지. 함께 갔다면 완전한 내 위치는 죽는 것이다. 아니 나는 예기치 않은 파격을 이룰는지도 모르지 않는가.

　이튿날 등산에서 돌아온 오빠가 현관에 들어서며 맨 처음 부른 것은 나였다.

"야, 선물 가져 왔어. 네겐 아주 큰 거야."

"뭐, 열매? 낙엽?"

"낙엽? 따지면 그렇지. 하나의 분신이니 낙엽은 낙엽이지"

　나는 무슨 말인지 알아들을 수가 없었다. 오빠는 호주머니에 손을 넣더니 네모로 접은 쪽지 하나를 꺼냈다.

'편지? 수도승이 나에게?'

　문득 드는 생각에 가슴이 조금 뛰었다. 오빠는 워커를 벗으면서 차분히 말했다.

"죽어도 안 준다는 것을 억지로 떼를 써서 그때 그 방을 얻었지 뭐냐. 이번엔 노골적으로 직장을 밝혔지. 사찰과 문교부는 관계가 깊거든. 이번엔 내가 너처럼 그의 책상을 뒤진 거야. 일기장이 나오더라. 나도 취해서 읽었지. 그러다가 네 글씨를 발견했어. 「갈대」랑. 나는 문득 그다음에 쓴 그의 일기가 궁금하더구나. 얼른 읽었지. 그러자 너한테도 읽히고 싶은 생각이 나더라. 무례하게도 그의 공책 뒷장 하나를 뜯었다. 그 쪽진 바로 그 일길 베껴 온 거야. 어때? 그만하면 큰 거지?"

"오빠!"

나는 내 방으로 뛰어들어갔다. 혼자 조용히 읽고 싶었다. 콩닥콩닥 달막거리는 가슴을 누르며 나는 쪽지를 폈다.

· · ·

누구였을까. 앞 페이지 글을 보고 섬찟 놀라다. 그리고 내 일기 전부를 처음부터 주욱 읽어보다. 남이 본 나. 내가 본 나. 나의 산사 생활은, 나의 산사 생활은? 고독, 슬픔, 은둔, 한적, …. 나도 알 수 없었다. 갈대란 말인가. 속으로 흐느끼어 몸부림치는 갈대란 말인가. 내 몸이 이처럼 나부끼는 것은 갈대란 말인가.

누구였을까. 무의식중 일행 7인을 더듬어 보다. 필체로 보아 남자이기보다는 여자인 듯.

시를 알고, 음악을 알고. 그렇다. 내 건강이 회복되면 나는 목청껏 '환희의 송가'를 부르리라. 다 잠든 속에 혼자 깨어 이토록 대담한 개입을 할 수 있는 여자.

누구였을까…. 아, 생각나다. 사진 찍는 일행 속에서 빠져나가 동편 담벼락에 기대어, 슈베르트의 아베 마리아를 목청껏 부르던 그 여자는 아니었을까. 마주 앉으면 대화가 통할 것 같다. 그러나 갈대…. 내 몸이 이처럼 흔들리는 것은 바람도 달빛도 아닌 것, 속으로 흐느끼는 몸부림이란 말인가.

...

쪽지를 다 읽은 나는 오빠에게 달려갔다. 그리고는 대뜸,

"나 편지 쓸래, 오빠!" 하고는 단숨에 덧붙였다.

"그는 오해하고 있어요. 내가 「갈대」를 쓸 땐 그런 생각 전혀 안 했단 말이에요. 그쪽만 그러는 게 아니라 이 세상 모든 사람은 다 제가끔 자신을 울고 있는 거라고, 비관하지 말라고, 그런 의도였단 말이에요."

"네 마음은 다 알아. 하지만 주소 성명도 없잖아?"

"상 백운암 수도승 귀하, 하지 뭐."

"우체부가 알피니스트인 줄 아니?"

정말 그렇다. 나는 산 밑 이 씨 집 주소를 모르고 있으니.

짙어가는 가을. 발끝에 밟히는 낙엽, 낙엽. 그래서 더욱 절실해지는 대화자에의 열망. 주체할 수 없는 홀로감(感). 그런 내 생활 속엔 그저 보낼 곳 없는 낙서가 쌓이고 쌓일 뿐이었다. 백운산 수도승. 피, 피. 아야, 아야. 동로. 피곤, 피곤. 효 예불. 천수….

5.

그런데 오늘 오빠가 또 나를 불렀다.

이번에는 전화로. 수화기를 통해 취기 서린 유행가 가락이 들려왔다. 나는 편집 중인 《광양공보》를 치워놓고 예의 〈수향〉으로 나갔다.

오빠는, 그 허술한 실내의 한쪽 창가에 혼자 앉아 있었다. 뻐끔뻐끔 끽연에 열중. 무언가 심각한 빛이 감돈다. 조용히 다가갔다. 그리고는 맞은 편에 다소곳이 앉았다. 그래도 오빠는 말이 없다. 답답했다.

"동생 나으리 출두요."

나는 장난기 띤 신고를 했다. 그 무거운 분위기를 깨뜨려 볼 양.

오빠는 그래도 웃지 않는다. 그러더니 한참 만에야 담배를 비벼 끄고선,

"너 지금도 그 수도승 생각하니?" 했다.

나는 오빠를 빤히 바라보았다. 무슨 공식처럼 똑같은 장소에서 똑같은 질문을 던지는 오빠가 이상했다. 한참 만에야 풀썩 웃으면서 나도 공식을 썼다.

"아니 오빠가 더 좋아."

"짜아식. 그래. 하긴 난 네가 좋았지. 네가 원하는 대화자가 되고 싶었던 것도 사실이야. 그러나 넌 달랐다. 늘 손닿지 않는 것에 마음을 두고 있더란 말이야. 수도승. 너는 그와의 대화가 가능하다

고 생각하니?"

"생각하다가 아니죠. 우리는 작년 가을부터 여태 대화를 해 온 거나 다름없어요. 마주 앉아야만 대화인가요. 오빠가 베껴다 준 그의 일기에서 나는 충분히 느낄 수 있었어요. '아, 생각나다. 동편 담벼락에 기대어 슈베르트의 아베 마리아를 목청껏 부르던 그 여자는 아니었을까.' 그 구절은 그대로 우리 대화의 접점인 거예요."

뜻밖에도 나는 흥분해서 지껄였다.

"좋다. 그런데 나 네게 죄를 지었다."

"네? 죄라뇨?"

"지금 너 앉은 자리. 조금 전까지 그 수도승이 앉았다 갔다. 나는 너처럼 가상이 아닌 진짜 그와 대화를 나눴지."

"네에?"

"날 찾아 교육청으로 왔더라. 드릴 말씀이 있다고. 그래 이리로 안낼 했지. 근데 말야. 그 친구 널 묻지 않겠니?"

"네? 저를요? 뭐라구요?"

"형께선 두 번째 저희 방에 들어 쉬셨습니다. 처음 오셨다 가신 뒤, 제겐 비밀이 생겼죠. 일기장에 나그네가 뛰어든 겁니다. 필체로 봐서 여자 같았어요. 이따금 얼굴도 모르는 그 사람과 대화를 나눠도 보고, 마음으로 편지를 나눠도 보고, 그러면서 일 년을 지냈습니다. 그런데 제가 절을 옮길 일이 생겨서 백운산을 떠나게 되었어요. 오늘 저녁 버스로 여수까지 갔다가 밤 배를 타야겠군요. 한 오십 분 여유가 있어요. 어때요. 그 여자 모르십니까? 아실 겁니다, 형께선. 한 번만 만나게 해 주십시오. 저는 떠나는 사람이니까요."

오빠는 목소리까지 바꾸면서 직접화법으로 전달해 주었다.

"그래서요, 오빠?"

"한참 망설이다가 거절을 했어. 넌 너무 민감한 아이니까 말이다. 더구나 엊그제 내가 일기를 베껴다 준 일도 있고 영 안 되겠더라. 문득 힘껏 달음질치며 그 수도승 뒤를 따르는 네가 떠오르기도 하고, 도포 자락을 붙들고 무언가 열심히 호소하는 네가 떠오르기도 하고, 반대로 어쩔 수 없다는 듯 그의 도포 자락에 억지로 끌려가는 네가 보이기도 하고, 순간이었지만 별별 생각이 다 떠오르지 않겠니? 나는 이윽고 입을 열어 말했지. '조금 늦으셨군요. 그 애는 물론 여잡니다. 바로 우리 집안 동생입니다. 그러나 그 애는 지금 이곳에 없습니다. 졸업하고 여기 와 한 일 년 지내다가 지금은 여행을 떠났어요. 백운산으로 편지를 보내고 싶다며 한 장만, 한 장만, 하다가 떠났죠. 정말 안 됐습니다.'라고. 그는 나머지 커피를 천천히 들이켜고는, 알겠습니다. 역시 나그네는 나그네로 떠나가는 게 좋았을 걸, 하며 일어서더구나. 지금쯤 버스는 출발했겠다. 아니, 조금 이르냐?"

나는 아무 말도 듣고 있지 않았다. 내 앞에 놓여 있는 커피잔. 나는 그것을 자연스럽게 잡았다. 오빠가 눈치채지 않기를 바라며. 그리고 뱅뱅, 두 손으로 그것을 돌리며 단지작거렸다. 그의 체온이 손끝을 타고 전해져 오는 것 같았다.

바닥에 보릿목(麥)이 그려진 잔이었다. 푹 익은, 그래서 너섬너섬 수염이 달린 보릿목, 그것은 문득 갈대를 연상케 했다.

갈대, 그렇다. 갈대다. 매양 흔들리고 있으면서도 저를 흔드는 것이 제 조용한 눈물인 것을 까맣게 잊고 서 있는 한 줄기 갈대. 저를 흔드는 것은 바람이거니, 달빛이거니, 라고만 믿고 서 있는 한 줄기 갈대!

나는 잔을 놓고 벌떡 일어섰다. 그리고 달리다시피 행길로 나왔다. 거리엔 차디찬 저녁 공기. 하얗게 직선으로 뻗어 나간 가로 위에서 늦가을 싸늘 바람이 쏴아 몰려왔다.

버스 정류소는 불과 50m 거리에 있었다. 안계(眼界) 속엔 팔래팔래 흩날리는 가로수 이파리들. 그리고 대기 중인 버스들. 어지러웠다. 갑자기 손님을 부르는 차장의 쉰 목소리, 순천·여수요, 순천·여수!

그 순간이었다. 눈앞에 기이한 현상이 일어났다. 정류소를 향해 바람에 밀리듯 유유히 걷고 있는 한 스님. 훌쩍 야윈 몸에 거무테테한 바랑을 메고 한들한들 그가 걸어가고 있었다. 쭉 곧은 가로 위에 긴긴 도포 자락, 회색의 도포 자락을 나부끼면서.

그다. 틀림없는 그다. 나는 뛰기 시작했다. 저 잿빛 도포 자락을 붙들어야 한다는 일념으로, 열심히! 그러나 어인 일이냐. 열 걸음도 못 가서 나는 누군가의 손에 붙들리고 말았다. 오빠였다. 우리는 마주 보고 선 채 아무도 말을 꺼내지 않았다.

드디어 출발을 알리는 클랙슨 소리. 오빠에게 팔을 붙들린 채 다시 정류소 쪽을 돌아보았다. 어느새 가로수 마른 잎만 스산히 나부낄 뿐, 잿빛 도포 자락은 흔적도 없이 사라져 버렸다. 그리고 순천행 버스가 서서히 내 안계에서 밀려 나가고 있었다.

지금은 밤.

나는 아직껏 알 수가 없다.

아까 그 눈앞에 나타난 회색의 도포 자락은 실재였는지, 환상이었는지를.

그러나 한 가지, 이것만은 분명히 말할 수 있다. 오빠의 처사는 옳았다고. 도포 자락을 붙드는 순간, 나와 수도승과의 대화는 끊기고 말리라.

피안의 것은 늘 아름다운 것.
아름다운 것은 늘 영원한 것.
가을, 그리고 산사.
그리고 너와 나의 무성(無聲/茂盛)한 대화.

내일은 내가 오빠에게 커피를 사야겠다. 감사의 커피를.

1967년 쓰고, 1968년 1월 《현대문학》에 발표됨

Ⅱ. 여수행 밤배

1965년 1월 26일, 박정희 대통령은 국회 월남 파병안 동의 여부에 관한 표결에 앞서 "현재 월남을 불태우고 있는 공산 침략의 불씨를 미연에 방지하는 데 협조하는 것이 우리의 안전을 위한 최상의 길이고 또 우리의 의무이기 때문에 월남 파병을 결정하였다." 하고 밝혔다. 미국을 우방으로 둔 우리로서는 어쩔 수 없는 처사였으리라.

　많은 논란이 거듭된 끝에 정부의 월남 파병 동의안은 통과되었고, 우리 국군은 창군 이래 처음으로 타국에 대한 지원을 위하여 월남 전선으로 떠나게 되었다.

　바로 그때 우리 5남매 중 유일한 아들인 오빠는 군의관으로서 파병 장병의 일원이 되었다. 조부님을 비롯하여 온 가족이 긴장하던 그 시절, 나는 다행히 얼마 전에 가톨릭 신앙을 받아들여 세례를 받았기에 밤마다 묵주를 들고 기도하며 오빠의 안녕을 빌었다. 우선 무언가 내가 희생을 해야 오빠가 안전할 것 같아 '연애의 문'에 단단히 빗장을 걸었다. 그리고 열심히 오빠에게 편지를 썼다. 시골에서 조부모님을 모시고 애들 키우랴 농사일 돌보랴, 바쁜 올케가 편지 쓸 틈이 없다고 하니 나라도 고향 소식을 열심히 전하는 게 도리가 아닌가. 일각이 여삼추 같던 세월을 보내고 드디어 오빠가 귀국한다는 날이 되었다.

　올케와 어린 조카를 앞세우고 숙부님, 사촌 등 우리 가족은 여럿이 마중을 나갔다.

　1966년 11월 1일 오후 부산 부둣가.
　일주일 전에 허탕을 치고 돌아갔기에 그날도 오기는 할까, 몹시 불안해하며 기다렸더니 저만큼 빌딩만 한 배가 서서히 들어오는 것이 보였다. '서서히'보다 느린 형용사는 없을까. 배는 거북이처럼 기어오고 있었다. 아아, 답답해라. 손에 손에 태극기, 손에 손에 플래카드, 환영객들은 일 초라도 빨리 배가 닿기를 애타게 기다리는데, 배는 엉금엉금 기어오고 있었다. 오후 1시부터 몸체를 드러낸 배가 오후 2시 15분이 되어서야 임지에 닿았다. 우리는 오빠 이름을 하얀 옥양목에 파란 글씨로 커다랗게 써서 높은 장대에 매달아 들고 서 있었다. 아, 오빠가 이것을 보았으면!
　드디어 성공! 플래카드를 보고 모자를 흔들어대는 오빠의 얼굴을 모두 보았다. 오빠! 형님! 여보! 너무 기뻐 소리 지르다 보니 머릿골이 띵하고 입이 찢어질 것 같았다. 오빠, 돌아오셨군요. 하느님, 감사합니다. 성모님, 감사합니다. 전쟁터에서 임무를 마치고 돌아오는 〈비둘기 부대〉 장병들. 부둣가에 군집한 가족들이 소리 소리 지르고 팔을 흔들며 환호한다. 사과를 던지고, 달걀을 던지고, 화환을 던지고, 주변은 아수라장! 울기도 하고 웃기도 하고 난리다.

배가 점점 가까이 오자 배의 몸체에 커다랗게 써 붙인 글씨가 보인다.

한국이 더 좋아
맹호와 청룡은 이기고 돌아왔습니다
고국의 여러분께 감사드립니다

배가 얼마나 큰지, 선체에 붙어 있는 글자 하나가 사람 몸체만 하다. 귀청이 떠나갈 정도로 가족 이름을 불러대는 군중 속에서 우리도 오빠를 찾아 환호하고 뛰어가 서로 얼싸안았다. 그리고 몇 시간 후 나는 가족과 헤어져, 여수행 저녁 7시 밤 배를 탔다. 다음 날 수업이 있었으므로.

아아, 피곤, 피곤. 그때의 배 사정을 지금 사람들이 어찌 알랴. 1등 칸은 침대 하나 정도 크기인데, 내게 너무 과분하고 3등 칸은 사람들이 어찌나 촘촘히 쪼그리고 앉아 있는지 조금 심란해서 2등 칸을 탔다. 이등 칸이라고 해야 겨우 한 몸 뻗고 누울 만큼의 자리였지만 그래도 그게 어딘가. 나는 가운데쯤 자리를 마련하여 종일토록 지친 피로를 털어보자고 아예 반듯이 드러누웠다. 그리고는 월간지 《문학》을 폈다. 《문학》은 당시 영문학자요 황순원 선생님과 가장 친한 친구 원응서 선생님이 새로이 펴낸 문학 잡지였다. 그리고 거기, 등단한 지 얼마 안 되는 나의 단편 소설이 실렸었다. 나는 밤 배에서 읽으려고 그 책을 가지고 갔던 것이었다.

그런데 자리가 몹시 편치 않았다. 내 곁에 누운 사람이 하필이면 남자였다. 조금 어려운 중년의 점잖은 신사였다. 왠지 신경이 쓰였다. 무척 조심했지만 하도 자리가 좁아서 팔이 서로 닿았다. 괜히 어색해서 팔을 바짝 몸통으로 붙이며 움츠리고 누워서 책을 읽고 있었다.

그런데 이럴 수가. 그가 자꾸 휘파람으로 노래를 부르는 것이 아닌가. 그것도 아주 은은히. 게다가 나 좋아하는 명곡만 골라서. 그리그의 「솔베이지 송」, 슈베르트의 『겨울 나그네』 중 「홍수」, 「보리수」, 「안녕」, 마구 휘파람으로 불어댄다. 아주 은은히. 나는 점점 도취한다. 아까 생각 같으면 낮의 피곤 때문에 금세 잠이 들 것 같았는데 잠은 천리만리 달아나고 그 노래들을 따라 부르고파 미칠 지경. 이를 어쩌나. 그 사람이 여자라면 금세 말을 걸고 함께 부르겠는데 나이 지긋해 보이는 신사라 그럴 수도 없고.

초저녁 7시 반부터 시작한 것 같은데 끝도 없이 불러댄다. 세상에, 도대체 무얼 하는 사람이기에 저리 많은 노래를 저리 멋지게 불러대는가. 나는 도저히 책을 읽을 수가 없다. 그냥 그 노래를 따라 부르고만 싶다. 얄미운 아저씨, 중년의 신사가 저렇게 낭만을 부리면 묘령의 아가씬 어찌하라고. 말이나 좀 걸어 줄 일이지. 나는 이제 더는 참을 수가 없어서 그만 덩달아 모기만 한 소리로 허밍을 하고 말았다. 한 곡, 한 곡, 그저 누운 채 따라서 허밍을 하는 나. 그러는데도 그는 아는 척도 안 한다. 아이고 무정한 아저씨. 동생도 한참 동생 같은 아가씨에게 말 좀 걸어 주면 안 되나? 나는 약이 바작바작 오른다. 이제 허밍이 아니라 아예 가사를 붙여 노래로 부른다. 아니, 이제 그가 시작하기 전, 내가 먼저 시작하기도 한다. 우리말 노래, 독일어 노래, 영어 노래, 그냥 앞서서 부르기도 한다. 그러면 그는 또 나를 따라 휘파람을 분다. 이건 완전히 노래 자랑 시간이 되고 말았다. 그가 먼저 시작하면 내가 따라 부르고 내가 먼저 시작하면 그가 따라 부르고…. 무정한 사나이. 이럴 수가! 그래도 말을 안 걸어 준다고?

그럭저럭 10시가 가까워 왔다. 나는 이제 포기해야지, 그냥 자야지, 하고 들고 있던 《문학》을 가슴에 얹고 숨을 죽였다. 그때였다.

"책 좀 빌려 볼까요?"

내 가슴에 얹힌 책으로 손을 뻗는다. 후유. 드디어 책을 매개로 말을 건네겠다는 건가?

"네." 얼어붙은 나의 짧은 대답.

그래. 이제 책을 구실로 이야기를 걸어 오겠지. 나는 또 바짝 긴장한다. 잠이 달아난다. 그러나 웬걸. 30분이 지나도록 소식이 없다. 단편 하나쯤은 읽었을 시간이다. 지독한 사나이. 목석같은 사나이. 야속해라. 정말 야속해. 미워라. 정말 미워.

노래를 통해 그렇게 많은 대화를 해 놓고도 그저 책만 빌려 간단 말인가? 누가 생각이나 했겠는가. 팔과 팔이 맞닿아 체온이 전해져 올 만큼 가까운 사이로 나란히 누워 노래로 대화를 나눌 줄 누가 생각이나 했겠는가. 그런데도 겨우 책 좀 빌려 보자는 그 한마디?

주위 사람들은 진즉 코를 골며 잠들어 있었다. 겨우 두어 명이 신문을 뒤적이고 있을 뿐.

나는 문득 이 사람이 여수까지 가지 않고 도중에 내릴 것 같은 예감이 들었다. 그러기에 잠 잘 생각을 않고 저렇게 깨어 있으려고 노력하는 것이 아닐까. 그렇담 말 한마디 않고 훌쩍 내릴 참인가. 세상에! 무정도 해라. 나는 마음이 다급해진다. 그가 마침 읽던 글을 끝냈는지 다시 목차를 뒤적인다. 나는 이때를 놓칠세라 얼른 끼어들었다.

"뭘 읽으셨어요?"

"아, 황순원 선생님 것과 김광식 씨 것 읽었어요. 황 선생님은 내가 제일 좋아하는 작가고, 김광식 씨는 손창섭 씨와는 조금 다른 문제작을 쓰고 있는 작가로 알고 있기에."

나는 기가 막혔다. 음악만 좋아하는 사람인 줄 알았더니 이건 문학에도 수준급이구나. 황 선생님은 제일 좋아하는 작가라고? 나는 반가워 소리라도 치고 싶었다.

마침내 우리는 누운 채 문학을 이야기했다. 자기는《현대문학》을 처음부터 전부 모았다며 한때는 문학청년이었다고 실토한다. 지금은 부산에 있는 국제신문사 기자로 일하고 있단다. 이번 오빠 귀국 날짜를 전보로 알려 준 분도 바로 그 신문사 부장님인데. 아니, 이럴 수가.

나는 이 사람이 금방 내릴 것만 같아 불안하다.

"어디까지 가세요?"

"충무요."

"네? 충무요? 옛날 통영 말이지요?"

"네. 왜 아는 사람이라도 있나요?"

나는 가슴이 뛴다. 62년도 늦가을 백운암에서 만났던 그 수도승이 바로 충무 출신이었으므로. 세월이 흘러도 잊히지 않는 그 사람. 내 가슴 속 어느 구석엔가 숨어 있다가 가을만 되면 더욱 뜨겁게 되살아 나는 그 사람. 키 크고 깡마른 수도승! 그가 떠오를 때면 동시에 건강을 비는 기도가 절로 나왔고, 함께 생각나는 단어들이 있었다. 효(曉) 예불, 천수, 동로(東路), 객혈, 피 피, 아야, 아야, 음악, 그리고 시.

나는 용기를 내어서 물었다.

"충무가 고향이시면 혹시…."

서두를 떼고 당시 상황을 설명하며 그 수도승의 이름을 대었다. 민정기 씨. 다행히 그의 일기장에 이름이 적혀 있었고, 나는 그 이름을 아직껏 기억하고 있었으니 얼마나 다행인가. 참으로 서울 가서 김 서방 찾는 격이었지만, 그래도 충무는 작은 도시니까 쌀알만 한 희망을 품고 물었다.

그런데, 이럴 수가! 바로 자기가 그 사람의 고등학교 두 해 선배란다. 한때 산에도 함께 가 있었던 절친한 선배란다. 아저씨로 보였는데 생각보다는 젊은 분이었구나. 어쨌건 그분의 말을 들으며 세상에, 어쩜 이럴 수가, 이럴 수가! 그 소리만 연신 중얼거렸다.

"그 친구 건강만 좋았다면 진즉 외국에 가 있을 사람이지요. 민영식 국무위원 장남입니다. 모든 그의 가족이 파리로, 로마로, 미국으로 다 유학했지요. 그는 철학, 문학, 종교, 한학, 너무나 깊이깊이 파고들어 사상의 덩어리로 빚은 인간 같아요. 영어로 말하면 충무에서는 그 사람 덮을 사람이 없지요. 외대 영문과 2학년까지 다녔어요. 실은 가정적 불행이 원인이었을지 몰라요. 민영식 국무위원이 일본 유학 시절, 부모님들의 명령을 받고 귀국해서 당시 충무 미인으로 소문난 양갓집 규수 송두리 여사와 혼례 치르고 다시 일본으로 떠났어요. 그런데 그곳에 이미 사랑하는 여자가 있었어요. 그 사실을 알게 된 송두리 여사가 그 높은 자존심에 그냥 있을 수가 없었겠지요. 아이까지 있었지만, 기어코 이혼하고 나갔어요. 그 아이가 바로 정기예요. 비극이지요. 조부모님이 지극정성으로 길렀건만, 폐가 좋지 않아서 여러 차례 병원 신세 지고 산에 가서 요양도 했지요. 어느 정도 건강을 찾고 지금은 충무 여학교에서 영어 가르치며 살고 있어요. 이름도 민정기에서 민지환으로 바꾸었지요."

그는 묻지도 않은 말을 상세히 들려준다. 이렇게 손쉽게 그 수도승의 가정환경을, 현황을 알아내다니. 아, 그렇구나. 그 시대 저명인사 민영식 고위공직자 아들이라는 것도 놀랍고 기자님이 절친한 선배라는 것도 놀랍기만 하다. 그가 왜 묻느냐고 한다. 나는 62년, 백운산에서 있었던 일을 간단히 이야기했다. 그는 나보다 더욱 놀란다.
"와, 로맨틱하군요. 그럼 간단한 편지 한 장 써 주세요. 제가 전해 줄게요. 서두를, '라파엘!', 그렇게 불러놓고 쓰십시오."
"무슨 뜻인데요?"
"그 친구 영세명이에요. 가톨릭이지요."
"네?"
아찔한 현기증. 수도승이 가톨릭이라니? 세상에! 실은 나도

1964년 가톨릭에 입교하여 '실비아'라는 세례명을 가지고 있지 않은가. 도대체 이게 웬일? 나는 핸드백에서 수첩 종이를 한 장 뜯어 몇 마디 썼다.

> 라파엘!
> 백운암의 늦가을을 기억하십니까?
> 느닷없는 침입자와 그녀의 무례를.
> '언제부턴가 갈대는
> 속으로 조용히 울고 있었다.
> 그런 어느 밤이었을 것이다.…'
> 어디서고 건강을 빌 뿐입니다.
>   1966년 11월 1일 여수행 밤 배에서 안 실비아

얼마나 놀랄까, 그는! 더구나 기자 선생 말이 자기가 직접 주지 않고 몰래 책상맡에 두겠다고 했다. 얼마나 놀랄까, 그는!

금세 11시가 되었다. 뚜우-- 어김없는 뱃고동 소리. 충무였다. 아쉬운 작별의 시간.

"정말 즐거웠습니다."

"제가 더요."

"근데 주소는?"

"여수여고 안 실비아."

"아니, 아까 《문학》에 작품 있었던?"

"네, 바로 저에요."

"아아, 전공이시군요. 문학이?"
"네. 근데 선생님 성함은요?"
"설치윤. 실끝 윤 자입니다."
"네, 그럼 안녕히. 어서 내리세요, 선생님."

너무나 늦게 인사를 나누었다. 아쉬움을 담아 오래오래 손을 흔들었다.

여수에 내리자 새벽 4시. 설 기자님이 내린 뒤 겨우 두 시간 눈을 붙였을까? 비틀거리는 몸과 마음으로 발에 익은 비탈길을 걸어 오른다. 아무도 없는, 고요가 더미째 깔린. 새벽길은 야릇한 환심으로 나를 끈다. 멀리 한사코 걷기만 걷기만 하고 싶다. 학교에는 그저께 시외전화까지 해 두었으니 나무라진 않겠지.

피로를 온몸에 바르고 출근하자마자 동료들의 인사를 받으며 책상 서랍을 연다. 현대문학사, 그리고 국세청. 아, 나는 가슴이 두근거린다. 현대문학사의 봉함을 먼저 뜯는다. 원고 청탁서다. 이어 국세청을 뜯는다. 아, 옥진 오빠다.

낙엽 뒹구는 이 한밤을, 이름 모를 그 어떤 것으로 풍성하게 차 있는 제 마음과 함께 바칩니다. 더없이 가득한 것이었기에 다칠세라, 이 마음 어찌 제 손으로 다 그리겠습니까. 못다 한 말 남겨둔 채 다시 가득함을 기다려도 신은 노여워하지 않으시겠지요. 낙엽 뒹구는 이 한 밤을 내 소망 다 하여 바칩니다.

1966년 10월 28일 은영배

너무나 착잡했다. 온통 라파엘을 가슴에 품고 있는 지금, 어찌 옥진 오빠의 편지를 받게 되는가. 운명의 장난치고는 좀 심하다는 생각이 들었다. 실은 대학 시절부터 줄곧 편지를 나누고 있는 전주여고 후배가 있었다. 이름도 예쁜 은옥진. 그네가 작년부터 큰집 오빠를 내게 소개하여 편지라도 나누기를 권해 왔다. 서울대 정치학과 출신으로 현재 국세청 공무원인데 재학 시절, 도서관에서 《현대문학》을 매월 꼬박꼬박 챙겨 읽을 만큼 문학을 좋아해서 언니 이야기를 했더니, 작품도 찾아 읽어 보고 몹시 관심을 보인다고. 나는 그 무렵 여기저기서 혼담이 들어왔지만, 아무에게도 마음을 줄 수가 없어 망설이고, 망설이고, 시간만 끌고 있었다. 그러다가 초가을 산들바람이 불자, 조부님의 성화가 더욱 심해져 옥진에게 오빠와 편지라도 나누어 보겠다는 말을 하고 말았었다.

　그런데 지금, 그렇게도 내 영혼을 사로잡았던 라파엘의 근황을 알게 된 직후, 이렇게 그의 편지가 와 있다니! 하느님, 저에게 어쩌라는 말인가요.

　나는 마음을 가라앉히려 안간힘 쓰며 궁리해 보았지만, 해결책은 없었다. 내가 먼저 말을 꺼내 놓았으니 그냥 있을 순 없는 일. 며칠 후, 옥진 오빠에게 답장을 보냈다. 그리고 나의 미래가 어떻게 전개될 것인가를 궁금해하며 일상으로 돌아왔다.

　그런데 11월 마지막 날, 설치윤 기자로부터 엽서가 왔다. 학교로. 뜻밖이었다.

오랜만입니다. 그날 여수까지 잘 가셨지요?
후배 정기는 영어 선생을 그만두고 현재 해인사 <원당암>이라는 곳에서 대장경과 씨름하고 있다는 소식입니다. 일전 정기에게 엽서 냈더니 아직 회신 없습니다. 심산유곡에서 쓸쓸할 겁니다.

1966년 11월 20일 치윤 드림

밤 배 속에서 한 시간도 넘게 노래로 대화하다가, 충무에서 내리기 전 마지막 몇 분을 말 섞으며 라파엘 소식을 전해 준 그분. 그는 나에게 어쩌라는 것인가. 쓸쓸할 거라고? 그러니 편지라도 보내라고? 나는 두려웠다. 조금만 더 일찍 라파엘 소식을 들을 수 있었더라면? 아마도 나는 옥진에게 오빠를 사귀어 보겠다는 말을 하지 않았을 것이다.

가을이 가고 겨울이 오고…. 옥진 오빠의 편지는 계속되었고, 나는 그의 지성과 감성에 어느 정도 마음을 뺏기어 결혼할 마음을 정하고 있었다.

그런데 새로운 변화가 왔다. 이듬해 3월 초, 광주여고로 발령받아 여수를 떠나게 되었다. 새로운 생활에 막 적응하고 있는 3월 중순, 여수여고에서 등기 우편물이 왔다. 그동안 여기저기서 온 편지들을 모아서 보내 준 것이다. 아, 그중에 라파엘의 편지가 있었다. 내 환상 속의 인물. 승복을 입고, 목탁을 들고, 지금은 해인사에서 대장경과 씨름한다던 그. 한때 내 영혼을 사로잡은 그로부터.

그가 잠시 고향엘 왔나 보다. 그리고 설치윤 기자를 만나 내 이야기를 들었나 보다.

그 뒤, 우리는 편지를 주고받기 시작하였다. 나는 후배 옥진이 오빠와 결혼할 마음을 다졌지만 그래도 라파엘의 편지에 답을 안 할 수는 없었다. 결혼 상대와는 다른, 정신적 교류, 영적 친교라고 할까, 어떤 유대를 갖고 싶었다. 더구나 그 사람이 나에게 청혼하는 것도 아닌데, '나는 내정한 사람이 있습니다.'라는 말로 편지를 거절할 수도 없는 일.

옥진이 오빠가 현실 속 인물이라면, 라파엘은 나의 이상 속 인물이었다. 나는 이상하게도 물질적 세계보다는 정신적 세계를, 현실보다 이상을, 보이지 않는 저 언덕 너머 피안을 좋아했고, 그곳 미지의 세계에는 항상 보랏빛 환상, 아스라한 꿈이 있었다. 또 하나, 우리 시대에는 남녀 간의 우정이 가능하냐, 안 하냐가 상당한 화두였다. 나는 왠지 가능하다는 쪽에 손을 들고 싶었다. 그런 고집도 작용했을지 모르겠다. 만나지 말고 편지로만 사귐을 갖는다면 사람들이 그렇게도 어렵다고 하는 이성 간의 우정도 아름답게 꽃피울 수 있을 것만 같았다. 그래서 우리의 편지는 계속되었다. 나는 그것을 영적 사귐, 영적 친교, 영교(靈交)라고 이름 지었다.

그리고 편지를 주고받는 동안 참 많이 행복했었다.

나의 편지는 내게 없지만, 그의 편지는 내게 있다. 결혼할 때도 일기장과 함께 그의 편지는 가지고 왔고, 결혼 후 지금까지 일곱 번이나 이사하면서 많은 것들을 선별해서 버렸지만, 라파엘의 편지는 버릴 수가 없어 지금껏 지녀왔다. 그동안 애지중지 모시고 다니던 수천 권의 책도 팔십 되던 해 기념이라며, 눈물을 머금고 버리고 또 버렸다. 그러면서도 그의 편지만은 버릴 수가 없어 간직했다. 이제 두 해가 더 지나서, 코로나 사태로 외출도 마음대로 할 수 없는 이 가을에, 깊숙이 숨겨둔 그의 편지를 다시 한번 꺼내 읽어 본다.

라파엘의 편지들

첫 번째 편지

✉ 며칠 전, 설치윤 선배를 만나 놀라운 소식을 들었습니다.
지난가을 밤 배에서 실비아 씨를 만나 제 얘기를 나누고 또 메모까지 주셨다고 하더군요.
그때 저는 합천 해인사에 있었는데 그 메모는 설 형이 간접으로 지인 편에 부쳤다고 하나 그분이 잃어버리고 전해 받지 못했습니다.
이 모든 이야기를 얼마 전 제가 해인사에서 나와 설 형을 만나 들었습니다. 5년 전 제가 광양 백운산에 있을 때 다녀가신 분이라고요. 네. 제가 방을 내어드린 일이 있었지요. 그리고 그때 저의 일기장에 글을 남기신 일도 다 기억납니다. 문학을 하신다지요. 저는 문학은 문외한이지만 오랫동안 산중생활에 문학을 이해할 듯한 순간은 더러 겪었습니다. 아직도 조금 더 산중생활을 할 예정입니다.

실비아 씨에 대한 소식을 듣고, 문득 지난날이 회억되어 자기도 모르는 새 운(運)과 연(緣)이 스쳐지난 『David Swan』(by N. Hawthorne)이 스스로 된 듯한 느낌이 들어 일자 소식과 함께 고마운 인사를 드립니다.

언젠가 실비아 씨의 작품을 접하게 되기를 바라고 더욱 정진하시기 기원합니다.

1967년 3월 11일 민지환

두 번째 편지

✉ 실비아,

이 세상을 산다는 것이 무척 신비롭고 불가사의한 일이군요.

먼 옛날 5년 전(어쩌면 어제 일 같기도 하지만) 하룻밤을 한 지붕 밑에서 보낸 인(因)이, 그것도 일방은 알지도 못하는 새, 다만 몇 줄 남긴 글이 연(緣)이 되어 까마득히 잊었다가 이제야 뜻밖에 갑자기 그 과(果)의 싹을 볼 줄이야.

지난날을 회상해 보는 일이란, 그것도 보람된 과거를 회상해 보는 일이란 참 아름다운 일이군요. 그날, 5년 전 백운산의 가을날 아침, 일행 여럿이 등산을 왔다가 암자에서 하루를 묵고 떠나던 아침 일이 훤히 기억나는군요. 한 아가씨가 암자 주변을 돌며 슈베르트의 아베 마리아를 부르고, 또 시를 읊조리던 일이.

그날 저녁 실비아는 내 일기장에 영문으로 몇 줄 쓰고 다시 우리말로 몇 줄, 그리고 시 한 편을 남겼지요. 글을 본 순간 내 일기를 도둑 만난 기분보다 그 내용을 읽고 내 건강을 빌어 주고 또 한 줄 남긴 시에서 잠시 따뜻한 정을 느꼈던 일도 새롭군요. 그래서 이번에 그때의 노트를 찾아내어 실비아의 글을 다시 읽어 보고, 또 그곳에서 보낸 일 년 동안의 일들을 다시 읽어 보니 내 생애 가장 강렬한 생의 희열을 느꼈던 당시가 감당키 어려운 향수로 되살아나는군요.

그때의 내 글들이야 보잘것없지만, 실비아가 남긴 글을 한 번 더 보고 싶으시면 일 후 기꺼이 보여 드리지요.

그때의 내가 실비아에게 지성인으로 보였다면 그것은 과분한 일, 그 지성은 '남긴 글'을 읽고 '글쓴이'에게 오히려 내가 느꼈던 일. 말 한마디도 나누지 않았는데 한 사람이 지기(知己)로까지 느껴진다면 그것이 바로 연(緣)의 신비가 아닐까요.

실비아,
나 역시 이야기가 길어질 것만 같군요.
그때의 내가 중으로 보였던가요. 지금도 웃음이 나는군요. 그때 내가 머리를 깎고 있었지요. 심심 산중에서 이발을 하려니 광양읍까지 왕복 100리를 걸어야 할 판. 아주 그만 삭도로 중처럼 밀어버린 것이지요. 그리하여 그 후 암자를 찾는 사람마다 '스님'으로 날 부르더군요. 처음 한두 번은 웃으며 변명하다가 나중에는 변명하기도 귀찮아서 아주 스님 행세를 하였지요. 그때 내가 백운산을 찾아간 것은 중이 되려고 간 것이 아니고, 내 건강 때문에 간 것인데,

내 딴에는 아주 스파르타식 수련을 한번 시도해 보려고 했던 것이나 결과를 볼 만치 충분한 날짜를 채우지 못하고, 그곳 형편이 여의치 않아 그 이듬해 가을, 하산하고 말았지요. 집에 돌아와서 끝내 폐를 한쪽 다 들어내고 오랜만에 건강을 도로 찾았지요. 그 후 지금껏 여러 곳 산과 절을 찾아다녔고 지난해에는 잠시 학교에도 나가 영어도 가르쳐 보고 지금 다시 아직 산중에서 지내고 있는데 다행히 이제 건강은 아주 좋습니다.

나 모르는 새, 내 건강을 염려해 주고 빌어 주어 실비아에겐 참으로 고마움을 느낍니다.

실비아는 책을 무척 사랑하신다지요. 나 역시 퍽 책을 사랑합니다. 오랫동안 혼자 병상에서 지나는 동안 유일한 벗이 책과 음악이었지요. 그러나 그것만으로는 고독을 이길 수가 없어 나 역시 하루하루 일기를 마음의 대화자로 삼아 왔던 것입니다. 이제 고독을 이기는 법은 스스로 배웠으나 아직 하루를 기록하는 습관은 남았군요.

실비아,
두 사람의 Catholic이, 한 사람은 뒤에 입교하였으나 깊은 산 암자에서 연(緣)이 만나다니.

나는 1953년 그러니까 14년 전, 고2 때 영세하고 그 후 칠팔 년 비교적 열심한 신앙을 가졌었지요. 그러나 백운산을 오른 후부턴 주일을 지키기 어려웠고 성사를 못 받게 되어, 어느덧 나도 모르는 새 아침저녁 부처님께 열심히 절을 올리게 되었군요. 지금은 중은 아니지만 아주 깊이 부처님의 말씀에 젖어 들었답니다.

실비아,
그동안의 내 환경이, 또 나 스스로 세상에 대한 정을 오랫동안 잠재워 왔는데, 의외로 갑자기 실비아가 나타나서 세상에 대한 정을 바야흐로 봄이 다가온 것처럼 소생케 하는군요. 그렇지 않아도 산중생활은 잠시 종지부를 찍고 사람 속에서 살 준비를 하는 중이었지요. 그러나 조금 더 이대로 산중에서 있을 예정입니다.
지금 있는 곳은 집이 가까워서 하루에도 여러 번 다녀올 수 있는 거리에 있지요.
자, 이젠 내 얘긴 그만하고, 실비아의 얘기를 좀 들려주시지 않겠습니까?

1967년 3월 21일 Raphael

여백이 넓으니 내 좋아하는 시 한 수 쓰지요.

자선산간락(自羨山間樂)	산중의 즐거움 스스로 원해
소요무기탁(逍遙無倚託)	아무 의지도 없이 홀로 지내네.
축일양잔구(逐日養殘軀)	그날그날 쇠약한 몸을 기르고
한사무소작(閑思無所作)	생각은 한가해 번거롬 없네.
시피고불서(時披古佛書)	때로는 낡은 불경 뒤적여 보고
왕왕등석각(往往登石閣)	가끔 바위 위에도 올라가 보네.
하규천척애(下窺千尺崖)	밑으로 천길 벼랑 바라보노라면

상유운방박(上有雲旁礴)	위에는 비껴 도는 구름이 있네.
한월냉수수(寒月冷颼颼)	어느 새 올랐던가 차가운 달빛
신사고비학(身似孤飛鶴)	몸은 외로이 나르는 학과 같아라.

『한산시』에서

세 번째 편지

 Sylvia,

일주일 전 여수 밤 배에서 간단히 쓴 카드는 도착이 되었는지 모르겠습니다.

저는 지금 5년 전 있었던 백운산 상 백운암에 와 있습니다. 이곳에 지금 있는 분은 제가 잘 아는 분인데 일주일 전 고향에서 만나, 어느 기간 아주 조용히 있을 필요도 있고 해서 갑자기 오게 되었습니다.

5년 만에 여수, 순천, 광양, 등을 경유 옥룡 골 시내를 따라 백운산을 바라보고 산을 오르니, 옛날 눈에 익었던 언덕, 바위, 나무를 대할 때마다 참으로 감개가 무량했습니다. 백운산 너머로 해가 넘어간 후, 동녘에 달이 은빛으로 빛날 때 암자에 도착하니 무어라 말할 수 없는 감회가 일었습니다. 사방 끝없이 뻗어 하늘은 맞닿을 듯한 산맥, 먼빛으로 아래로 바라보이는 남해 등이 옛날 이곳에서 느끼던 호연지기를 다시 한번 맛보게 하는군요.

이제는 당분간(알 수 없는 기간이지만) 산중생활을 끝내기 위해서 처음 산중생활의 맛을 얻었던 이곳 백운산을 마지막으로 온 것입니다. 약 1개월 예정 이곳에서 불교식 기도를 위해 왔는데 지금 암자를 수리 중이어서 아직 본격적으로 시작을 못 하고 있습니다. 4월 말이나 5월 초에 끝날 것 같은데 조금 더 연기될는지도 모르겠습니다.

  하산하면 즉시 소식을 알리겠습니다. 그리고 확실한 것은 알 수 없으나 어쩌면 하산 후 일단 집에 갔다가 광주로 실비아를 한번 방문할는지도 모르겠습니다.

  실비아를 대하면 화제가 무궁무진할 것도 같습니다. 그러면 간단히 이만 소식을 알리고 그동안 안녕히 계십시오.

1967년 4월 2일 Raphael

네 번째 편지

✉ **Sylvia,**
  오랜만입니다. 그동안 별일 없으신지요.
  며칠 전 송광사에서 카드를 한 장 부쳤는데 도착했는지요. 그리고 그저께 28일 한 닷새 만에 집에 와서 3월 24일부 실비아의 편지를 받아 보았습니다.
  이번 의외로 한 달 동안 가서 있게 된 백운산의 산사 생활은 5년 만에 처음 만나는 산과 절이어서 처음부터 감개가 무량했고 또 비교적 인상 깊고 유익한 시간을 가졌습니다. 젊은 중 둘과 세 사람이 지냈는데 여러 가지 종교적 체험을 해 보기도 하였지요. 불면, 단식, 묵언… 등. 얻은 것은 자신의 업이 두터운 것에 대한 자각과

세정에 대한 착(着)을 잃어버린 것입니다.

나의 최대 관심사는 종교에 대한 것이고, 자신의 내적 자아(魂)에 대한 일이지요. 실비아는 사후의 세계를 진심으로 믿으십니까? 나는 오래전부터 '자아 불멸', '인과'를 믿어 왔으나 이번 더욱 확신하게 되고, 할 수 있으면 이 방면의 연구를 해 볼 생각입니다.

그리고 책과 음악은 아직도 실비아만큼 사랑하지요. 그러나 하나 더 보태면 '산(山)'입니다.

명작은 확실히 음악처럼 재독, 삼독의 가치가 있는 것이겠지요. 최근 읽은 문학작품은 『싯다르타』와 『전원교향악』인데 고교 때 감명 깊게 읽은 것이라 이번 다시 읽어 보니 아주 좋았습니다. 그리고 인도의 시성 타골이 좋습니다. 그의 작품은 번역된 것이 적습니다만.

실비아의 작품도 한번 읽고 싶군요.

저의 삼촌(민영익)도 문학을 합니다. 그의 작품은 전부 나에게 있는데 장편 셋, 단편집 하나(12편 실림)입니다. 실비아가 읽기를 원한다면 보내 드리겠습니다. 영문이 쉽고 또 아름답습니다. 그는 지금 미국 일리노이주 대학에서 창작을 가르치면서 작품을 쓰고 있습니다. 그는 예술인다운 예술인입니다. 무척 정력가이고 노력가이지요. 실비아가 편지해 보셔도 좋을 줄 압니다. 작가의 태도, 사상에는 철저한 점이 있습니다.

전에 말했던 광주 여행은, 실비아의 제안대로 중지하겠습니다. 훗날 그런 연이 있다면 한 번쯤 만나지겠지요. 이대로 마음속을 편지로 열어 보일 수 있는 '말벗'이 된다면 그것으로도 아름다운 연이겠지요.

지금 이곳 충무는 연로하신 할머니만 계시는데 지금 몸이 불편하셔서 당분간 집에 있어야 할 것 같습니다. 그럼 오늘은 이만 씁니다.

1967년 4월 30일 Raphael

다섯 번째 편지

✉ Sylvia,

편지가 무척 늦었군요.

그동안 별일은 없으신지요.

그 새 지나고 보니 퍽 바빴던 것 같습니다. 몸보다 마음이.

공자는 삼십에 입(立)한다고 하였고, 나도 이제는 지(志. 인생관)가 섰다고 믿었는데 지금에 와서 그것이 흔들리는군요. 지금껏 내 유일의 관심이 석가나 예수에 대한 말씀이었는데 결국 조금 짐작한 것이 석가나 예수에 대한 일이고, 사실은 아직도 불(佛)이나 하느님을 바로 알지는 못하는 내 자신이군요.

이 이상은 말이 너무 번거로워지니 기회 있으면 후일담으로 미루겠습니다.

지금 다시 산중 <미래사>에 와 있습니다. 효봉 스님(지난해 10월 열반하신 종정으로 유골 중에 사리가 나왔다고 한) 계시던 암자에 혼자 기거하고 있습니다. 이곳에서 스님이 십여 년 계셨고 또 스님으로부터 불법을 배우던 곳이지요. 어쩌면 일생, 산을 떠날 수 없을 것 같습니다.

　얼마 전 부산 간 기회에 도서관에 들러 66년도 《현대문학》 12월호를 찾으니 하필 그 호가 빠져서 실비아 작품을 읽지 못했습니다. 좋은 작품을 써 주시기 바랍니다.

　일 후 마음에 안정이 오면 다시 소식 전하겠습니다.

　　　　　　　　　　　　　　　1967년 6월 1일 Raphael

여섯 번째 편지

 Sylvia,

　그저께 집에 내려갔다가 실비아의 편지를 받고, 그때의 노트를 찾아 보내었는데 받으셨는지요?

　실비아가 궁금해하던 부분만 보낼 수도 없고 하여 노트째 보내었지만, 신통찮은 내 과거의 일부를 보이는 일이어서 내키지 않는 일이었지만, 먼 지난날의 일이고 또 그것으로 말미암은 지금의 연이니 웃고 보신 후 돌려 보내 주시기 바랍니다.

　하마터면 이번에 내 과거의 기록들이 전부 불태워졌을 뻔하였는데 다행인지 불행인지 내 세상의 자취가 비록 사람 눈에는 뜨이지 않으나 조금 더 계속될 것 같습니다.

　New Testament를 보신다고요? 내 지금 산사의 책상 위에도 한 권 놓여 있습니다만, 지난날 내 정신이 방황할 때마다 나를 인도해준 한 가닥 빛이었지요.

　내가 제일 좋아하는 구절은 바오로 서간문 중 고린도 전서 13장. 특히 내가 좋아하는 구절은 사랑은 참고 기다립니다.
사랑은 친절합니다.
사랑은 시기하지 않고
뽐내지 않으며
교만하지 않습니다.
사랑은 무례하지 않고
자기 이익을 추구하지 않으며
성을 내지 않고
앙심을 품지 않습니다.
사랑은 불의에 기뻐하지 않고
진실을 두고 함께 기뻐합니다.
사랑은 모든 것을 덮어 주고
모든 것을 믿으며
모든 것을 바라고
모든 것을 견디어 냅니다.

고린도 전서 13장, 4-7

  지금 내가 있는 곳은 경치가 말할 수 없이 좋은 곳입니다.
  내가 이곳에서 저녁 먹고 집에 갔다가 밤 11시쯤 출발해서 산길을 걸어 이곳에 오면 새벽 한 시쯤 되는 가까운 거리에 있습니다. 한산도를 눈앞에 두고, 다도해의 섬들과 바다가 하느님의 솜씨로 펼쳐져 있고, 암자의 뒤로 둘러친 산과 숲과 바위가 아마도 자꾸만 나를 세상에서 멀어지게 하는 상 싶습니다.

내가 지금 거처하는 조그만 오두막집은 이곳 암자에서도 한 5분쯤 편백과 삼나무의 울창한 숲속 길을 걸어가는 곳으로 창문만 열면 바다 건너 거제도 산 위에 해가 솟는 것이 보입니다. 하루 세 번 밥만 절에 가서 먹고 종일 혼자서 이 집에서, 혹은 산속에서 지내는데, 만일 내가 시인이라면 브라우닝이나 워즈워스의 시의 대상도 이보다 더 좋았을 것 같지는 않습니다. 다만 지금 내가 있는 곳이 노스님이 오랫동안 계시던 곳이고 또 시취(詩趣)를 위해 있는 것이 아니어서 이처럼 아름다운 자연도 부지불식간에 느낌이 있을 뿐 항상 마음은 퍽 바쁘군요.

오늘은 오후 아그논과 작스 2인의 『불타는 신비』(66년도 노벨 수상작품) 중 아그논의 「약혼자」를 숲속에서 읽었는데 오랜만에 느껴보는 세상의 아름다운 요소 중 하나군요.

참, 그리고 오후 2시 스테파노의 테너를 라디오로 들었을 때도, 나를 세상에서 아주 떼어 놓지 못하는 것이 이 음악의 매력이구나, 하는 생각을 하고 혼자 웃었지요.

그러나 자연이나 문학이나 음악이나 예술 등, 이 모든 탐미의 요소가 우리 인생을 풍부하게 하고, 고통스러울 때 위로를 주는 것은 사실이지만 인생 그 자체는 아니겠지요.

『The New Yorker』는 오래된 책을 뒤지다가 여러 권 있는 것을 발견하고 한 권 부쳤는데 거기 있는 단편 「종자 돈」이 6월 중 김진규 감독으로 촬영이 된다고 하니 상연되면 한 번 보시지요. 저는 삼촌을 정말 좋아하고 자랑스러워하고 있습니다.

편지 쓸 마음이 날 때는 집으로 편지 하십시오.
〈충무시 태평동 22번지〉

                1967년 6월 20일 미래사에서 Raphael

일곱 번째 편지

 Sylvia,

그저께 다시 책을 가지러 집에 갔다가 기다리던 비를 만나 집에 갇혀 있던 중, 뜻밖에 실비아의 작품과 그 당시의 일기를 받게 되었습니다. 받는 즉시 《현대문학》에 실린 실비아의 「해후」와 한 권의 노트를 단숨에 읽어 버렸지요.

  예술은 먼저 천부의 소질이 있어야 한다고 하는데 실비아는 그것을 가지고 있군요. 그러나 또 한편 삼촌의 말을 빌리면 만족할 만한 작품을 하나 남기자면 피를 말리고 뼈를 깎는 갈고 닦음이 있어야 한다고, 그러나 그러한 작업이 이 세상에 무엇과도 바꿀 수 없는 희열이라고 하더군요.

  지난번 노트는 실비아가 원하여 보낸 것인데 부담으로 생각하시다니.

  나는 이렇게 생각합니다. 산다는 것은 하나의 꿈이라고. 그래서 이왕이면 아름다운 꿈을 꾸자고. 그러나 꿈인 줄 알기에 꿈속 일에 너무 집념을 말자고. 마치 한 나그네 외로운 길을 걷다가, 뜻밖에 어느 샘가 바위틈 속에 피어 있는 아름다운 한 송이 꽃을 발견하여 그 고운 모습과 향기에 취하여 잠시 발걸음을 멈추었다가 다시 가던 길을 가면, 비록 꿈을 깬 후에도 그 모습과 향기는 영원한 것이라고.

「해후」는 참 좋았습니다. 첫머리에 나온 '루시'를 보고 대뜸, 그리고 다 읽고 나서는 더욱, 워즈워스의 시에 종종 나오는 '루시'를 연상하였지요. 여기에 그의 시 '루시'를 옮겨 보겠습니다.

Lucy

William Wordsworth

She dwelt among the untrodden ways
Beside the springs of Dove,
A Maid whom there were none to praise
And very few to love:

A violet by a mossy stone
Half hidden from the eye!
— Fair as a star, when only one
Is shining in the sky.

She lived unknown, and few could know
When Lucy ceased to be;
But she is in her grave, and, oh,
The difference to me!

그녀는 도브(비둘기) 샘 가
멀리 인적 없는 곳에 살았네.
아무도 그녀를 찬미해 줄 사람 없그
그녀를 사랑할 사람도 없었네.

이끼 낀 바위 옆의 바이올렛
반쯤은 가리워 숨어서 있네.
— 단 하나, 하늘 속의 반짝이는
샛별처럼 아름답게.

루시는 아무도 몰래 살다가
이 세상을 떠났을 때도
아무도 아는 사람 없었네.
그러나 그녀가 무덤 속에 묻히자
아, 세상이 내게는 얼마나 달라졌는지!

...

시는 번역이 어려운 것이지만 서툴게 한번 옮겨 보았습니다.
《현대문학》과 실비아의 노트는 어제 산으로 올 때, 가지고 왔는데 노트는 조금 두었다가 보내드리겠습니다.
이곳에는 비가 좀 더 와야겠군요.

'67년 6월 26일 미래사에서 Raphael

여덟 번째 편지

✉ Sylvia,

　오랜만에 집에 와서 늦은 밤, 라디오에서 「파도를 넘어서」의 음악을 듣게 되었습니다.

　음악이란 얼마나 우리의 심금을 울려주는 것인지. 시그널 뮤직의 그 파도 소리는 또 얼마나 아름다운 꿈길을 재촉하는지. 음악 없는 세상은 얼마나 삭막할 것인지.

　어젯밤 집에 와서 실비아의 편지를 받아 보았습니다.

　그리고 또 어제 <미래사> 주지 스님으로부터 뜻밖의 실비아 소식도 듣고.

　그는 젊은(30세) 중으로 가끔 나와 속담을 나누는데 얼마 전 실비아의 「해후」를 보여주고 실비아의 얘기를 조금 했더니 이번 광주 가신 길에 부탁도 안 한 전화를 학교로 했다더군요. 아아, 스님이 광주에서 무척 심심했던 모양이지요.

　나는 요즈음 실비아의 글을 읽고, 또 실비아에게 글을 쓸 때마다, 그리고 숲속을 독보할 때마다 맛보는 것인데, 내 마음이 어리둥절해질 때가 많군요. 분명히 나는 오랫동안 얼마나 삭막한 길을 걸어왔던지. 그리고 또 일생을 이 길을 가기를 얼마나 스스로 다짐하였던지. 그것이 얼마나 어처구니없는 일인지 안간힘을 뼈저리게 느껴오면서도.

　그러나 나는 어차피 내 걸어오던 길을 가야지요. 꿈을 깨어도 바이올렛의 향기는 영원한 것이겠지요. 사람은 일생의 길에 몇 개나 값진 추억의 진주를 줍고 가는지.

　또 이런 생각도 합니다.

　소화 테레사는 그의 영적 오빠와 얼마나 깊은 영교(靈交)를 가졌으며 그리고 그들의 영혼이 또 얼마나 아름답게 서로 의지하고 이끌어 줌이 되었던지. 테레사는 일생을 가르멜 수녀원에서 살았고, 그의 영적 오빠는 신부로서 일생을 외방 전도에 바쳤지요. 평생을 서로 한 번도 만나지 않고 다만 음신(音信)으로만 서로 연락했을 뿐.

　일생이라야 테레사는 스물넷에 죽었지만 말입니다. 그런데도 테레사는 성녀 품에 올랐지요. 그리고 그 영적 오빠 신부님에겐 얼마나 얼마나 고맙고 다행스러운 누이였던지. 확실히 그에게는 소화 테레사가 베아트리체였고 클레첸이었을 것입니다.

　실비아,

　계속 「해후」와 같은 아름다운 글을 써 주십시오. 인생의 향기를, 순결을, 기쁨을. 보람을.

　참, 워즈워스의 시, 「루시」의 번역, 실비아가 고친 것이 훨씬 좋군요. 행도 운율도 딱 맞고.

　시는 한 번도 번역해 보지 않아서 서툴지요. 다만 때로 시정(詩情)이 나면 고전의 시를 읽을 뿐. 앞으로도 내 좋아하는 시를, 또 실비아의 좋아하는 시를, 음신을 통해 함께 읽기로 할까요? 라파엘은 번역하고, 실비아는 윤문(潤文)하고. 그러면 듀엣 노트가 되게.

　지금 시집이 산에 있으니 다음에 또 번역해 보지요. 아, 우리말 시는 별로 읽은 것이 없어서 실비아가 좀 소개해 주십시오.

지금 자정이 훨씬 넘었는데도 고맙게도 라디오에서 계속 음악이 흘러나오는군요.

그러면 오늘 밤 안녕히.
1967년 7월 10일 Raphael

PS 앞으론 집 주소로 말고 산사로 편지해 주십시오. 그래야 빨리 받을 수 있겠습니다. 금년 여름을 이곳 산중에서 지낼 예정입니다. <경남 통영군 산양면 미래사>로.

아홉 번째 편지

✉ Sylvia,

날씨가 무척 더워졌군요. 이곳은 바닷가여서 시원타고 하는데도 이처럼 무더운데 그곳은 덥겠습니다.

7월 10일 자 편지는 받으셨는지? 실비아가 8일 날 부친 편지는 며칠 전 집에 와서 받았습니다. 지금 집과 산을 불규칙적으로 왔다 갔다 해서 우편물을 주고받는 데 불편해졌습니다. 지금 조모님이 몸이 불편하셔서 당분간 집에 있겠습니다. 참 실비아의 조부님은, 광양 진월에 계시면서 그 성 같은 돌담을 시나브로 쌓으신다지요. 아직은 건강하시다니 다행입니다. 내 일기에 언급되었던 조부님은 63년 백운산에서 돌아온 이듬해 별세하셨습니다. 향년 71세로. 살아계신 조모님은 76세인데 나의 조부모님 얘기를 하자면 내 부모님 얘기보다 훨씬 많겠군요.

실비아는 학생들 가르치는 틈틈이 수를 놓고 피아노도 배운다니 참 부지런하시군요.

자수하고 피아노 치는 실비아. 실비아의 피아노를 언제 한번 들어 볼 기회가 있을는지.

내가 좋아하는 피아노곡은 베토벤의 피아노 소나타 23번 「열정」. 곡도 좋지만, 제목도 좋지 않습니까? 열정!

실비아는 아마 쇼팽의 「녹턴(작품 9의 2 Eb)」, 차이코프스키의 「현악사중주(No.1 in D minor)」 중 2악장 '안단테 칸타빌레'. 그리고 헨델의 「메시아」 중 '할렐루야' 등을 좋아하실 것 같습니다.

나는 과거 단 하나 유일한 벗 음악 속에서 살아와서 이 세상에 음악이 없다면 어디 살 맛이 있겠습니까? 「베토벤 심포니 No. 9」 같은 것은 베토벤이 다시 살아오지 않는 한, 누구에게서 기대할 수 있겠습니까? 상 백운암에 있을 때, 실비아가 일기에 남겨둔 글. 베토벤 심포니 9번 '환희의 송가'를 들으며 내 건강을 빌어준다고 했을 때, 얼마나 고마웠던지요.

확실히 음악, 미술 등은 17-8세기에 비해 퇴보하고 타락하고 있는 게 아닌가 싶습니다. 음악 얘기를 하자면 한이 없을 듯.

영화 「꿈」과 「고백」은 아직 못 봤습니다.

고백은 이곳에서도 오는 25일 상연될 모양이니 보려고 합니다. 영화는 산중에 있을 때는 조금도 볼 생각이 없으나 세상에 내려오면 음악과 영화 외에 어디에다 마음을 쓸 것인지.

「꿈」은, 불교 신문에 의하면 승려의 위신을 추락시키는 장면이 있고 (원작에도 없는) 주인공이 꿈을 깨고도 초연한 빛이 없이 미련에 연연해 있다고 말썽 난 것을 보았습니다.

과거에 본 영화 얘기를 해도 한이 없을 듯.

곧 방학이 되겠군요.

방학 후의 계획은 어떠신지. 주소를 알려주시고 편지해 주시기 바랍니다.

실비아의 일기는 다음 기회에 보내 드리겠습니다.

남의 일기를 보는 것도 처음이었고, 그것도 한 여인의 더구나 대화가 통할 수 있는, 내 일기를 남에게 보인 것도 처음이지만, 제한된 대화밖에 못 가지는 우리에게는 서로를 이해하는 데 큰 도움이 되겠지요. 그러나 그것도 각자의 전부는 아니겠지요. 벌써 5년 전 것이니.

그 후 서로에게 어떤 변화와 성장이 있었는지는 앞으로의 대화에서 느껴볼 뿐.

나는 5년 전에도 그처럼 무미건조한데, 그 후 일기 쓰기를 많이 게을리했고 지금 있는 것도 무미건조. 아무래도 나는 문학과는 인연이 먼 듯합니다.

지난번 나의 제의에 따라 여기 '듀엣 노트' No. 2를 동봉합니다. 저번 「루시」처럼 또 윤문해 보시기를.

1967년 7월 20일 충무에서 라파엘

듀엣 노트

Life

       Anna Letitia Barbauld

Life! I know not what thou art,
 But know that thou and I must part;
 And when, or how, or where we met,
 I own to me's a secret yet.

…

Life! we've been long together,
Through pleasant and through cloudy weather;
 'Tis hard to part when friends are dear;
 Perhaps 't will cost a sigh, a tear; —
 Then steal away, give little warning,
 Choose thine own time;
Say not Good night, but in some brighter clime
 Bid me Good morning.

생이여! 나는 그대가 무엇임을 모르노라.
그대와 내가 헤어져야만 할 것은 알지만
언제, 어떻게, 어디서, 우리가 만난 지는
내겐 아직도 비밀한 일이라오.
(중략)

생이여, 우린 오랫동안 함께 하였구려.
밝은 날에나 흐린 날에나
정든 벗을 떠남은 얼마나 한 어려움일꼬.
아마도 그것은 한숨과 눈물에 값하리. ―
그러면 몰래 가소. 경고일랑은 말고
그대 좋은 때에
'굿나잇'이라 말하지 말고, 그러나 어느 청명한 날
'굿모닝'이라 해 주소.

열 번째 편지

✉ Sylvia,

오늘 엽서를 받고 먼저 책 속에 들었던 《현대문학》사로 가는 편지를 부칩니다.

잘못 책 속에 끼어둔 것인 줄 짐작하고 서둘러 부치려고 하였으나, 오늘이 25일 방학이어서 학교로 부칠 수도 없고 또 바로 우체국에 넣을까 망설이던 중, 엽서 받고 그곳 주소로 보냅니다.

어제는 올해 처음 바닷가로 수영을 갔는데 가는 길에 설치윤 선배 집에 들렀더니 그 집에 8월호 《현대문학》이 있길래 무심히 차례를 훑어보다가 실비아의 「길 잃은 사람들」이 클로즈업. 두말없이 책을 빼앗아 들고 바닷가로 나가 한바탕 수영을 한 뒤 모래 위 그늘에서 단숨에 읽었지요. 오후 늦게 집에 왔더니 실비아의 소포가 기다리고 있더군요. 거듭 책 고맙습니다.

<시선 노트>는 이 한여름 바다나 산을 갈 때마다 가지고 가서 읽으렵니다.

벌써 몇 편 읽었는데 과연 우리말 시도 퍽 아름답군요. 내 일기도 잘 받았습니다.

실비아의 일기도 곧 그곳 주소로 보내겠습니다.

참, 산사로 보낸 15일 자 편지도 며칠 전 잘 받았어요. 지난번 광주에서 실비아에게 전화했던 그 스님이 집으로 갖다 주더군요. 여러 가지로 할 얘기가 많습니다. 우선은 이 편지부터 부치고 쓰겠습니다.

1967년 7월 25일 Raphael

열한 번째 편지

✉ Sylvia,

엽서 받고 동봉하여 보낸 편지는 잘 받으셨는지요.

조부님이 81세로 아직 살아계시고 편지까지 주신다고 하니 참 반갑고 기쁩니다.

6·25 때 부모님을 잃으셨다고요. 아아.

실비아. I don't know what I say about that.

나 역시 일찍 부모님을 잃은 것은 마찬가지. 내 부모님이 결혼하여 나를 낳고 일 년 만에 이혼. 그래서 그때부터 조부모님 밑에서 지금까지 자랐지요. 그래서 '아버지', '어머니'를 불러 본 것이 손가락으로 헤아릴 정도. 그러나 조금도 부모님 그리움을 모르고 자란 것은 오직 조부모님의 사랑 덕분. 지금 혼자 계신 조모님은 76세. 마침 그동안 계속한 치료로 많이 회복되었지요. 내 조모님 유일한 소원. 내가 장가드는 것만 보면 당장이라도 눈을 감고 가겠다고 하루에도 몇 번씩 말씀하십니다. 내 마음은 어쩔 수 없이 단연 거절. 내 일이 아직은.

「길잃은 사람들」은 바닷가에서 단숨에 읽었지요. 처음 제목을 보았을 때, 뭔가 마음에 걸리더니 그 첫마디, '폐허'에 섬찟했습니다.
'겨울 바닷가', 아니면 '철 지난 바닷가' 쯤이면 어땠을까요. 이것은 문학을 전문적으로 모르는 라파엘의 솔직한 기분입니다. 밤새껏 두 남녀가 얘기한 끝에 '유'가 말한 '행복'이 참 마음에 들었습니다. 결국, 행복이란 그런 것이겠지요. 불의에 찾아오고, 또 순간적으로 느끼게 되는.
실비아,
여기에 잠깐 내 취향 한 가지. 아마 내가 과거 너무 어둡고 차가운 곳을 지나와서 그런지 지금은 거의 무조건으로 밝고 따뜻한 것이 좋군요. 그래서 소설이나 영화에서도 비극보다 기쁨과 즐거움을 그린 것이 좋고 끝도 '해피엔드'가 좋아요.
노래도 「오 솔레미오」, 「희망의 나라로」 등이 마음에 들고.
음악은 좋아하는 것이 아니고, 말할 수 없이 사랑하는 것이지요. 하지만 노래는 못 부르는 편. 그래도 지난해 이맘때 이곳 여고에서 영어를 가르칠 때는 날씨가 덥고 학생들이 재미없어할 때는 곧잘 음악 시간으로 돌변. 영어로 「그린 필드」, 「알로하오에」, 「도미니크」 등 함께 부르곤 했지요. 내 노래는 신통찮아도 내 피아노에는 아이들이 감탄부지.

실비아는 목소리가 곱고 노래를 잘 부르는 것, 내 익히 알고 있지요. 먼 옛날 백운산 암자 돌담 아래를 거닐며 부르던 「슈베르트 아베 마리아」가 지금도 귀에 쟁쟁.

나에겐 그때의 실비아가 유일한 모습의 인상입니다. 내 환각인가, 아래위 어딘가 빨간 옷을 입고 있었던 듯. 그러나 얼굴은 조금도 기억이 안 나고 다만 그 목소리만이 내 가슴 속에서 항상 아베 마리아를 부르는 듯하지요.

지난번 산사로 보낸 편지 중 김춘수의 「꽃」 참 좋습니다. 그분은 통영 사람이고 내가 중학교에 입학했을 때, 우리 국어 선생님. 「가고파」를 배우던 때가 눈에 선합니다.

그러고 보니 우리 통영은 상당한 문인을 낳은 듯. 유치진, 유치환, 김춘수, 김상옥, 박경리 등. 그런데도 문학을 등한시하고 살았어요. 앞으로는 우리 문학작품을 많이 읽기로 하겠습니다. 실비아가 계속 코치해 주시기를.

<시선 노트> 속에 피천득 교수의 「나의 사랑하는 생활」은 아마 '생활의 이상'이라고 할 수 있겠지요. 그것도 소위 지성인이라고 하는 사람의.

문득 도연명의 「귀거래사」를 연상케 하더군요. 책을 특히 사랑

하는 실비아. 나만큼. 내 취미의 하나지요. 여행할 때면 도회지나 시골이나 맨 먼저 찾는 곳이 책방. 그래서 그곳에서 오래된, 안 팔리던, 먼지 앉은 책 중에 진서를 발견하는 기쁨이란!

   그래도 수집된 것은 몇 권 없지만. 궁금한 것이 실비아의 장서입니다. 그래서 한 가지 또 제의. 즐겨 읽는, 또 권하고 싶은 책 목록을 교환하는 일. 안 본 것, 추천하고 싶은 책은 우송의 수고를 수고로 생각지 말기를. 내겐 픽션은 거의 없지만. 어떻습니까, 실비아.

   참, 어젯밤에는 저번에 추천해 주신 영화 「고백」을 보았습니다. 좋더군요. 특히 대화들이.
   인상 깊은 장면 하나는 주인공 리즈가 목사에게 하는 말.
   '우리는 얼마나 즐거웠고, 깨끗했고, 만족했느냐. 그런데 무엇이 잘못되었느냐?'고.
   죄악이란 스스로 느끼지 않는다면 어디에 죄악이 있겠습니까? 본성 그대로 살 수 있는 리즈의 그 야성적 위치가 얼마나 부러운지. 반면 환경과 자신의 처신에 양심을 괴롭혀야 하는 목사 위치가 얼마나 가엾은지.
   「고백」 보기 전에는 「기적」을 보았지요. 주인공 테레사가 마이클을 떠나며 편지로 하는 말. '당신의 사랑으로 내 갈 길을 갈 수 있는 용기를 달라'고 하는 장면.
   그러나 그보다는 마지막 나타난 성모상 앞에서 수녀들이 촛불을 손에 들고 성가를 부르는 장면이 아주 인상적이었어요. 그대로 천국의 문이 열린 천사들의 노래인 듯.

서울 광양 등지 즐거운 여행이 되기를. 나는 무더운 날씨를 생각하면 당장 바닷가나 깊은 산중으로 가고 싶지만 아직은 조모님 때문에.

다행히 내 건강은 실비아가 늘 염려해 주는 덕분에 좋지요. 이제는 오히려 건강해서 고통스러울 때가 있답니다. 그래서도 산에서 매일 등산을 하고, 채식만 먹고, 며칠씩 안 자고 굶기도. 그러나 무리는 안 합니다.

이 편지가 실비아 여행 전에 도착하기를. 여행 중에 엽서라도 보내 주기를.

1967년 7월 27일 새벽 2시 20분 Raphael

열두 번째 편지

✉ Sylvia,

오랜만에 소식 반가웠습니다.

여행은 즐거운 일 많았으리라 생각됩니다.

저는 그동안 조모님 간호로 꼭 한 달 동안 집에 있으면서 매일 해수욕을 다녔지요. 아주 깜둥이가 됐습니다. 그리고 지금은 다시 산으로 왔습니다. 조금 더 이곳에 있을 예정입니다. 참 지난 8월 초에는 제주도를 다녀왔어요. 관광여행이 아니고 한라산 등반이 목적. 한국 최고봉 1,950m가 출발 전에는 조금 망설여졌으나 오르고 보니 생각보다 쉬워서 유쾌했습니다. 보통 사람이 백록담까지 다섯 시간 걸린다는데 저도 대충 그만큼 걸렸지요. 산을 혼자(안내인과 동행은 했지만) 오르는 일은 즐거웠으나 14시간씩 왕복 항해는 다소 지루했지요.

책 얘기 조금. 실비아는 장서가 천 권에 가깝다고요? 나는 오백 권 정도 될까?

그중 소설은 열 권 미만. 제가 관심과 흥미를 갖는 책은 넌픽션, 종교 서적(불교 기독교), 응용심리학서, 전기(傳記) 등. 조금씩 가지고 있는 서책 목록을 교환해 보는 것은 어떻습니까? 그리고 실비아가 수시로 읽는 책은 어떤 것인지.

그리고 실비아의 <낙수집(落穗集)>을 좀 보기를 원합니다. 참 실비아의 일기는 지금 함께 보냅니다. 실비아가 여행에서 돌아왔을 때 보내려고 지금까지 미루었지요. 실비아의 <시선(詩選)노트>는 한여름 더위를 잊을 정도로 참 잘 읽었습니다. 처음 보는 시인도 많고, 과연 우리말 시도 아름다운 것이 많다는 것을 알았습니다. 그중에도 조지훈, 박목월의 시들이 더욱 마음에 드는군요. 시가 담백하고 자연스러워서.

참, 듀엣 노트 No. 2 윤문은 좋았어요. 그러나 마지막 행의 '말하면서'는 전체 시의에서 볼 때 적절치 못한 듯. 아무 경고도 말고 몰래 가기를 바라는 것은 '죽음'일 터이고 이때의 마지막 인사는 어둠이 닥쳐올 때의 이별의 말, '굿나잇'이라 하지 말고, 더욱 밝은 날 아침, 다음 세상의 더욱 복된 상태에서의 반김의 인사말로 '굿모닝'이라 말해 달라는 기원이 담긴 것이니, '말하면서'보다는 '말해 주기를'로 번역해야 옳을 것입니다.

이 시는 영시 집, 『The Golden Treasury』에 있는 것인데 아무 주석도 없었지만 스스로 시의 의미를 짐작해 본 것입니다.

그리고 일기에 적혔던 타골의 시는 그의 유고 『Testament』 중에서 마음에 들어 발췌한 것이지요. In this beautiful world I never desire to die. 좋지 않습니까?

더위는 아직 맹렬하군요. 이곳 산에서도 저 아래 바닷가까지 수영하러 갑니다. 산도 좋지만, 바다도 역시 좋아요. 온몸을 바닷속에 담글 수 있으니.

머지않아 개학이군요. 가을과 함께 개학하고 보람된 시간 많으시기를.

1967년 8월 23일 Raphael

열세 번째 편지

✉ Sylvia,

가을이 한꺼번에 닥쳐 왔군요.

가을은 산에서부터 오는 모양. 종일 솔바람 소리가 소슬하게 가을을 노래하여 심신을 상쾌하게 해 줍니다.

그동안 일이 있어 거제, 부산을 들러 그저께 산에 오니 실비아의 소포가 와 있군요.

대학 시절 독서 중 감동적인 글 발췌해두었다는 공책 <낙수집(落穗集)>을 얼핏 보니 헤르만 헤세의 『크늘프』, 『싯다르타』, 『데미

안』, 막스 밀러의 『독일인의 사랑』, S. 모옴의 『인간의 굴레』, 『달과 육펜스』, 그리고 도스토옙스키의 『까라마조프 형제들』, 앙드레 지드의 『좁은문』, 『지상의 양식』, 스탕달의 『적과 흑』, 등이 나오고, 특별히 헤르만 헤세의 『유리알 유희』에서는 많은 부분이 발췌되어 있군요. 저도 언급된 책들을 지난날 읽었던 기억이 나고 실비아가 발췌해둔 문장의 어떤 것은 회상이 되기도 합니다. 대부분 저에게도 퍽 감명 깊었던 소설이었지요. 그리고 <낙수집> 마지막 장에 '브람스의 일생'도 적어 두었군요. 퍽 인상이 깊었습니다. 스승, 슈만의 부인 클라라와의 관계가 눈물겹도록 아름답습니다. 실비아는 브람스를 좋아하시는군요.

<낙수집>에 보니 군데군데 그림도 그려 넣으셨네요. 저는 그림에는 통 재주가 없습니다. 문학과 음악과 미술에 대해 실비아랑 이야기하면 한이 없을 것 같군요. 화제의 양에 비해 지면이 너무 제한되어 있어서 한스럽군요.

그러나 우리는 연(緣)이 있는 데까지 혹은 연을 만들어서라도, 실비아의 제안대로 서신으로만 얘기 나누기로 하고 끝내 이 세상에서는 만나지 말기로 전제해 둡시다.

먼 훗날, 5년이나 10년이나, 혹은 그보다 더 뒤에 우연한 기회가 있어 한 자리에 만나게 되면 굳이 외면할 거야 없겠지만.

그것이 어쩌면 우리의 꿈을 더욱 아름답게 키워 나갈 수 있을 것 같고 더욱이 한 번 더 연이 있어서 이다음 세상, The more bright day! 에서 만난다면 더욱 반갑지 않겠습니까?

저는 어렴풋이 실비아가 노래하던 목소리밖에 기억을 못 하지만 이다음 세상 둘이 한 곳에 간다면 대번에 실비아를 알아볼 줄 믿습니다. 저는 이다음 세상을 꼭 믿지요.

이다음 세상이라야 뭐 얼마나 먼 훗날도 아니지요. 지나간 시간을 돌이켜 보면 앞으로 남은 시간도 느끼지 못하는 새 흘러갈 것만 같습니다.

이상은 따뜻한 햇볕에 가을을 알려 주는 솔바람 소리를 들으며 실비아의 <낙수집>을 읽는 동안 느낀 감상의 한 토막입니다.

아, 실비아의 장서가 거의 소설이라면 할 수 없지요. 지금 소설을 읽을 시간은 별로 없으니.

혹시 앞으로 읽는 책 중에서 추천할 만한 것이 있으면 책명을 알려 주시면 저도 구해 읽어 보도록 하겠습니다.

혹시 이런 책을 읽어 보셨는지요.

『신념의 마력』, 『거부가 되는 13가지 비결』

이상은 돈 버는 책인데 저는 돈 버는 데는 관심이 없지만, 범사를 이루는 신념이 그 원동력이라는 '심리학서'라서 여러 번씩 읽고 항상 가지고 다니며 남에게 권하는 책이어서 실비아에게도 추천합니다.

오늘은 이만 쓰겠습니다. 실비아의 <낙수집>은 며칠 더 가지고 있겠습니다.

1967년 9월 13일 Raphael

열네 번째 편지

✉ Sylvia,

무척 오래된 것 같군요. 저의 소식이.

벌써 추석도 지나고 어느덧 단풍 속에 가을도 익어 가고 있군요.

그동안 제가 몇 곳 여행 다니느라 바빴고 또 근래는 몸이 좀 아파서 이처럼 소식이 늦었습니다. 추석 후 감기에 한약을 잘 못 먹어서 그 부작용이 아직도 가시지 않고 충분히 기운을 차리지 못하여 집에서 누워 있습니다. 며칠 더 정양하면 나을 줄 믿습니다.

그동안 학교생활은 여전하시겠지요.

이번 가을에 산은 한번 오르셨는지요. 그곳 광주는 무등산이 유명하지요. 그곳 무등산도 일 후 한 번 오를 예정입니다. 1,000m 넘는 국내 산은 다 한 번 오를 심산. 훗날 광주까지 가서 실비아를 만나지 않고 그냥 올 것을 생각하면 벌써부터 섭섭. 그러나 그것이 우리가 꾸고 싶은 꿈이니 어쩌겠습니까?

참, 우리의 이야기를 엮어보고 싶다는 실비아 마음은 이해되지만, 시제가 현실보다 내면의 세계라서 빈약하지 않을까요. 아니, 반대로 더욱 풍부할 수 있을까요? 그것은 앞으로 실비아와 라파엘이 마음과 영혼의 문을 얼마만큼 여는가에 달려 있겠지요.

보내 주신 라이너 마리아 릴케의 「가을날」은 지난날 번역으로 한번 접했던 기억. 그러나 원문 독어는 깜깜. 고교 때 조금 배웠으나 지금은 완전히 잊어버린 상태입니다. 불어는 마산 병원에 있을 때 프랑스 간호사로부터 한 2년 배웠는데 그것도 이젠 아디유.

라파엘이 제일 좋아하는 외국어(?)는 한문. 우리 동양 선인들의 어록에는 항상 기막힌 향수가 있습니다.

내, 좋아하는 『시경』에서 시 하나.

투아이목과(投我以木瓜)　　나에게 모과를 하나 주기에
아보이경거(我報以瓊琚)　　나는 구슬로 갚았지
비보야(非報也)　　　　　　갚은 것이 아니라
영이위호야(永以爲好也)　　길이 사랑하고자

실비아,

이제 미래사에는 그만 있을 예정입니다. 몸이 나으면 몇 군데 절로 중을 찾아보고 상경할 예정. 그때까지는 집으로 편지해 주시기를.

1967년 10월 6일 Raphael

열다섯 번째 편지

✉ Sylvia,

어느덧 날씨가 추워지는군요.

가을을 앓았다고요? 저도 그 새 또 감기로 조금 앓다가 지금은 거뜬합니다. 그래서 내일은 상경하려고 합니다.

목적은 그 새 너무 산에만 있어서 '현실'을 조금 실감해 보기 위해서라 할까요.

그리고 할 일은 차차 거기 가서 알려드리겠습니다.

참, <낙수집>은 너무 오래 가지고 있었지요? 산에 두었다가 추석 후 앓는 통에 가지 못해서 못 부쳤다가 이제야 부칩니다. 정말 잘 읽었습니다.

앞으로는 제가 현실 속에 있으면서 우리의 이야기가 엮어지겠습니다. 시간이 지남에 따라 우리의 얘기가 우리의 삶에 어떤 수(繡)를 놓을 것인지, 또 어떤 노래가 될 것인지, 듀엣으로 엮어 부르겠지만, 수와 노래는 워낙 실비아가 명수. 라파엘은 다만 때때로 반주나 할까.

막 짐을 다 챙겨 놓고 지금 밤 12시.

그럼 상경하여 다시 그곳 주소로 소식 전하겠습니다.

오늘 밤도 안녕히.

1967년 10월 17일 Raphael

PS 일기와 노트와 함께 『선다싱전』을 동봉합니다. '선다싱'은 내가 가장 좋아하는 기독교 최근의 성인.

열여섯 번째 편지

✉ Sylvia,

상경한 지도 어느덧 보름이 넘는 듯. 그동안 안녕하신지요?

참, 그 새 실비아 결혼하시지 않았습니까?

이 소식을 들은 것은 며칠 전, 이곳 서울에서 우연히 설치윤 선배를 만나 그 소식을 들었지요. 그 형에게 어찌 아느냐고 하니까 충무에서 배를 타고 부산 오는데 여수여그 학생을 우연히 만나 얘기 도중에 들었다고. 참 실비아와 나와의 연(緣)에는 설치윤 씨와 배가 어떤 연결의 끈 역할을 하는 듯. 사실이라면 실비아의 일생일대 중대사를 왜 라파엘에게는 알려 주시지 않았는지. 실비아를 위해서 라파엘이 축하할 기회를 왜 주시지 않았는지. 지난 10월 30일이라고 하니 벌써 일주일이 넘었군요.

부디 주님의 성총 속에서 일생을 복된 삶 영위하시기를.

실비아,

우리는 백운산에서 만나, 하늘을 나는 흰 구름처럼 영적인 사귐을 약속한 사이. 현실적 지상에서 각각 다른 운명이 영적인 우리의 우정에 무슨 관계가 있을지.

우리의 꿈은 하늘나라에까지 키우기를 바란 일. 이것이 지상에서의 우리의 꿈이 아니었습니까. 그러나 현실적으로 라파엘은 실비아에게 계속 편지를 해도 좋을는지. 조금이라도 불편한 일이라면 잠시, 혹은 길다면 긴 이 세상에서의 교통을 쉬어도 좋을 일.

실비아,

라파엘은 생각이 너무 비현실적인지요. 그래서 현실을 직접 체험해 보려고 서울을 왔는데 아직은 현실적인 일에 큰 매력이 없으니. 그러나 구체적 라파엘의 현실적 위치는 지금 모색 중이니 차차 말씀드리지요. 그것이 가능하다면.

매일 해가 뜨면 해가 질 때까지 도서관에서 지냅니다. 지금은 U.S.I.S. 라이브러리. 저물어 도서관에서 나오면 빌딩의 창문 불빛. 네온, 네온. 네온의 불야성 속에 사람과 자동차의 물결이 흐르고 때로 조금 쓸쓸해지는 기분이 들기도 합니다.

그새 읽은 책은 아인슈타인의 전기 두 권과 『Heaven, it's wonder and Hell』 by Emanuel Swedenborg.

아직 날씨는 그렇게 춥지 않으나 어느덧 겨울이 온 기분입니다.
1967년 11월 5일 서울 삼양동에서 Raphael

일곱 번째 편지

✉ Sylvia,
오늘 실비아의 편지를 받아 보았습니다.

먼저 실비아의 결혼에 다시 한번 라파엘의 심심한 축의를 전합니다. 부디 행복한 가정을 이루시기를. 또 이루어지기를 라파엘은 항상 축원하겠습니다.

실비아,

실비아에게 내정된 사람이 있는 줄은 지난여름 <미래사>에 있을 때, 알았지요. 순전한 직감으로. 그때 효봉 스님 계시던 방에서 혼자 기거하며 어느 날 밤 꿈을 꾸었는데 처음 실비아를 만났지요. 그 후에도 서울서 한 번 더 만났으니 꿈에 두 번을 본 셈입니다만.

어쨌건 그 날 밤 실비아는 아주 어렴풋이 보였으나 실비아가 어느 내정한 사람에게 쓴 편지를 꿈에 제가 읽게 된 것이지요. 그 편지의 내용이 하도 생생하여 지금도 거의 기억할 정도.

그리고 또 그동안 실비아의 편지에서 조금은 느낄 수가 있었고.

실비아,

우리가 서로 영교(靈交)를 희망한 것은 먼저 현실에서는 만나지 않기로 전제한 때문인데 우리의 꿈은 조금이라도 현실에 지장이 되어서는 안 되겠지요. 그럼 우리가 의도하는 순수한 영교가 어려운 일. 그래서 라파엘의 생각도 그곳 신부님의 말씀과 같이 먼저 실비아의 그이에게 얘기하는 것이 좋겠습니다. 물론 서두를 것은 없고. 그래서 만일 진정한 이해가 있다면 우리의 현실적 교통은 계속해도 좋을 것이나 만일 조금이라도 어려움이 있다면 우리의 이 교통을 쉬기로 합시다. 그것이 옳은 일일 줄 압니다.

사랑과 우정과 영적 교통마저도 가꾸고 키우는 정성에 따라 그 열매도 충실해지는 것이겠지만 마음의 인(因)은 찰나 속에서도 영원의 과(果)를 가져올 수 있는 일이어서 저세상에서 만나기를 바라는 우리의 염원은, 만일 우리가 그럴 수 있는 삶을 살 수만 있다면 우리의 꿈은 이루어 질 줄 믿기 때문입니다.

그래서 우선 실비아의 그이에게 우리의 관계를 얘기할 때까지만이라도 교통을 쉽시다. 거듭 말씀드리나 결코 급히 서두를 것은 없고, 한 일 년쯤 뒤에 얘기해도 좋을 줄 압니다.

라파엘은 지금까지 우리가 나눈 얘기만으로도, 잠시 현실에서 마음을 쉬일 때, 지난날을 회상할 때마다 한 송이 향기로운 violet을 기억할 것이고, 한 개의 반짝이는 진주로 추억할 것입니다. 라파엘의 현실적 위치는 학업을 계속하기를 바라고 있는 것입니다. 하고자 하는 학과의 분야가 종교에 관한 것이라 아버님의 이해를 얻기가 어려워 지금 설득 중이지요.

이유는 너무나 현실과 유리된 학문이라는 것이지요. 법과나 의과 같으면 허락하시겠다고 하시나 지금 새삼 생계를 위한 학문은 하고 싶지 않고 가능한 한 이 세상에서 내가 진정으로 해 보고 싶은 일을 하고 싶은 심정입니다.

지난여름 미래사에서 한번 나의 인생관이 동요되었다는 소식을 드린 적이 있지요. 그때 「보조법어록」을 보다가 아주 입산의 결심까지 갔던 것이 동요의 원인입니다.

그러나 할 수 있는 한, 관심 분야의 공부를 현실 속에서 해 보고 싶은 것이 내 욕심이요, 꿈입니다. 더 구체적인 것은 기회가 닿으면 차차로.

참, 곧 실비아도 상경하시겠군요. 혹시 길에서 스쳐지나도 서로가 아니, 나는 알 수 없는 것이 이 세상에서의 우리의 연.

아무쪼록 실비아의 가정에 주님의 축복이 항상 함께하심을 거듭 기도하는 바입니다.

실비아에게 조그만 저의 선물을 하나 보내려고 하는데 아마 이 편지보다 며칠 뒤에 도착할 듯합니다.

그럼 안녕히.

       1967년 11월 17일 Raphael

⋯

먼 옛날, 그러니까 반백 년도 넘은 1967년의 기억이 하나하나 떠오른다.

그랬었지. 나는 광주에서 교편을 잡고 있으면서 두 남자와 편지를 주고받았지. 옥진이 오빠와는 결혼을 앞두고 현실적인 생활 이야기, 그리고 라파엘과는 내가 꿈꾸고 있는 보랏빛 환상, 저 언덕 너머 피안의 이야기. 종교와 음악과 시와⋯. 나는 두 사람 중 누구에게도 소홀히 할 수가 없어 그 바쁜 교직 생활 속에서도 성실히 편지를 썼었지. 그러다가 결혼을 앞두고 이 사실을 내 영세 신부님이었던 아일랜드 출신 다이아몬드 신부님께 의논을 드렸었지⋯.

그분 말씀은 당연히 정리해야 한다는 것이었다. 남편에게 사실을 다 말하고 양해를 구할 수 있다면 모르지만, 남편 모르게 계속한다는 것은 안 된다는 것이었다. 충분히 수긍이 되었다. 하지만 나는 남편에게 말할 용기가 없었다. 아니 말하고 싶지 않았다. 남편의 기분을 상하게 할 필요도 없거니와 너무나 소중한 나만의 보물이기에 끝까지 혼자만 간직하고 싶다는 이유가 더 컸다. 그래서 우리의 편지는 끝났다.

1962년 가을 백운산에서 처음 보았고, 다시 1966년 가을, 여수행 밤 배 속에서 만난 설치윤 기자 덕분에 끊어진 연(緣)이 다시 이어져, 1967년 봄부터 새롭게 이어진 영적 사귐. 그러다가 다시 가을이 깊어지자 결혼과 더불어 우리의 영적 친교는 아무 기약도 없이 끝나고 말았다.

그러나 나는 이따금 삶에 지쳐 쓰러질 것 같을 때, 모든 것 내려놓고 어디론가 도망치고 싶을 때, 나도 모르게 그와 함께 노닐던 영적 시공간을 떠올리곤 하였다.

피안의 세계는 늘 아름다운 것.
아름다운 것은 늘 영원한 것.

나는 백운산 허리에 걸린 흰 구름을 타고 충무시 태평동 22번지, 남망산, 미래사 등을 오락가락하며 잠깐씩이나마 안식을 취하곤 하였다. 그곳은 내가 좋아하는 슈베르트의 『겨울 나그네』에 나오는 '보리수 그늘'이었으므로. 아니, 헤르만 헤세의 『유리알 유희』에 나오는 '카스탈리엔', 학문과 음악과 명상과 미의 예찬만 존재하는 교육주, 정신적 삶의 보존을 추구하는 이상향, 영원한 나의 안식처였으므로. **

Ⅲ.
해후(邂逅)

결혼은 한 여성의 삶을 송두리째 바꾸어 놓는다.

나는 은영배 씨와 결혼하기로 마음을 정하고, 1년 동안 365통 넘는 편지를 주고받다가 결혼하였다. 그때 그와 나는 한 가지씩 조건을 내걸었다.

그는 나에게 직장을 그만두고 서울로 올라와 어머님 모시고 가정주부가 되어 줄 것을.

나는 그에게 나의 창작 생활을 격려해 줄 것과 머지않은 날, 천주교에 입교해 줄 것을.

우리는 서로 흔쾌히 고개를 끄덕였다.

나는 곧 사표를 냈고, 1967년 10월 황순원 선생님 주례로 결혼을 했다. 학기 중이라 학생들에게 너무나 미안해서 남편에게 한 가지 더 요구했다. 며칠이 될지 모르지만 내 후임이 올 때까지는 광주에 더 머물면서 수업을 하다가 상경하도록 배려해 줄 것을.

그는 그 제안도 흔쾌히 받아들였다. 그래서 나는 2박 3일의 신혼여행을 마친 뒤 바로 광주로 가서 무보수 근무에 들어갔다. 교장 선생님 이하 선배 교사 여러분이 막내 교사인 내가 기특하다고 칭찬을 아끼지 않았고, 학생들 또한 박수를 쏟아부어 주었다. 교육청에서도 열심히 후임자를 구해 한 달 남짓 더 가르치다가 나는 찬바람 시린 늦가을, 그 즐거운 교직 생활에 종지부를 찍었다.

상경할 때, 놀라운 일이 벌어졌다. 교장 선생님은 교감 선생님 인솔하에 내가 가르치던 5개 반 학생 전체 300여 명을 광주역으로 보내 나를 배웅케 한 것이다. 그날 학생들과 한데 엉켜 얼마나 울었던가. 학생들은 남편을 에워싸고 말했다.

"아저씨, 우리 선생님 고생시키면 안 돼요. 아시지요? 그럼 우리가 다시 모시러 갈 거예요."

그러나 현실은 그게 아니었다. 고생도 그런 고생이 없었다. 그는 5남매의 막내지만 6대 장손으로 90세 할머니와 70세 어머니가 생존해 계셨다. 며느리 얻는다고 고향 정읍에 계시던 어머니를 서울로 모셔와 어느 부잣집 뜨락 구석어 간이식으로 지은 방 두 개를 세 얻어 가난하게 살고 있었다. 다 알고 왔지만, 이것저것 생각보다 어려웠다. 한 달쯤 있자니, 정읍 시숙부님께서 댁에 잠시 계시던 할머니까지 서울로 모시고 왔다. 장손 며느리가 왔으니 셋째 아들이 모실 이유가 없다는 것인 듯했다. 결국, 두 노인을 모시게 되었고, 연 7회의 제사에 명절 차례까지 지내는데, 시도 때도 없이 시댁 식구들이 들이닥치는 바람에 손에 물 마를 날이 없었다. 게다가 허니문 베이비까지 가져서 음식도 안 먹히고 어질어질, 걸핏하면 쓰러지기도 하고, 사는 게 너무나 버거웠다. 나는 밤마다 울었다. 이건 아닌데, 이건 아닌데….

남자는 결혼을 해도 별로 달라지는 것이 없이 자기 생활을 계속

하면 그만이었다. 그러나 여자에게는 너무나 가혹했다. 특히 내 경우는 더 그랬던 것 같다. 손 마를 새 없는 일도 일이지만 가난 때문에도 더욱 그랬다. 나는 처녀 시절, 정신적 가치관을 지나치게 내세운 나머지 현실을 너무 몰랐다.

내가 《현대문학》으로 막 등단하고, 전남여고에 있을 때, 교장 선생님이 중매를 선 적이 있었다. 어느 날 수업 중인 교실에 누군가를 모시고 들어와 제법 긴 시간 동안 수업을 참관하고 가신 적이 있다. 장학사가 오시면 종종 그런 일이 있어서 그날도 그러려니 했다.

그런데 나중 교장 선생님이 일부러 불러서 자초지종을 말씀하시는 거였다.

'그분이 가까운 친구인데, 며느릿감을 찾고 있다. 내가 안 선생을 소개했더니 내게 수업 참관을 요청했다. 한참 살펴보고는 마음에 든다며 얼른 추진하자고 한다. 아주 부잣집이다. 안 선생 그리로 시집가면 평생 돈 걱정은 안 하고 편안히 잘 살 거다.'

대충 이런 내용이었다.

그런데, 이상도 하지. 그 부잣집이란 말이 왜 그렇게도 거슬리던지. '부자'라는 말 대신, 가풍이 있다든지, 신랑이 똑똑하다든지, 했으면 상사의 말씀이니 따랐을 것이다. 그런데 '부잣집'이라는 말이 영 거슬려서 정중히 사양하고 말았었다. 아직은 결혼 생각이 없다면서.

어쨌거나 그 당시 나는, 평생 반려자가 되려면 보리밥에 나물 반찬만 먹더라도 정신적인 것이 통해야 한다는 생각이 훨씬 앞섰다.

그런데 결혼생활을 하고 나서야 경제적인 문제도 상당히 중요한 것임을 절실히 깨달았다.

병약한 노인을 모시느라 병원비 지출까지 겹치면서 공무원 월급은 20일이면 바닥이 났다. 시할머니는 1년 안에 돌아가셨지만 시어머니는 만 7년을 모셨다. 워낙 몸이 약하신 분이라 걸핏하면 아이를 등에 업은 채 어머니를 모시고 병원으로 뛰었다. 그 와중에 연년생 3남매를 낳아 길렀다. 동네 사람들이 측은한 듯 '아이 넷을 돌보시는군요.' 했다. 육아는 몸만 힘들게 하는 것이 아니라 돈도 많이 필요했다. 처음엔 교직에서 모아 온 돈을 보탰지만, 그것도 곧 바닥이 났다. 이래저래 결혼생활의 고달픔은 이루 말할 수가 없었다. 이건 아닌데, 이건 아닌데…. 밤마다 베개가 젖었다.

나는 여고생들과 동고동락하던 교단을 자주 떠올렸다. 거리에서 여학생 교복만 봐도 눈물이 났다. 나는 정말 교직 생활이 좋았었다. 국어 교과서에는 좋은 글이 많았다. 그 글을 통해 감수성 예민한 청소년들과 교감하면서 얼마나 행복했던가. 더구나 문학도인 나는 좋은 소설을 통해 인생을 이야기하고, 걸핏하면 칠판에 시를 적어주며 함께 낭송하고 암송하면서 학생들의 정서 함양이나 인성교육에 치중했다. 게다가 내가 좋아하는 클래식 음악도 많이 소개했다. 슈베르트의 「보리수」를 독일어로 적어 놓고 발음 연습까지 시켜가며 함께 부르기도 했다. 소풍을 가면 학생들은 내게 꼭 노래를 시켰다. 슈베르트의 「보리스」와 「아베 마리아」는 거의 지정곡으로 요청받았다.

그때만 해도 대학입시에 쫓길 때가 아니라 그런 여유가 가능했고, 그 덕분에 학생들과 더욱 친해질 수 있었다. 60년이 넘은 지금도 스승의 날이면 당시의 학생들이 찾아와 그때 적어준 시를 암송하면서 나를 기쁘게 하고, 나로 인하여 클래식 음악이라는 것을 처음 알고 좋아하게 되었다며 고맙다는 인사를 할 정도이니 말해 무엇하랴.

나는 마침내 막내가 기저귀를 걷은 다음 복직을 결심하고 신문 광고를 뒤지기 시작했다. 뜻이 있으면 길은 있는가. 어느 날, 작은 광고 문구가 내 눈에 커다랗게 들어왔다. 시흥에 동일여고가 신설되어 채용공고가 난 것이다. 3차까지의 시험을 치러 1974년 이른 봄 다시 학교에 나갔다. 하도 멀어 새벽 6시 반이면 출근해야 하는데, 세 살짜리 막내가 내 옷자락을 붙들고 못 가게 해 마음이 아팠지만, 도우미 언니가 믿을 만하여 눈물을 머금고 나갔다. 다시 학생들을 만나니 막혔던 가슴이 뚫리는 것 같았다. 보람도 컸고 경제적 도움도 컸다. 게다가 나만의 시간도 마련되었다. 그 시간에 글도 썼다. 덕분에 그해 가을, 첫 소설집 『가을, 그리고 산사』를 출간하는 기쁨도 누렸다.

단 하나, 시흥이 워낙 멀어 왕복 세 시간 남짓을 만원 버스에 시달리는 게 큰 고생이었다. 그러던 중, 작은 기적이 일어났다. 학생 중 중앙대학교 부속 여고 교감 선생님의 딸이 있었는데, 집에 가서 내 이야기를 어떻게 했는지, 어느 날 교감 선생님의 전화를 받게 되었다. 마침 국어과에 자리가 하나 있는데, 옮겨올 의향이 없느냐고. 나는 대번 하느님께서 마련하신 자비의 선물이라고 여겼다. '감사합니다'를 연발하며 1977년, 중앙대학교 부속 여고로 근무지를 옮기게 되었다.

그런데, 아아. 새로운 직장에서 긴장도 어느 정도 풀리고 즐겁게 교직 생활을 하고 있던 1978년 어느 날, 정말 깜짝 놀랄 일이 생겼다.

라파엘의 편지!

어머나, 이럴 수가! 세상에! 라파엘! 그의 편지가 학교로 온 것이다.

✉ Sylvia,

며칠 전 우연히 은행에 들렀다가 옆에 놓인 《주간여성》을 뒤적이던 중 뜻밖에 '안 실비아'란 이름을 발견했습니다. 단숨에 콩트 「좁고도 먼 거리」를 읽고 나서 '멀고도 좁은 세상'임을 실감했습니다. 필자 소개에 저서가 나와 있더군요. 너무나 반가워 마침 시내 나가는 길이어서 종로서적 센터에 들러 『가을, 그리고 산사』를 한 권 샀지요. 모두 우연히, 뜻밖에, 갑자기 발견한 일들입니다.

산사의 일은 돌이켜보니 16년 전이었고, 그 후 잠시 서신을 나누던 때는 11년 전이었군요. 그러나 그때 일은 어제 일 같고 『가을, 그리고 산사』를 읽는 중에 옛일이 프리즘을 통해 보는 경치처럼 더욱 영롱하고 새롭고 아름답군요.

어느 가을날 산사의 해후는 상 백운암의 석간수처럼 솟았다가 바위틈 속으로 숨은 후, 5년 만에 잠시 지면으로 솟았다가 다시 땅속으로 흐른 후 10년 만에 다시 지상으로 나타난 듯합니다. 이상하게도 이 물은 스미어 없어지지 않고 모르는 사이에도 도도히 흘렀던 것 같습니다. 이 한 냇물 줄기는 다시 땅속으로 스미어도 마침내 머지않아 바다에까지 이를 것 같습니다.

  10년이면 산천도 변한다는데 사뭇 변화가 있었던 것도 같습니다. 그새 저도 결혼하였지요. 학교 영어 선생도 2년 하고 다시 산에 가서 2년 동안 기도 생활(크리스천으로)을 한 후 신학교에 들어가 공부를 마치고 지금 서울 영등포구 고척동에서 교회를 하나 개척하고 있지요. 내년에는 목사가 됩니다. 나의 신앙 체험 상 그새 가톨릭에서 프로테스탄트로 옮겼지요. 저도 실비아의 애독자입니다. 글이 아름답고 따뜻하군요. 참되고 영롱한 향기 높은 문학의 자취를 남겨 주시기를 기원합니다.

1978년 12월 9일 Raphael

  얼마나 놀랍고 반가웠던가. 며칠 후, 내가 미처 답장을 쓰기 전에 교무실로 전화가 왔다. 아, 서로 목소리를 듣는 것은 처음이다. 편지는 잘 받았느냐는 물음으로 시작되었다.

  전화기가 교감 선생님 앞에 놓여 있었으므로 조심조심, 조용조용, 어떻게 받았는지도 모를 지경. 만나면 할 이야기가 많을 것 같다며 언제 한번 기회를 보자고 했다.

  그렇다. 얼마나 많은 이야기를 하고 싶었던가. 결혼생활에서 이것저것 채워지지 않을 때, 외롭고 쓸쓸할 때, 이 세상 어딘가에 살고 있을 그를 얼마나 그리워했던가.

　천주교 신자에서 수도승으로 여러 산을 돌고, 이제 다시 하느님을 모시는 기독교인으로 원래의 자리를 찾아온 그. 나는 전화를 받은 후 바로 답장을 썼었다.

　12월이 가고 금세 새해가 왔다. 그의 편지가 또 왔다.

✉ Sylvia,
참 오랜만인데 꼭 어제 일 같기도 하군요.
서로 목소리까지 듣고 보니 더욱 가까워진 것 같은 느낌입니다.
　그러나 우리에게는 각자의 생활이 있어 자유를 잃고 있으므로 옛날처럼 서신 교환은 어렵겠지요. 처음 뜻하였던 대로 우리의 우정은 아름답고 순수한 그대로 꿈속에 간직해 두었다가 훗날 아버지의 나라에서 서로 얼굴을 대하는 것이 더욱 반갑겠지요. 아니면 안개 속 풍경처럼 우리의 꿈의 색깔을 벗겨 버리도록 지금이라도 한번 만나 얼굴을 대하고 이야기를 나누어 볼까요? 집사람에게 다 얘기하였더니 자기도 한번 만나봤으면 좋겠다고 하는군요. 집사람도 얼마쯤 문학을 좋아하고 또 음악을 좋아하는 편이어서 얘기가 통할 것입니다.
　저는 금년 5월에 목사가 됩니다만 라파엘은 평생 간직할 저의 세례명입니다. 프로테스탄트로 전환했지만, 여전히 라파엘 천사와 동행하는 생활을 이어가고 있습니다.
　며칠 전 17년 만에 상 백운암에 함께 있던 스님을 만났는데 최근 상 백운암이 산중 무허가 건물로 철거당했다는 소식을 듣고 여간 섭섭지 않았습니다. 곧 새로운 정식 암자가 새워지겠지요. 비록 암자는 없어졌으나 그곳의 산천경개는 그대로일 줄 압니다. 언제든 기회 있으면 다시 한번 가 보고 싶은 마음의 고향이지요.

실비아는 저녁 미사에 참석하신다는 것을 보니 여전히 신앙은 깊군요. 우리는 그리스도 안에서 주님의 뒤를 따라 하늘을 소망하고 비록 작으나마 우리의 자취가 빛과 향기로 나타나기를 힘써 노력합시다. 주 안에서 서로를 위하여 기도할 때 기억하기를 원합니다.

1979년 1월 15일 Raphael

편지를 받고 보니, 나 또한 그를 한번 만나고 싶었다.

마주 앉아 한 잔의 차를 나누며 그 옛날 산사의 추억도 나누고, 내 작품 이야기도 나눌 수 있다면 얼마나 좋을까. 62년 백운산에서 만났으니 벌써 17년 세월이 흘렀다. 어느덧 내 나이 불혹! 이 나이에 무슨 흔들림이 있겠는가. 그도 결혼했으니 자연스러울 것 같고, 무엇보다 성직자로 있다니 안심도 되고.

그러나 단지 한 가지. 남편에게 미안해서. 아이들에게 미안해서.

한 가정을 가진 여자가 다른 남자를 만난다는 것이 내겐 왠지 떳떳지가 못한 느낌이었다. 지나친 도덕관념에 사로잡힌 나를 어쩌면 좋을까. 항상 내 감정을 누르도록 종용하는 나의 이성을 어쩌면 좋을까. 선뜻 만나겠다는 말을 못 꺼낸 채, 세월이 흘렀다. 교직 생활이 워낙 바쁘다 보니 하루하루가 쏜살같이 지나갔다.

그리고 가을, 10월이 왔다. 그에게서 전화가 왔다. 가을도 되고 했으니 한번 만나자고. 이제 남편에게 우리의 만남을 이야기하는 것도 생각해 보라고. 셋이 만나도 좋고, 넷이 만나도 좋다고. 나도 그게 좋겠다고 했다. 남편과 상의해 보마고 했다.

그런데 바로 사흘 뒤, 빅 뉴스가 터졌다. 10월 26일 박정희 대통령 서거. 삽교천 준공식을 마치고 서울로 돌아와 김재규 중앙정보부장이 베푼 만찬회 석상에서 언쟁 끝에 정보부장의 총에 맞아 숨졌다고. 너무나 많은 의혹, 너무나 큰 충격 속에 온 언론이 들썩거리고, 정계가, 사회가 출렁댔다. 18년 장기 집권에서 온 폐해가 결국 그렇게 무서운 결과를 낳고 만 것이다. 그것도 자신의 왼손 격인 정보부장 손에.

그런 사회 분위기 속에서 공무원인 남편에게 그 문제를 꺼낼 수가 없었다. 결국, 우리의 만남은 무산되고 말았다. 만나질 듯 만나질 듯하다가 안개처럼 소리 없이 번져 버리는 우리 해후의 가능성. 나는 또 한편 생각했다. 우리는 처음부터 이 세상에서는 만나지 않기로 약속했지 않은가. 대통령 서거라는 충격적 뉴스가 오히려 망설임을 쫓는 데 도움이 되었다.

곧 1980년이 되었다. 신학기를 맞아 한창 바쁠 때, 그에게서 전화가 왔다.

곧 미국으로 떠나게 되었다고. 떠나기 전에 둘이서만이라도 한번 만났으면 좋겠다고. 아, 그가 미국으로? 나는 순간 생각했다. 그럼 더는 미룰 수 없겠구나. 나는 바로 너 내일 수업 끝나고 나가겠다며 장소를 정하라고 했다. 그가 종로 YMCA 커피숍을 말한다. 오케이. 혹시 못 알아볼까 봐 TIME 잡지를 들고 있겠다고 말한다.

오케이.

그렇게 우리는 만났다. 20대 청춘에 편지를 나누다가 40대 중년에야!

서로 금세 알아보고 반갑게 인사를 나누었다. 유난히 큰 키, 깡마른 몸매, 그윽하고 깊은 눈매가 여전하다. 편지를 주고받고, 전화까지 나눈 상태라 어색하진 않았다. 자연스럽게 차를 마시며 이야기를 나눈다. 주로 그가 한국을 떠나게 된 이유를 말하고 나는 듣는다.

신학생 시절, 하버드 대학에서 기독교와 불교 비교연구를 할 지원자를 구한다는 연락이 왔더란다. 그런데 아무도 관심을 보이지 않더란다. 문득 이건 아무래도 주님이 나를 부르시는 것이 아닌가, 하는 생각이 들더란다. '기회를 붙들어라', 하는 신호도 주시는 것 같더란다. 그래서 용기를 내어 신청하고 서류 만들어 제출한 뒤, 열심히 시험공부도 하여 응시했더니 허가가 나왔다고. 주변에선 국무위원인 아버지 힘이 아닌가 오해도 하는 모양이지만, 전혀 자신의 힘으로 붙잡은 기회라고. 자기는 다행히 불교 서적도 많이 읽었고, 산에서 스님 생활도 해 봤으니 잘할 수 있을 것 같다고.

나는 진정으로 기뻐하며 축하했다.

"정말 최적임자이시네요. 축하드려요. 늦은 나이에 공부하시려면 우선 건강하셔야지요. 제가 또 건강을 위해 기도드릴게요."

우리는 웃었다. 그도 나도 백운산 일을 상기한 것이다.

"백운산 시절부터 실비아가 내 건강을 위해 열심히 기도해 줘서 늘 감사하고 있지요."

아닌 게 아니라, 그를 떠올릴 때면 나는 늘 그의 건강을 위해 화살기도를 쏘아 올리곤 했다. 폐를 절제하고도 저렇게 활동할 수 있다는 것이 얼마나 감사한가.

저녁 식사 시간이 임박하여 겨우 한 시간 정도 이야기를 나누고 일어섰다. 그가 손을 내밀었다. 악수를 청한 것이다. 조금 망설였지만 이건 아니다 싶어 나도 얼른 손을 내밀었다.

학업 잘 마치시라고 거듭 말하면서. 진정으로 그의 건강을 빌면서.

그렇게 그는 떠났다. 한국과 미국. 당시만 해도 얼마나 먼 거리인가. 그를 만난 뒤부터 재미난 버릇이 생겼다. 어디서든 미국 이야기, 하버드 대학 이야기가 나오면 자연스럽게 그를 떠올렸다. 그리고 그의 건강을 위해 화살기도를 높이 쏘아 올렸다. 그러던 중 오랜만에 그의 엽서가 왔다. 미국에서.

✉ Sylvia,

밤중에 혼자 깨어 있을 때, 라이너 마리아 릴케처럼 벗에게 글이라도 쓰고 싶은 기분입니다.

백운산, 상 백운암의 수도승이 지금은 Harvard에 와 있으니 금석지감(今昔之感)이 듭니다. 오늘은 나타니엘 호손의 생가에 가서 그가 『주홍글씨』를 집필했던 방도 보고 왔습니다. 미국은 훌륭한 작품을 썼던 작가의 집을 유적 박물관처럼 잘 보관하고 있는 것을 볼 수 있었습니다. 지금은 하버드 써머스쿨 중이고 9월 개학하면 내 관심사인 비교 종교학을 공부하게 될 것입니다. 실비아의 작품을 멀리서도 읽게 되기를 바랍니다.
1980년 8월 7일 Raphael

나도 물론 답장을 보냈고, 다시 편지가 왔고, 수년 동안 크리스마스 카드로 안부가 오고 갔다.

✉ Sylvia,
지난 9월에 보내신 《현대문학》과 수필집 잘 받아보았습니다. 지금도 가르치시는 일에, 가정일에, 그리고 글 쓰는 일에 바쁘실 줄 생각됩니다. 지난가을 단풍철에(이곳 New England 단풍은 세계에서도 알려진 곳이라고 합니다) Henry David Thoreau가 자기 손으로 집을 짓고 살았던 Walden Pond에 가 보았습니다. 제가 있는 곳에서 한 시간 거리인데 과연 영감이 솟을 만한 곳이었습니다. 우리에게 큰 감동을 주는 진정한 예술가나 신앙적 수도자들이 왜 오랫동안 자연 속에서 살기를 원하고 또 살았는지 저절로 이해가 되었습니다. 저에게도 시간이 있다면 몇 줄의 수필은 쓸 수 있을 것 같은 기분이 드는 때가 많습니다. 그러나 지금 하는 일이 너무나 바빠서 도무지 그럴 여유가 없군요. 논어 서두에 '학이시습지면 불역열호'라고 했지요. 아닌 게 아니라 공부를 통해 새로운 세계를 접하는 즐거움은 나이 들수록 오히려 깊어지는 것 같습니다.
이곳 도서관은 세계에서 제일 크다고 합니다. 원하는 책은 거의 무엇이나 동서고금의 것을 마음대로 볼 수가 있어 참 편리합니다.

한국 책도 웬만한 것은, 문학에 속한 것까지 비치되어 있는데 실비아 것도 곧 첨가되기를 바랍니다. 가령 기증이 되면 즉시 비치될 것입니다.

집사람도 지난 9월에 이곳에 와서 학교 다니느라고 둘 다 정신이 없습니다.

지금 밖에는 눈이 내리고 있습니다. 이곳은 크리스마스 분위기가 한창입니다.

실비아의 작품이 계속 이 세상에 아름다운 방향(芳香)으로 남겨지기를 바랍니다.

1980년 12월 16일 Raphael

✉ Sylvia,

계속 학교에서 근무하실 줄 믿습니다. 81년 9월에 귀국하여 그동안 성전 건축을 다 마쳐 놓고 지난 5월 말에 다시 미국에 와서 학업을 계속하고 있습니다. 책 보는 일에 머리가 아프면 클래식 음악을 듣기도 하며 시나 단편을 읽으면 마음과 정신이 쇄락해짐을 느낍니다. 구도적 자세나 예술에 대한 감수성이 나이 들수록 더욱 깊어지고 민감해집니다. 백운산의 꿈과 이상이 갈수록 더욱 채색으로 영롱해집니다. 부디 계속 아름다운, 따뜻한 사랑의 이야기, 밝은 지혜의 향기를 글로써 남기시기를 바랍니다.

카드 그림은 전신 마비 장애인이 입에 붓을 물고 그린 그림입니다. 이 종 속에서 얼마나 맑고 밝은 메아리가 울려 퍼지는지 들어 보십시오.
1983년 12월 20일 Raphael

이렇게 매년 크리스마스 카드로 안부를 전하다가 87년부터는 공백이 생겼다. 나는 고3 엄마가 되어 정신없었고, 그 역시 미국에서의 목회 시작으로 바빴던 게 아닌가 싶다.

그런데 1990년 5월이었다. 한국문인협회에서 공문이 왔다. 제1회 해외 문학 심포지엄이 8월 중 L.A에서 열린다고 신청을 받겠단다. 당시 문인협회 회장님은 조병화 시인이었다.

마침 3남매의 대학입시를 끝낸 터라 망설임도 없이 마음을 정하고 가족들에게 양해를 구한 뒤, 복잡한 서류를 다 만들어 제출했다. 막 해외여행이 자유화되었을 때라, 수많은 문인이 너도나도 설레는 마음으로 동참했다.

우리는 곧 동숭동에 있는 〈해외개발공사〉 소속 '예지원'에서 소양 교육을 받았다.

교육 내용은, 증발하지 않도록 조심하라, 과소비하지 말아라. 대한민국 국민으로서 품위를 지켜라, 등이 골자였다. 준비는 착착 진행되었다. 7월 20일까지 여행비 180만 원을 송금하고 23일 예총회관에서 사전 모임을 한 뒤, 8월 3일 12시 비행기로 떠나는 계획이었다.

문학 서적을 읽으면서 청소년 시절부터 품어 온 꿈! 해외여행의 꿈이 드디어 이루어진 것이다. 그것도 지천명의 나이 50에. 그동안 고생하며 살아온 삶에 한 줄기 보상이라 생각하고 하느님께 감사드렸다. 그리고 가족에게, 특히 남편에게 감사했다.

난생처음 하는 해외여행. 교육을 받아서 어느 정도 가늠은 섰지만, 이것을 넣을까, 뺄까, 고심하며 짐을 쌌다. 카메라는 필수라고 했다. 협회에서는 또 각자의 저서를 좀 넉넉히 챙겨 오라고 했다. 미국에 있는 문인들에게 선물해야 한다고. 책이 좀 무거운가. 그래도 넣고 또 넣으며 짐을 꾸려 8월 3일 아침 일찍 공항에 도착했다.

〈썬웨이 여행사〉 대표로부터 이것저것 설명을 듣는다. 조병화 회장님을 단장으로 성춘복 시인이 12박-13일 우리를 돌본단다. 김의정, 김문수, 김병총, 최기인, 전경애 소설가, 안재식, 반숙자 수필가, 서복희, 박문재 시인 등 아는 얼굴이 보여서 반가웠다. 어쨌건 150명 넘는 문인이 한꺼번에 가게 되어 통솔이 어렵다며 4조로 나눈단다. 조장을 정하고 지시를 받고 정신이 없이 움직이다가 드디어 탑승했다.

비행기 안은 거의 우리 문인들. 비행기를 통째로 전세 낸 듯하다. 대부분이 사진기를 들고 찰칵, 찰칵, 모든 것이 그저 신기해서 비행기 타자마자 찍고 또 찍는다.

일행은 비행의 신기함과 지루함을 동시에 맛보며 무사히 착륙, 마중 나온 여러 대의 버스에 조별로 나누어 타고, 그곳 시간 오후 3시 30분경 L.A 힐튼호텔에 도착했다. 주최 측에서 미리 짜온 대로 둘씩 짝지어 방을 배정받고 짐을 푼 뒤, 오후 5시 개회식에 참

가하기 위해 2층 대강당에서 모였다.

그곳에는 이미 미주 문인들이 많이 나와 있었다. 여기저기서 손을 내밀고 반가운 인사를 나누는 문우들. 강당은 순식간에 떠들썩했다. 곧 식이 시작되었다.

심포지엄의 주제는 「민족 동질성 회복을 위한 한국문학의 향방」.

미국 쪽에선 고 원 선생이, 우리 쪽에선 박동규, 김해성 선생이 주제발표를 했다.

이어서 제1회 해외 문학상 수상식이 거행되었다. 그런데 아니, 이럴 수가!

나는 수상자의 이름을 보고 깜짝 놀랐다. 재미 소설가 민영익 선생님이 아닌가. 바로 민영식 국무위원의 동생이요 라파엘의 숙부님. 그분의 작품 「꽃신」이 수상작으로 결정되었다는 것이다. 당연히 한국에서 이미 결정된 것이겠지만 전혀 모르고 왔다. 이럴 수가, 이럴 수가! 나는 라파엘을 만난 듯 가슴이 두근거렸다.

원로가 된 민영익 선생이 단상에 오른다. 큰 키가 라파엘과 많이 닮았다. 아아 저분은 라파엘의 안부를 알겠지? 가슴이 몹시 뛰었다. 시상식이 끝난 뒤, 그분을 근거리에서 모시는 재미 여성 문인에게 다가갔다. '이성호'라는 이름표를 차고 있었다. 나는 조용히 민영익 선생님의 조카가 미국에 있는데, 혹시 이 자리엔 나오지 않았는가를 물었다.

"아, 네. 조카분이 선생님을 모시기로 해서 곧 이리로 올 겁니다."

그 여자는 내게 잘 아는 분이냐고 묻는다. 네, 조금. 대답하니, 곧

오시니까 만나란다. 여기까지 와서 안 만나고 가면 되겠느냐고. 그러면서 내 이름표를 본다. 아, '안 실비아 선생님' 하고 이름을 소리 내어 읽는다. 나는 또 가슴이 두근거린다.

행사는 계속 진행되고 있었다. 18시 만찬. 19시 세미나. 그리고 개인 발표. 그럼 20시 40분쯤 그를 만나게 될까? 문득 괜히 이성호 씨에게 말했나, 하는 생각이 든다. 그래도 여기까지 와서 어떻게. 두 마음이 오락가락. 세미나도 제대로 들리지 않는다. 곧 개인 발표 시간이 되었다. 그런데 이성호 씨가 그 넓은 실내를 뱅뱅 돌며 누군가를 찾는다. 아, 나를 찾는 모양이다. 얼핏 눈이 마주쳤다. 나는 다행히 오른쪽 맨 가장자리에 앉아 있었다. 그 여성은 내게로 다가온다. 그리고 속삭이듯 하는 말.

"지금 민영익 교수님 조카, 민지환 목사님이 도착했어요. 내가 안 선생님 오셨다고 이야기했더니, 무척 반가워하며 잠깐 모시고 나오라고 하시네요."

생각지도 않은 해후. 이런 우연도 있는가. 우리는 호텔 로비에서 만났다. 큰 키에 여전히 깡마른 몸매. 80년도에 보고 다시 10년 후에 그를 본다. 그런대로 건강은 좋아 보였다. 그가 무척 반가워하며 손을 내밀었다. 이제 지천명의 나이가 된 우리 사이. 나도 손을 내밀어 아무렇지도 않게 악수.

놀란 그에게 이곳에 온 경위를 말한다. 숙부님이 수상자인 줄도 몰랐는데 시상식장에서 알았다며, 혹시나 하고 목사님의 안부를 여쭈었던 거라고. 서로의 가정 안부를 묻는다. 그는 하버드 대학 공부를 마친 뒤, 보스턴에서 한인교회 목회를 하다가 지금은 이곳 L.A에서 한인교회 목회를 하고 있단다. 하느님께서 아직 자식을 안 주셔서 목회 일에 더욱 열정을 쏟을 수가 있다고. 여기까지 왔는데, 그냥 헤어질 수야 없지 않냐며 일정을 묻는다. 내일 시간을 내면 데리러 오겠단다. 교회도 보여 주고 싶고, 집사람과 인사도 시키고 싶단다. 나는 일행에서 이탈할 수 없다며 사양한다. 그래도 그는 몇 시간만 내면 되지 않겠느냐고, 숙부님 영문 소설집 한 권을 주고 싶다며 다시 한번 더 만나자고 한다. 그러나 나는 몇 번이고 이대로 충분하다며 사양한다. 마침 민영익 선생이 내려오셨다. 나는 인사를 드리고, 잠깐 기다리라고 한 뒤, 호텔 방으로 올라가 해외 문우들에게 주려고 가져간 책 『그날, 그 빛으로』와 『둘만의 이야기』 다섯 권을 꺼내 왔다. 사목활동에 도움이 되었으면 좋겠다며 책을 건넸다. 내 책에는 신앙 이야기도 많으니까.

우리는 그의 차 곁으로 갔다. 나는 문득 사진을 찍고 싶었다. 지나가는 미국인에게 내 카메라를 건네 부탁하여 셋이서 한 컷. 다음 순간 그는, 그의 숙부에게 저만큼 비키라고 한다. 그리고 나랑 둘이서 한 컷. 아아, 28년 전 그렇게도 사진 찍는 일행에서 피해가던 그가 오늘은 자청해서 단둘이 사진을 찍자고 하다니. 이럴 수가!
교수님은, 둘이서 잠시 드라이브라도 좀 하고 오란다. 호텔 로비에서 기다리겠다고. 그 배려가 고마웠다. 그러나 나는 아니라고 손사래를 친다. 그는 자꾸만 그냥 헤어져도 섭섭하지 않겠느냐고 묻는다. 나는 '이것으로 충분해요, 충분해요.'라는 말만 계속한다.

그리고 교수님을 향해 어서 차에 오르시라고 재촉한다. 그에게도 물론! 교수님이 차에 오른다. 그럼 여행 즐겁게 마치세요. 그도 한마디 하고 차에 오른다. 행복한 눈 맞춤. 한 시간도 채 안 되는 시간이었지만 꿈 같은 해후가 그렇게 이루어졌다. 만날 사람은 언제 만나도 만나지는 것인가.

그날 밤, 이런저런 생각에 잠이 오지 않았다. 나는 거듭 충분해요, 충분해요, 하고 말했지만, 그는 정말이냐고 거듭 물었다. 미국과 한국. 언제 다시 만난다는 보장도 없는데, 그렇게 쉽게 헤어져 버리다니 믿을 수 없다는 눈치였다. 할 이야기가 얼마나 많은가. 그런데도 나는 교수님의 드라이브 권고까지 사양했다. 도대체 이유가 무얼까?

이유는 딱 하나. 남편에게 미안해서, 아이들에게 미안해서. 자꾸만 남편의 얼굴이 떠오르고 삼 남매 얼굴이 떠올랐다. 그와 단둘이 만나면 그들에게 죄를 짓기라도 하는 것처럼. 아아, 이 거추장스러운 도덕관념을 어이할꼬. 두 마음이 오락가락. 한편으론 내가 바보 같고, 한편으론 그렇게 절제한 내가 기특하고.

늦도록 뒤척이다가 새벽 6시 기상 벨 소리에 일어나 움직인다. 6시 반쯤 서둘러 이른 식사를 마치고 7시를 기다린다. 한국 밤 11시. 온 가족이 있을 시간이다. 전화를 돌린다. 성공. 남편과 아이들 셋의 목소리를 차례로 듣는다. 첫 여행, 즐겁게 마치고 오라는 남편의 목소리. 그렇다. 결혼 후, 술 때문에는 내 속을 많이 썩였어도 이성 문제로는 한 번도 나를 배신하지 않은 남편. 라파엘과의 드라이브를 사양한 것은 잘한 일이다.

7시 반쯤 모두 버스에 오른다. 딸기의 주산지라는 '옥스나드 해변'을 향해 101번 도로를 달렸다. 거리의 나무들은 가을 잎처럼 말라 있고 더위는 습도가 전혀 없어 땀이 나지 않지만, 그저 눈부신 더위. 땀이 안 나니 보송보송. 아무리 온도가 높아도 무더위보다는 나은 것 같다. 여름엔 비가 안 오니 나무들이 말라 있고 대신 곳곳에 스프링클러 장치를 해서 이따금 인공으로 잔디나 나무에 물을 준단다.

9시쯤 옥스나드 해변 〈Casa Sirena〉 호텔 부근에 도착했다. 인디언 말로 '카사'는 '집', '시레나'는 '조용한'이라는 뜻이란다. 〈조용한 집〉. 멋지다. 여기저기 보트들이 많다. 대부분 먼데 사람들 소유로 가끔 와서 즐긴다고 한다. 길가에는 야자수, 유까리 나무들이 즐비하다. 야자수는 사진에서 본 그대로 멋쟁이 신사 같다.

10시 20분 조용한 집의 강당에서 교포 문인들과의 세미나를 시작했다. 해외 거주자 최금산 선생, 국내 문인 성춘복 선생의 발표. 바람직한 해외 문학은 우리말, 우리 정신, 우리 사람이 쓴 것으로 결론이 났다.

세미나를 마치고 옥스나드 해변에서 해외 문인들이 정성껏 챙겨준 점심 식사. 정말 맛있었다. LA 갈비를 굽고, 상추 쌈에 된장. 대륙의 상추는 크기도 크구나. 오이, 고추 당근 등 진짜배기 한식을 먹었다. 후식으로는 오렌지. 한국에서는 너무 비싸서 사 먹을 엄두도 못 냈던 그 큰 과일을 두 개나 먹었다.

이어서 여흥이 시작되었다. 교포 2세들이 보컬 그룹으로 나왔다. 악기 치며 노래 부르고, 작은 토막극도 공연했다. 향수 어린 향연에 가슴 뭉클. 다들 우리말을 잘 구가하여 흐뭇했다.

다음은 디즈니랜드로 갈 사람과 이곳에 남을 사람을 가렸다. 그 꿈동산 디즈니랜드를 가고 싶지 않은 사람이 어디 있으랴만 교포 문인들의 정성을 도저히 뿌리칠 수 없어 남기로 했다. 아마 3분의 2 정도는 디즈니랜드로 간 것 같다. 조병화 선생님, 김의정 선생님, 하희주 선생님, 등은 남았다. 60년대 고등학교 국어 참고서 집필로 교육계에 큰 공적을 남긴 하희주 선생님을 뵙게 되어 기뻤다. 50년대 시로 등단하여 국어 연구에 평생을 바치고 지금은 노후를 즐기시는 선생님. 그분과 함께 남아 대화도 나눌 수 있어서 좋았다. 김의정 선생님은 중앙대 교수이시고, 신지식 선생님과 친해서 잘 알고 지내는 사이인데 여행을 함께 하게 되어 더욱 가깝게 느껴졌다. 나에게 디즈니랜드 안 간 걸 무척 고마워하시며 잘했다고 반가워하신다.

한 무리가 떠나자 남은 사람들만으로 분과별 토의가 시작되었다. 시, 소설, 수필, 등 둥그렇게 모여 앉아 그들이 미리 준비해 온 팻말을 앞에 놓고 진지하게 그룹 토의를 한다. 우리 소설분과에서는 부산대 오양호 교수가 사회를 보며 인도했다.

해외 문인들 다섯 명이 문학 수업 동기, 결과 등을 허심탄회하게 이야기한다. 20년 넘게 미국 생활하며 돈도 벌 만큼 벌었고 기반도 잡았으나 고독감, 향수병, 이런 것들을 극복하기 위하여 문학은 어쩔 수 없이 필요했다고. 밤 2시까지 가게 문을 닫지 못하며 일을 하고도 다시 펜을 들어 글을 썼다고 한다. 그들의 피나는 노력이 감탄스러웠다.

그들이 모국어 감각이 시들어 가는 걸 고민하자, 김의정 선생님은 격려의 말씀을 주셨다.

우리가 접하지 못하는 세계 속에서 색다른 삶을 살고 있다는 것 자체가 문학에 큰 도움이 될 테니 걱정하지 말라고. 우리는 그것이 부럽다고.

토의가 끝나고 다 같이 손잡고 레크레이션. 그리고 그들이 준비해온 보물찾기 등 디즈니랜드 안 가기 잘했다며 마음껏 즐겼다.

오후 3시쯤 그곳을 출발, 1번 해변도로를 끼고 차는 달린다. 너무나 아름다운 해변. 곳곳에 수영하는 사람들이 많이 보인다. 우리처럼 한 곳에 밀집된 건 아니고 긴긴 해변이라 곳곳에 조금씩 흩어져 있어 아주 소수인 양 보였다. 이 해변이 캐나다에서 싼 프란시스코까지 뻗어 있다고 하니 놀랍다. 아닌 게 아니라 길고 길었다.

해변에는 그림 같은 집들. 산 위에 별장 같은 개인 집들. 아름다운 잔디들. 가도 가도 끝없는 땅. 대륙. 부러워라. 이 땅 한 조각만 주어도 우리나라 사람들 부지런히 옥토로 만들 텐데.

얼마 후 코리아타운을 지난다. 곳곳에 한글 간판. 반가워라. L.A에 한인이 50만이 넘는다니 참으로 대단한 도시가 아닌가. 모두 부지런하고 깔끔해서 미국인들에게 좋은 인상을 주고 있단다. 감사, 감사.

5시 45분 힐튼 호텔에 도착. 각자의 방에서 잠깐 쉬었다가 약속한 호텔 입구로 나갔다. 〈한국일보 강당〉에서 교포 문인이 주선한 「시극(poetic dance)」을 보게 되어 함께 모여 버스를 타고 가기로 했다.

　강당은 아담했고 시극은 아름다웠다. 중년의 남녀 한 쌍이 번갈아 가며 시를 낭송하고 열댓 명 단원이 그 시에 맞춰 갖가지 춤을 추는 형식이었다. 시는 영문과 국문으로 인쇄하여 미리 나누어 주었다. 한마디로 해외 문인들이 대단한 성의를 보여 준 것이다. 디즈니랜드 안 가기 잘했지. 이런 극단 초청해 놓고 우리 일행 반 이상이 그리로 갈 때, 난감해하던 주최 측 사람들의 표정을 잊을 수가 없다. 공연장에도 교포대학생들 여럿 동원해다 앉혀 놓지 않았던가. 이건 분명 우리 문인협회의 실수다. 공식행사에는 누구나 다 참석하고 관광은 그다음으로 진행했어야 한다. 김의정 선생님과 나는 내내 그 부분을 아쉬워했다.

　공연이 끝나자 한국일보 지사 주최로 〈세종관〉에서 만찬이 있다고 자리를 옮겼다.

　파티에는 펜클럽 L.A 지사장까지 오고 어제 수상자인 민영익 교수님도 와 계셨다. 그 문하생이라는 여성 문인 이성호 씨도 함께. 그녀가 나를 보자 반기며 말한다. 오늘 저녁 9시쯤 민지환 목사님이 숙부님 모시러 또 이리로 온다고. 어쩌면 숙부님 영문 소설집 한 권 구해 올 것이라고. 꼭 만나시라고. 아, 그를 더 한번 볼 수도 있겠구나, 설렘으로 잠시 긴장. 그러나 8시 반부터 귀갓길을 서두르는 버스 때문에 나 혼자 남을 수도 없어 그냥 김의정 선생님과 함께 버스에 올랐다. 김의정 선생님께 자세한 이야기를 드릴 수도 없고, 혼자 남는다는 게 영 아닌 것 같아서다. 버스는 의외로 9시가 다 되어도 안 떠나기에 잠시 내려서 그를 찾아 만날까 생각하다가 어제로 충분하다며 그냥 앉아 있었다. 그가 숙부님 모시러 와 나를 찾았을 생각하니 몹시 미안. 그러나 분명히 나는 어제로 충분하다고 말하지 않았던가.

갑자기 '미완성'이라는 단어가 절실하게 가슴에 닿아 왔다.

나는 그와 잠깐이라도 만날 수 있도록 이끌어 주신 주님께 감사드리면서 마음속으로 기도를 드렸다.

주님, 그는 당신 뜻을 펴는 목회자입니다. 건강한 모습으로 당신 사역에 종사하는 모습 보여 주셔서 감사합니다.

여행을 마치고 돌아온 뒤, L.A에서 우편물이 왔다. 민영익 교수님의 저서와 함께 편지도 있었다.

✉ Sylvia,
참 뜻밖이었습니다. 실비아를 L.A에서 만나게 될 줄은!
처음 미국 여행에 기행문 소재가 여러 가지로 많았을 줄 압니다. 그날 저녁 힐튼 호텔에서 삼촌과 함께 집에 오며 차 안에서 실비아를 만난 자초지종을 얘기했더니 참으로 로맨틱하다며 감탄을 하셨습니다. 그날 밤 우리 집에서 「가을, 그리고 산사」를 읽으시고는 아주 좋아하셨지요. 그리고 이번에 출판된 삼촌의 『Blue in the

Seed』에 서명을 해 주시며 기회가 되는 대로 보내라고 하시기에 우선 여기 보냅니다.

  그동안 미국에서 공부하며 '신세계'를 접한 이야기는 옛날 백운산에서 꾸었던 꿈이 이루어진 것 같기도 합니다. 지난 일들은 참 아름답고 감사할 뿐입니다. 다시 주님 안에서 대화의 기회가 주어진다면 밖으로 경험한 놀라운 세계보다 안으로 체험한 더 큰 신비로운 감격을 나눌 수 있기를 바랍니다. 타고르의 유고 시 가운데 'In this beautiful world, I never desire to die'라는 첫 구절이 있지요. 그 시심에 점두(點頭 ; 머리를 끄덕여 인정함)합니다.

  그새 문학작품은 별로 읽지 못했습니다. 간간이 『한산시(寒山詩)』를 『채근담(菜根譚)』과 함께 읽는 것 외에는.

  차원 높은 맑고 밝은 아름답고 오묘한 세상을 문학의 창을 통해 바라보기에는 그 창이 너무 작아 보일 때가 많습니다. 실상 제가 하는 일이 바빠서 문학의 창문 앞에 다가설 기회가 적기 때문이기도 하지요. 다만 늘 순간순간 나에게 베푸신 '놀라우신 주님의 은혜를 내가 무엇으로 보답할꼬(시편 116, 12)' 하는 감사와 송구함 속에서 살고 있습니다.

  『둘만의 이야기』 거의 다 읽었습니다. 내용이 밝아서 좋았습니다. 따뜻하기도 하고. 이렇게 좋은 글 더욱 많이 이 세상에 남기시기 바랍니다.

  우선 삼촌의 책 한 권을 보내며 몇 자 적습니다.

1990년 8월 14일 L.A에서 Raphael

...

    1962년부터 영적 친교로 이어져 오다가 잠시 잠시 만남을 갖는 우리.
   '78년도 잡지에 실린 내 글을 보고 그가 보낸 편지 구절이 생각난다. 그는 이미 그때 미래를 예감한 것일까?

   '어느 가을날 산사의 해후는 상 백운암의 석간수처럼 솟았다가 바위틈 속으로 숨은 후, 5년 만에 잠시 지면으로 솟았다가 다시 땅속으로 흐른 후 10년 만에 다시 지상으로 나타난 듯합니다. 이상하게도 이 물은 스미어 없어지지 않고 모르는 사이에도 도도히 흘렀던 것 같습니다. 이 한 냇물 줄기는 다시 땅속으로 스미어도 마침내 머지않아 바다에까지 이를 것 같습니다.'

   어쨌건 잡지에 실린 나의 콩트 「좁고도 먼 거리」를 매개로 하여, 1980년도 그가 미국으로 떠날 때 만났고, 10년 후인 1990년, 해외 문학 기행 덕분에 다시 만났으니 그의 예감은 적중한 것 아닌가. 폐결핵으로 언제 앓았던가 싶게 건강한 모습, 밝은 모습을 볼 수 있어서 참 좋았다. 더구나 그의 최대의 관심사인 종교, 그중에서도 나와 같은 기독교를 택해 양 떼를 거느리는 목회자가 되었으니 무엇을 더 바라랴. 우리의 영교(靈交)는 헛되지 않았던 것 같다.
   숙부 되시는 민영익 교수님, 정말 멋쟁이. 일흔 연세에 그 밤으로 「가을, 그리고 산사」를 다 읽고 곧바로 저서에 직접 사인을 해 주시며 내게 보내라 하셨다니 그 아니 영광인가.

『Blue in the Seed』이 귀한 책 잘 간직할게요.

그날 밤,

나는 연세대 영문과 재학 중인 막내딸 헬레나를 불러 옆에 눕히고 선물 받은 책을 보여 주면서 목사님 만난 이야기를 들려주었다. 19세 예쁜 나이. 고등학교 때 「가을, 그리고 산사」를 읽고 참 좋아했던 딸. 그러기에 이번 해후의 자초지종을 들으며 깜짝 반긴다. 교수님 소설은 자기가 먼저 읽고 해석해주겠단다. 아빠한테도 다 털어놓으라 한다. 아빠도 기뻐하실 거란다. 글쎄? 나는 사모님이 의식되어 목사님께 답장 쓰는 일도 지극히 조심스러운데 아빠에게? 그건 좀 생각해 보자꾸나. 지명(知命)의 나이, 50이 되어도 이런 일은 망설여지는구나.

헬레나는 내게 너무했다고 한다. 목사님도 섭섭하셨을 거라고 한다. 목사님과 둘이서 차라도 한 잔 나누고, L.A의 밤거리도 좀 거닐고 오지 그랬느냐고 한다. 그동안 쌓인 이야기가 얼마나 많았겠냐고. 엄마는 바보라고 한다. 나는 그렇다고 맞장구를 치고, 목사님이 보내주신 타고르의 시구를 읊조려 보았다.

**In this beautiful world,
I never desire to die.** **

Ⅳ.
새천년을 맞이하여

새천년, 새천년! 뉴밀레니엄, 뉴밀레니엄!!

그토록 오래 입에 붙었던 1900년대는 사라지고 2000년, 새로운 천년이 다가온다고 온통 난리가 났다. 매스컴은 매스컴대로 사람들은 사람들대로, 국내뿐 아니라 전 세계가 시끌시끌. 그 무렵은 내가 천직으로 여기던 교직 생활에서 물러난 직후였다.

1997년 9월, 위암으로 9개월간 투병하던 남편을 떠나보내고, 나도 바로 따라갈 것만 같아 이것저것 정리하기에 바빴다. 학교도 떠나고 싶었다. 좋은 시절, 교직의 보람을 충분히 누렸으니 후배들을 위해서라도 이쯤에서 물러나는 게 도리일 것 같았다. 하지만, 가까운 지인들이 남편 잃고 직장까지 잃으면 우울증에 걸리기 쉽다며 조금만 더 참으라고 권했다. 그 말에 수긍이 가서 억지로 2년을 버티다가 명예퇴직을 했다. 우울증도 우울증이지만 새천년은 후배들에게 물려주자는 생각이 컸다.

마침내 1999년 3월. 그 좋아하던 교직 생활에서 물러났다. 교직만 물러난 것이 아니었다. 다섯 식구가 그새 뿔뿔이 흩어져 혼자 남았으니 아내 노릇, 엄마 노릇에서도 물러나 완전히 자유인, 혼자가 된 것이다. 그러니 이것저것 정리에 온 신경이 쓰일 수밖에.

애지중지하던 책도 솎아서 버리고, 살림살이도 필요한 곳에 나누어 주고, 과감하게 집도 줄여 이사했다.

그러는 과정에서 그동안 고이 간직했던 라파엘, 아니 목사님의 편지에 눈이 갔다.

1990년 여름 미국을 다녀온 뒤, 가끔 편지도 받고, 크리스마스 카드도 나누다가 두 해 전부터 소식이 끊긴 민지환 목사님. 미국에서 한인교회 양 떼들을 인도하며 목회 일 잘 하고 계시겠지. 건강은 어떠실까. 가족은 늘었을까. 갑자기 이것저것 궁금했다.

마침 자주 연락하고 사는 사촌 동생이 떠올랐다. 현재 외교관으로 근무하는 동생이다. 아, 동생이라면 알아낼 수 있을 거야. 1950년대 말부터 1990년대 초까지 고위 공직자로서 국내외를 오락가락하며 오직 국가의 이익을 위해 헌신하신 민영식 장관.

동생이라면 그분 유족들을 찾을 수 있을 거야. 나는 동생에게 전화를 걸어 알아봐 달라고 부탁했다.

몇 시간 후, 동생에게서 연락이 왔다. 따님 한 분이 한국에 살고 있다기에 그 연락처를 알아냈다며 전화번호를 불러 준다. 나는 용기를 내어 다이얼을 돌렸다.

"안녕하세요? 저는 소설 쓰는 안 실비아라고 합니다. 미국에 계시는 민지환 목사님을 아시지요?"

"네. 오빠인데요?"

"사실은 오래전부터 목사님과 편지를 주고받은 사람이에요. 몇 년 전까지는 연락이 됐는데, 작년에 책을 보냈더니 되돌아왔어요. 지금도 미국에 계시겠지요? 연락처를 좀 알 수 있을까 해서요."

"아, 네. 네. 그래요? 지금도 미국에서 잘 계십니다. 그쪽의 전화번호를 주시겠어요? 제가 오빠에게 연락해서 그 번호를 드릴게요."

"네. 그게 좋겠군요."

나는 우리 집 전화번호를 불러 주었다. 그리고 10분도 채 안 되어서 전화가 왔다. 바로 목사님에게서! 2000년 2월 23일, 바로 그와 다시 연결된 날이다.

"정말 반갑습니다. 그동안 연락이 끊어졌지요? 저는 건강이 좀 안 좋아서 목회 일 퇴직하고 이사를 했지요. 지금은 조용히 쉬면서 하고 싶은 일만 하니까 아주 좋습니다. 저는 그동안 일기와 편지는 전부 보관하고 있으니까 인생을 정리하는 뜻에서 글을 좀 써 보려고 합니다."

나는 이때다 싶어서 얼른 말했다.

"저도 명예퇴직을 했어요. 글 쓰고 책 읽고, 음악회나 전람회 구경 가고, 영어 공부도 하고, 성경공부도 하고 정말 좋아요. 그런데 옛 편지를 다 가지고 있다면 제 편지를 좀 얻을 수 없을까요. 실은 「가을, 그리고 산사」의 속편을 쓰고 싶어요."

나도 모르게 이런 말이 쏟아져 나왔다.

"아, 「가을, 그리고 산사」의 속편은 제가 쓰고 싶습니다. 준비도 하고 있어요. 지난번 아버님 아프실 때 제가 한국에 가서 오래 있었는데, 아버지께도 실비아 이야기를 다 했지요. 숙부님께는 진즉 해외 문학 시상식 날 이야기한 것 다 아시죠? 그 숙부님도 돌아가셨습니다."

"네? 민영익 교수님도요?"

"네. 아버님 돌아가시고 보름 만에 가셨어요. 집안에 연달아 초상이 나서 정신없었지요."

아아, 세상은 그렇게 흘러갔구나. 그는 내게 또 남편의 안부도 물었다. 30년 공직생활을 하고 은퇴했다고 말했다. 나는 곧 새 주소로 책을 보낼 것이고 그게 도착하면 스테파노가 떠난 것을 알 테니까.

"이제 서로 좋은 정보 나누며 소통하기로 합시다."

"네. 좋아요."

"주소를 좀 불러 주십시오."

우리는 주소와 전화번호를 주고받았다. 국제전화라는 느낌도 없이 전화는 아주 잘 들렸다. 오랜 지기처럼 서로 반가워하며 주고받은 10여 분. 꿈같은 시간이었다. 나는 사모님의 안부를 묻는 것도 놓치지 않았다. 어쨌건 우리 우정의 석간수는 땅속으로 스며들어 흐르고 흐르다가 다시 땅 위로 솟아 영적 친교를 이어갈 수 있게 되었다.

나는 문득 남편 스테파노에게 미안한 생각이 들었다. 그의 영정 앞에 서서 속삭이듯 말했다.

스테파노! 당신에게 언젠가는 목사님 이야기를 하리라 하다가 그만 기회를 잡지 못한 채 당신은 떠나고 말았지요. 하지만 「가을, 그리고 산사」를 읽고 당신이 했던 말, 나는 아직도 잊지 못하고 있어요.

"너무나 순수해서 눈물이 다 난다."

오직 그 한마디. 그래서 참 많이 고마웠던 그 한마디. 이제 당신은 가고, 그 주인공하고 나는 전화를 했네요. 이해해 줄 거죠?

나는 다음날 바로 편지 한 장과 내 신간 수필집 『아름다운 귀향』을 우송했다. 남편이 위암으로 투병하다가 성당 가족들에 둘러싸여 기도 소리, 성가 소리 속에서 고요히 하늘나라로 귀향한 것을 부러워하며 눈물로 쓴 글들이 여러 편 담겨 있는 수필집이었다.

그리고 며칠 지나서 노란색 대 봉투의 우편물을 받았다. 긴 편지와 책과 영문 원고들이 함께 담겨 있었다. 편지는 24일 나와 통화를 끝내고 바로 쓴 것인데 시차가 있어서 그쪽은 23일로 되어 있었다.

✉ Sylvia,

방금 뜻밖에 동생의 연락을 받고 실비아를 만난 지 10년 만에 전화로 얘기를 나누고 나니 참, 다시 꿈을 꾸는 것 같습니다. 얼핏 생각나는 것이 실비아가 결혼하게 되어 우리가 편지 교환을 끝낼 때 내가 한 말입니다. '석간수의 샘물은 땅 위로 흐르다가 때로 땅속으로 숨어 흐르기도 하지만 결국 바다에서 다시 만나게 된다'는.

이 말은 작년에 실비아에 관한 얘기를 영문으로 썼을 때, 새삼 기억이 새로워져서 삽입한 구절이기도 합니다. 물론 다시 이처럼 실비아와 만나게 될 것을 전혀 모른 상태에서 한 말이지요. 아무튼,

다시 대화가 연결되어서 참 반갑습니다. 할 수만 있다면 옛날 같이는 못 해도 때로 소식을 나누도록 합시다. 저는 괜찮습니다. 영문으로 된 「Sylvia」를 제 아내에게도 보여주고 자세한 긴 이야기도 이미 다 했지요.

  저는 건강이 좀 안 좋아지기도 하고, 저술에 전념할 수 있도록 조금 일찍 은퇴했습니다. 목회 일을 그만두니 그동안 읽고 싶었던 책도 마음대로 읽고 내가 지금까지 가졌던 종교와 신앙에 대해서도 다시 한번 되돌아보고, 새롭게 깨닫고 발견한 것들을 기록할 수 있는 자유와 시간을 가질 수 있어 참 다행으로 생각하고 있습니다. 내용이 다소 radical한 것이어서 아직 준비도 덜 되었을 뿐만 아니라 급히 출판할 생각은 없습니다. 지금은 우리말로 쓰고 있으나 가능하다면 영문으로 만들려고 해서 미국인들의 writing club에 들어가 영어 공부를 다시 하고 있지요. 이 모임은 박사, 변호사, 이미 기성작가들이 있어 아주 하이 클라스 지성인들 모임인데 외국인은 오직 저 혼자입니다. 한 달에 한 번씩 모여 그동안 각자 쓴 원고를 가지고 와서 한 부씩 나누어 읽고 서로 비평을 하는데 여기 동봉하는 내 글 「Sylvia」도 그 클럽에서 작년 5월에 만들어 읽고 발표했던 것이지요. 영문이 아주 서툽니다. 회원들이 많이 고쳐주는데 문장의 리듬과 스타일은 바꿀 수 없는 것이라면서 표현과 문법만 고쳐줍니다.
  단지 이 클럽에 들어간 것은 영어 writing을 공부하기 위한 것이고, 회원들이 대부분 창작을 하지만 나는 내 과거 경험과 추억을 소재로 essay를 쓰는데, 내 마음속에 항상 잊히지 않는 실비아에 대한 이야기를 쓴 것이니 한 번 읽어 보시기 바랍니다.

　뜻 밖에 실비아와 다시 잠깐이나마 대화를 나누고 나니 옛일들이 새삼 두서없이 떠오릅니다.

　작년에 이곳 L.A에서 거행한 아카데미 영화상 발표 중에 외국영화로는 이태리 영화 「Life Is Beautiful」이 수상을 했습니다. 인생은 정말 아름답다는 생각이 드는군요.
　나의 본격적 저서 외에도 내가 살아오는 동안 겪었던 경험을 수필로 하나씩 써보려고 하는데 실비아 이야기도 꼭 다시 써 보려고 합니다. 왜냐하면, 그리 쉽게 잊을 수 없는 추억이기 때문이지요. 곧 한국에 나가면 실비아의 편지를 가지고 올까 합니다.

　그동안 출판된 책을 보내주신다니 기다리겠습니다.
　건강하시고 기도 많이 하시고 더욱이 아름답고 따뜻한 글 많이 쓰시기 바랍니다.
2000년 2월 23일 Raphael

　나는 그가 보낸 영문 원고를 펼쳐 보았다.
　세상에, 내 책이 되돌아오고, 나는 그의 주소를 몰라 답답해할 때, 그는 나에 대한 글을 발표하고 있었구나. 고마워라. 세상의 인연이란 이런 것인가. 그와 나는 언제나 10년 간격으로 연락이 되고 있다. 그 또한 신기한 일.

Sylvia

The gorgeous autumn Baek Uhn Mountain, which means White Cloud, located at the Southern Part of the Korean Peninsula was breathing with every color of brilliant foliage. Scarlet, red, yellow, brown, and evergreen of mixed pine trees colored all around the mountain as far as eyes could reach. For one full year, for my health, I stayed at a small temple, which situated at almost at the summit of the Baek Uhn.

It was late in the fall of 1962, the high mountain weather changed capriciously. White snow fell and covered still splendid foliage, adding white powder on every colorful tree over the mountains. The spectacular beauty was beyond words. White snow was melted and completely gone on the very next day. The sky was blue as high as you could see, and the wind was cool and sweet.

In the late evening, after supper, I talked about the karma of Buddhism with a monk Hal An, which means bright eye. We drank mountain herb tea and watched a rising full moon on the eastern mountain. There were only two people there, the monk Hal An and me, in the small temple in the deep Baek Uhn Mountain.

Suddenly, a group of young people of men and women appeared in the temple. They told us they had climbed into the Baek Uhn mountain to hike that day but become lost in the mountains. Then they said they saw the tiny lantern which lit the temple and followed the light to us. They asked if they could stay overnight at the temple.

We told them, unfortunately, the temple was too small to accommodate all of them. We showed them the mountain lane that led to another big temple located farther down the mountain. We said it would take them half an hour to get there. But they said they were utterly exhausted and could not walk any more. They desperately insisted they be allowed to stay at the small temple with us. There was no way. Hal An asked me to give them my room, and let me move to his room.

There was one small wooden low desk in the corner of my room with some of my books, several diary notes, and one small quilt. I moved into the monk's room leaving every thing as it was at my room. It was quite late in the evening but the hikers began cooking their supper. After they finished their dinner, they all jammed into my room. There were around 7 people, men and women. I did not know how they spent that night together in such a small room.

Next morning they prepared their breakfast as we cooked ours, in the same small kitchen. After breakfast, I felt one young lady among them glance at me attentively. She was wandering around the temple and sang several songs like Schubert Ave Maria and Korean familiar autumn songs with a beautiful voice. I felt she sang the songs for me to listen instinctively. I did not know why. The hikers told us they appreciated being allowed to spend the night, and they all departed to the mountain summit.

My room was cleaned when I entered. I found the books and notes were not in the places they were before. I noticed someone had touched my books. Some of my books were Chinese Buddhism Sutra, The Analects of Confucius in Chinese, The Golden Treasuries in English, an English Bible by Walden, and a copy of Webster's English Dictionary.

With a suspicious feeling, I opened my diary. Instantly I found out some one had written words in two full pages at the end of my diary on that day. Oddly, the stranger wrote in English first, exactly like this;

"October 27, Saturday. Never, Never, I can't sleep in this

condition. Please, forgive me! I will write only one page. Indeed, while I was reading your diary, my heart was full of pleasure, solitude, grief…etc. Since I have stayed in this city, there were no feelings as today. I will pray, pray, pray for your health. Be ambitious! Happiness will wait for your future."

This is what she wrote in my diary in English exactly.

I have kept this diary for more than forty-three years. And then the stranger added in Korean on another page, this.

"Exactly three o'clock. I know this is really discourteous to read someone's diary without permission and to write something on it. But I could not help but read your diary after looking at your books and the English Webster Dictionary. I would like to write a poem, listening to Beethoven Symphony No.9 'Ode to Joy' in my imagination."

And then this notation appeared:

Reed

    by Shin Kyung Rim

    (this author was one of the famous Korean poets)

Reed was weeping within
It did not recognize from when.

One night,
It recognized in sudden,
To make tremble its own body was

Not by wind or by moon light.
It was by its own weeping to tremble
It did not know yet until.
Life is to weep within.

The handwriting was beautiful and appeared to have been written by a lady. I was certain it was the lady who was walking all around the temple and singing Schubert Ave Maria to me before the hikers left.

It was she. After reading her notes in my dairy I hesitated for a moment trying to decide whether I should tear it off or keep it. I decided to keep it thinking it would be a good memory of my Baek Uhn Mountain life.

The next year I had another lung surgery to cut away all my left lung and had a full recuperation at my home. Five years had elapsed since I returned from Baek Uhn Mountain. During this time I had a job as an English teacher at the Chung Yul girl's high school in my home town, Tong Yeong.

My home town was then and is now, a very beautiful little harbor located at the middle of Busan and Yeosu. and there were ferry boats traveling then from Busan to Yeosu several times a day, taking more than six hours one way. Now, there are hydrofoil ferry boats that run between two cities taking less than two hours.

One day one of my friends told me the news about a lady who knew me. He said he met a lady who was in the same ferry with him, traveling from Busan to Yeosu asking about the youth who had been at Baek Uhn Mountain for his health some years ago. She knew my home town from my dairy. My friend told her about me, and told me about her. She was a Korean National Language teacher at the Yeosu Girl's High school. I recalled my diary incident some five years earlier. I found I still had some curiosity about the lady who had left notes in my diary.

After several days, I sent a brief letter to her at her school, mentioning about my finding her notes in my diary and it reminded me of the story of 'David Swan' by Nathaniel Hawthorne. Immediately she sent me her reply with the news of how she had met one of my friends in the ferry boat some days ago and had asked about me. We began to write, exchanging letters between her and me. We instantly became pen-pal.

Both of us were devouring book readers. Both of us were poem and music lovers. And both of us were Catholic. Her Christian name was Sylvia and my Christian name was Raphael. She wrote her letter to me, addressed 'to Raphael' at the start, and wrote 'from Sylvia' at the end. I wrote my letter to her addressed 'to Sylvia' at the start, and wrote 'from Raphael' at the end. There were so many things to write to each other. She sent me a Korean poem which was not so familiar to me, then I sent the William Wordsworth's 「Lucy」, 「Daffodils」 in English and my translation into Korean. We talked about the books we had read, the movies we had watched, people we had met, and the places where we had been.

After we exchanged our countless letters for one year, she asked to see my old diary which she read. She sent me her diary, written about how she had a fascinating and longing feeling after reading my diary at that time. She was also a diary keeper.

Enough time elapsed to know each other and suggested

I go to visit her myself. Strangely, in her reply she said she did not wish to see me. I wondered why. But I could sense that she knew about my poor health, my problem with tuberculosis at that time of Baek Uhn Mountain. In fact she might already have a real fiance, whom I did not know. Anyway, I knew Sylvia would not be my lady.

I answered Sylvia saying I would not go to her. I suggested we would not meet each other during our whole life in this world ever, but to wait to see whether we could recognize each other at the next world in the heaven where is our eternal destination. She answered me quickly with the surprising delight to my fantastic idea. We continued our letter writing as ever before.

During this time she became a well known accomplished writer through the Magazine 'Hyundai Munhak', which means Modern Literature. This was and still is the most popular literature magazine in Korea.

One day she told me in her letter that she was going to marry someone else and that she had confessed and discussed with her father at her church about our relationship. She said her church father had advised her that she must stop writing to Raphael altogether after she gets married. I answered her that her father was right and I would stop writing to her from then on, adding my sincere congratulation to her marriage and saying, "Sometimes stream water disappears into the earth from human eye sights but it runs under the earth without interruption and will appear some other place and finally into the ocean."

We stopped our letter writing to each other.

Several months passed, she sent me a package with a letter. It was the Magazine Modern Literature. The January issue of 1968. She wrote a short novel about our relationship titled, 'Autumn and Mountain Temple'.

About half of the story was quoted from my diary which she must surely have made a copy of when she asked me to send it to her. And she had asked my permission even to publish my letters. I was disappointed that she disclosed the contents of my diary to the public without my permission. However, I could understand that she needed to forget me in her mind for her marriage to work. And perhaps she could at least forget and purge me of her life by writing our romantic story to the public and to her husband. But I answered asking her not to publish my letters. I wished my relationship with Sylvia would not appear in this world but to hide and keep in our hearts only to see our special love at some other place and some other way.

Now, I also felt and needed to forget her after my marriage some more years after hers. At the time I leave for America in 1980 autumn, I wanted to see her. So I sent a letter to her school where she was still Korean teacher in Seoul, saying I was leaving Korea and I would like to meet her once before I left, at the YMCA coffee shop which was well known place to every body in Seoul. I said I would hold a Time Magazine in my right hand to help her easily recognize me.

It was the first time we were to see each other face to face. I was forty three years old and she was forty. It was eighteen years after we had seen each other at the late autumn of Baek Uhn Mountain. It was a silhouette in time but vivid in memory. we recognized each other at the moment we saw each other. she was not as beautiful as I imagined but she looked good and was as intelligent as I expected. We talked for an hour about what our lives had been like after our closure of letter writing. And said goodbye, shaking hands and wishing good luck for each other.

Since then we still exchange Christmas cards each year. From time to time she sent me her published books.

In the summer of 1990, She sent me a letter saying she would be coming to Los Angeles to attend a conference of Korean creative writers to honor Mr. Young Ik Min, who was my uncle. He was granted the First Abroad Literature Award for writing many English novels published in the U.S. and all over rest of the world. When my uncle came to Los Angeles I told him about my long time pen-pal relationship with Sylvia, whom I could meet at the conference.

He listened with interest. I introduced Sylvia to my uncle at the Wilshire Hilton Hotel where the Conference was held. Three of us took a picture with her camera. That was the second and it was last time I saw Sylvia.

다음은 민영식 외교관의 유족을 찾아 주었던 안영집 외교관(그리스, 싱가폴 대사 역임)의 도움을 받아 번역한 글이다.

실비아

한반도의 남쪽 끝자락에 '흰 구름'이라는 뜻의 '백운산(白雲山)'이 드높이 솟아 멋진 가을날 여러 색깔로 찬란히 빛나는 단풍 속에 파묻혀 숨 쉬고 있었다. 진홍색, 붉은색, 노랑색, 갈색과 다양한 침엽수가 발산하는 상록색이 서로 뒤섞여 시야가 닿는 저 멀리까지 온 산을 물들이고 있었다. 나는 건강 문제 때문에 이 백운산 상봉에 있는 조그만 암자에서 꼬박 한 해를 보냈다.

1962년의 늦가을, 산 정상 높은 곳의 날씨는 변덕스러웠다. 하얀 눈이 내려와 아직도 멋진 단풍잎을 감싸고 있는 모습이 마치 산속 모든 색깔의 나무에 하얀색 가루를 뿌려놓은 것 같았다. 그 멋진 풍광이란 이루 말로 다 표현할 수 없었다. 하얀 눈은 녹아내려 바로 다음 날이면 흔적도 없이 사라져 버렸다. 하늘은 가없이 푸르고 높았고 바람은 시원하고 상큼했다.

저녁상을 물리고 난 늦은 저녁, 나는 '밝은 눈'이라는 뜻의 법명을 가진 수도승 '할안'과 불교에서 말하는 업보에 대해 의견을 나누었다. 우리는 산에서 채취한 허브차를 마시며 동녘 산 위에서 떠오르는 보름달을 바라보았다. 백운산 깊숙이 자리한 그 조그만 암자에는 나와 할안 단 두 사람뿐이었다. 그런데 갑자기 한 그룹의 젊은 남녀들이 암자에 나타났다. 그들은 우리에게 백운산을 등반하다가 산속에서 길을 잃었다고 말했다. 그러다가 암자를 밝히는 조그만 불빛을 보게 되었고 그 빛을 따라 이곳으로 오게 되었다며 이 암자에서 하룻밤을 묵을 수 있느냐고 물었다.

우리는, 미안하지만 암자가 너무 협소하여 그들을 수용할 수 없다고 말했다. 대신 한참 내려가면 산 아래 다른 큰 절이 있다고 길을 알려주었다. 아마 30분쯤 걸어가면 그곳에 도달할 수 있을 것이라면서. 그런데 그들은 완전 녹초가 되어 더 이상 걷지 못하겠다고 이 작은 암자에서 우리와 함께 지낼 수 있도록 허락해주기를 간청했다. 다른 방도가 없었다. 할안은 나에게 내 방을 그들에게 주고 자기 방으로 옮기도록 제안했다. 내 방 구석에는 조그만 앉은뱅이 책상 하나와 그 위에 놓인 약간의 책, 몇 권의 일기장, 그리고 조그만 누비이불 하나가 있었다. 나는 내 방에 있는 물건들을 그대로 둔 채 할안의 방으로 갔다. 매우 늦은 밤이었지만, 등산객들은 저녁을 짓기 시작했다.

저녁을 마친 후 그네들은 내 방 안으로 빼곡하게 들어갔다. 아마 남녀 모두 합해 7명 정도 되는 것 같았다. 나는 그 조그만 방에서 어떻게 그들이 그날 밤을 보냈는지 알 수가 없었다.

다음 날 아침 좁은 부엌에서 우리가 아침을 준비할 때 그들도 자기들의 아침을 준비했다. 식사 후, 나는 그들 중 젊은 아가씨 하나가 나를 유심히 쳐다보는 것을 느꼈다. 그네는 암자 주변을 돌면서 아름다운 목소리로 슈베르트 아베 마리아와 친숙한 한국의 가을 노래들을 불렀다. 나는 본능적으로 그네가 나에게 들으라고 노래한다는 것을 알아챘다. 그 이유는 알 수 없었다. 등산객들은 우리에게 하룻밤을 묵게 해주어 감사하다는 말을 전하고 모두 산 정상을 향해 떠났다.

내 방에 들어가자 방은 말끔히 치워져 있었다. 그런데 책과 일기장이 원래 놓여있던 자리에 있지 않았다. 누군가가 내 책들에 손을 댄 것 같았다. 내 책 중 일부는 중국의 불교 경전, 논어, 영문판 황금 보물, 월든 영어 성경, 그리고 웹스터 영어사전 등이었다.

이상한 느낌에 나는 내 일기장을 열어보았다. 내가 쓴 일기의 끝에다 누군가가 두 페이지 가득 글을 써놓은 것을 발견했다. 특이하게도 이 낯선 이는 먼저 아래와 같이 영어로 글을 써놓았다.

"10월 27일 토요일, 결코, 결코, 저는 이런 기분으로 잠을 잘 수가 없군요. 제발 용서해 주십시오. 한 페이지만 쓸게요. 당신의 일기장을 읽을 때 제 마음은 정말로 기쁨, 고독, 슬픔 등 오만 감정으로 가득 찼습니다. 제가 이 고을로 와서 머문 이후 오늘과 같은 감정은 처음입니다. 당신의 건강을 위해 기도하고, 기도하고, 또 기도하겠습니다. 꿈을 크게 가지세요. 당신의 미래에 행복이 기다리고 있을 겁니다."

이것은 그녀가 내 일기장에 영어로 써놓은 글 그대로이다. 나는 이 일기장을 43년 이상 간직해 왔다. 그리고 이 낯선 이는 다른 페이지에다 한글로 이렇게 써놓았다.

"정확히 새벽 3시네요. 누군가의 일기장을 허락 없이 몰래 읽고 그 공책에 어떤 글을 남긴다는 것이 무례한 일이라는 것은 잘 압니다. 그런데 당신의 책들과 웹스터 영어사전을 본 이후 일기장을 읽어보지 않을 수가 없었습니다. 제 마음속 상상으로 베토벤의 교향곡 9번 '환희의 송가'를 들으면서 시 한 수를 적고 싶습니다."

그리고 다음과 같은 시가 쓰여 있었다.

갈대

　　　　신경림 (이 시인은 유명한 한국 시인 중 한 사람임)

언제부턴가 갈대는 속으로
조용히 울고 있었다.
그런 어느 밤이었을 것이다. 갈대는
그의 온몸이 흔들리고 있는 것을 알았다.

바람도 달빛도 아닌 것
갈대는 저를 흔드는 것이 제 조용한 울음인 것을
까맣게 몰랐다.
- 산다는 것은 속으로 이렇게
조용히 울고 있는 것이란 것을
그는 몰랐다.

　그 손 글씨는 아주 아름다웠고 여성이 쓴 것처럼 보였다. 나는 일행이 떠나기 전 암자 주변을 맴돌며 나에게 슈베르트의 아베 마리아를 불러 주던 그 여성일 것이라는 확신이 들었다.
　바로 그 여성이었다. 내 일기장에 쓰인 그녀의 글을 읽고 난 후 나는 잠시 그 페이지를 찢어버릴까 아니면 간직할까 결정하지 못한 채 망설였다. 결국, 나는 간직하기로 했다. 내 백운산 생활의 좋은 추억거리가 될 수도 있을 것이라는 생각에서였다.

다음 해, 나는 또 한 번의 폐 수술로 왼쪽 폐를 완전히 절제한 후 집에서 충분한 요양을 하고 있었다. 백운산에서 돌아온 지도 5년이 흘렀다. 이 기간에 나는 고향 통영에 있는 충렬여자고등학교에서 영어 선생으로 일했다.

내 고향은 예나 지금이나 아주 예쁜 항구도시로서 부산과 여수의 중간에 자리하고 있다. 그 당시에는 부산에서 여수까지 하루에 몇 차례 연락선이 오고 갔는데, 편도에 여섯 시간이나 소요되었다. 요즈음에는 수중익선(水中翼船)으로 된 쾌속선이 두 도시 사이를 두 시간 이내에 연결하고 있다.

어느 날 내 친구 중의 하나가, 나를 알고 있는 여성에 대한 소식을 전해 주었다. 그 친구는 부산에서 여수로 가는 연락선 안에서 한 여성을 만났는데, 그네가 몇 해 전 건강 문제로 백운산에 머물렀던 젊은이에 관해 물어보았다는 것이다. 그네는 내 일기장을 통해 내 고향을 알았던 모양이다. 친구는 나에게 그 여성에 관한 이야기를 해 주었고, 그네에게는 나에 관한 이야기를 해 주었다. 그네는 여수여자고등학교에서 국어 선생님으로 일하고 있었다. 나는 약 5년 전의 내 일기장 사건을 떠올렸다. 그리고 내 일기장에 글을 남겼던 그 여성에 대해 아직도 내가 호기심을 가지고 있다는 것을 깨달았다.

며칠 후 나는 그네의 학교로 간단한 서신을 보내 내 일기장 속에서 그네의 글을 발견했었던 일과 함께 나타니엘 호손의 단편 소설 「데이비드 스완」 이야기를 떠올리게 되었다는 것을 언급했다. 그네는 즉시 답신을 보내, 며칠 전 연락선에서 어떻게 내 친구를 만나게 되었으며, 어떻게 나에 관해 질문하게 되었던가를 알려 왔다. 그때부터 우리는 서로 편지를 주고받기 시작했다. 즉시 서로의 펜팔이 된 것이다.

우리 두 사람은 똑같이 열렬한 독서광이었다. 우리 두 사람은 똑같이 시와 음악 애호가였다. 그리고 우리 두 사람은 똑같이 가톨릭 신자였다. 그네의 본명은 실비아였고 나의 본명은 라파엘이었다. 그네는 편지를 쓸 때 언제나 '라파엘' 하고 시작했고, 마지막 줄에 '실비아로부터'라고 적었다. 나는 '실비아' 하고 시작하여 마지막에 '라파엘로부터'라고 적었다. 서로에게는 쓸 내용이 너무나 많았다. 그네는 나에게 별로 익숙하지 않은 한국시를 보내왔고, 나는 윌리엄 워즈워스의 영시 「루시」, 「수선화」 등을 써 보내면서 내가 번역한 것도 함께 보냈다. 우리는 서로 읽었던 책, 서로 보았던 영화, 서로 만나 보았던 사람들, 그리고 서로 가본 적이 있는 장소에 대해서 이야기했다.

일 년 동안 서로 수많은 편지를 교환한 후 그네는 자신이 본 내 옛 일기를 다시 보기를 원한다고 했다. 그리고 내 일기를 읽었을 당시 얼마나 흥분되고 그리워하는 감정을 가지게 되었던지를 기술한 자신의 일기도 보내왔다. 그네 역시 꼬박꼬박 일기를 쓰는 사람이었다.

서로를 알기 위한 상당한 시간이 흐르자 나는 그네에게 직접 만나러 가겠다고 제안했다. 그런데 기이하게도 그네는 나를 만나길 원치 않는다는 회신을 보내왔다. 나는 그 이유를 알 수가 없었다.

다만 그네가 나의 허약한 건강 상태, 즉 백운산에서의 내 폐결핵 문제에 대해 알고 있었기 때문으로 인식하였다. 사실은 내가 알지 못하는 그네의 약혼자가 이미 있었던 것이다. 어쨌거나 나는 실비아가 나의 여인이 될 수 없다는 것을 알았다.

나는 실비아에게 만나러 가지 않겠다는 답신을 보냈다. 그리고 이승에서는 전 생애 동안 우리가 서로 만나지 말기를, 그러나 영원한 목적지인 다음 세상, 하늘나라에서 서로를 알아보고 만날 수 있도록 기다리자는 제안을 했다. 그네는 나의 환상적인 제안에 대해 놀랄 정도로 기뻐하는 답신을 바로 보내왔다. 우리는 여느 때처럼 다시 편지를 주고받았다.

그 무렵 그네는 《현대문학》이라는 잡지를 통해 등단한 후 잘 알려진 문인으로 성장했다. 이 잡지는 예나 지금이나 한국에서 가장 유명한 문학 잡지이다.

어느 날 그네는 누군가와 결혼하게 되었다고 편지로 알려오면서, 우리의 관계에 대해 자신이 다니는 성당 신부님께 고해 성사를 하고 의견을 구했다고 했다. 그런데 성당 신부님께서는 결혼한 후에는 라파엘에게 편지 보내는 것을 완전히 중단하도록 권고하신다고 했다. 나는 신부님의 말씀이 옳다고 하면서 지금 이후로는 나도 더 이상 편지를 쓰지 않겠다고 답했다. 아울러 그네의 결혼에 대해 진심 어린 축하를 전하면서 다음과 같이 썼다.

"때때로 시냇물이 비록 우리 인간의 시야에서는 사라지더라도 땅 밑에서는 아무 방해 없이 흐르다가 다른 곳으로 솟아 나와, 최종적으로 바다로 흘러갈 것입니다."

그 뒤, 우리는 서로에 대한 편지 교환을 중단했다.

몇 달이 지난 후 그녀는 나에게 편지와 함께 소포를 보내왔다. 그것은 《현대문학》 잡지였다. 1968년도 1월호였다. 그녀는 「가을, 그리고 산사」라는 제목으로 우리의 관계에 대한 단편 소설을 발표한 것이다.

소설 줄거리의 절반 정도는 내 일기장에서 인용한 것이었다. 나에게 일기장을 한번 보내 달라고 요청했을 때 이를 복사했으리라는 확신이 들었다. 당시 내 편지에 대해 출간해도 괜찮겠는지도 물어 왔다. 나는 내 허락도 없이 그녀가 내 일기의 내용을 일반인들에게 공개한 것에 대해 실망했다. 그렇지만 그녀가 결혼생활을 제대로 하기 위해 나를 잊을 필요가 있다는 것을 이해할 수 있었다. 그리고 아마도 그녀는 우리의 낭만적 관계를 대중과 남편에게 공개함으로써 그녀의 삶에서 최소한 나를 잊고 지울 수 있을 것이라 생각되었다. 하지만 나는 내 편지만은 출판하지 말아 달라고 부탁하는 회신을 보냈다. 나는 실비아와의 관계가 현생에서 드러나지 않기를 바랐고 우리의 특별한 사랑을 어떤 다른 곳에서 어떤 다른 방식으로 볼 수 있도록 감추어, 우리 마음속에서만 간직할 수 있기를 바랐다.

실비아가 결혼하고 난 후 몇 년 뒤, 나도 결혼하게 되었기에 나 역시 이제 그녀를 잊어야 할 필요성을 느끼게 되었다. 1980년 가을 내가 미국으로 떠날 즈음에 나는 그녀를 한번 만나고 싶었다. 그래서 그녀의 학교로 편지를 보냈다. 그녀는 그때 서울에 있는 학교에서 아직 교편을 잡고 있었다. 나는 편지에서 한국을 떠나게 되었다는 것과 떠나기 전 서울의 모든 사람이 잘 알고 있는 YMCA 내의 찻집에서 한번 만나고 싶다고 적었다. 실비아가 쉽게 나를 찾을 수 있도록 오른손에 타임지를 들고 있겠다고 썼다.

우리는 처음으로 서로 얼굴을 마주하게 되었다. 나는 마흔세 살이었고 그녀는 마흔 살이었다. 우리가 늦은 가을 백운산에서 만난 후 18년 만이었다. 시간 속에서는 희미해졌지만 기억 속에서는 생생했다. 우리는 만나자마자 서로를 알아보았다. 그녀는 내가 상상했던 것만큼 예쁘지는 않았지만, 인상이 좋았고 예상했던 대로 지성적이었다. 우리는 서로 편지 왕래를 끊은 이후 각자의 삶에 대해 한 시간가량 이야기를 나누었다. 그리고 서로의 행운을 기원하면서 악수를 하고 작별했다.

그 이후, 우리는 아직도 매년 크리스마스 카드를 교환하고 있다. 때때로 그녀는 출판된 자신의 책을 보내기도 한다.

1990년 여름, 그녀는 나의 숙부인 민영익을 기리기 위한 한국 작가 국제회의에 참석하기 위하여 로스앤젤레스를 방문할 것이라는 편지를 보내왔다. 숙부께서는 많은 영문 소설을 미국뿐만 아니라 전 세계에서 출판한 공로로 제1회 해외문학상을 받게 된 것이다. 숙부께서 로스앤젤레스에 도착하셨을 때 나는 이번 회의에서 만나게 될 오랜 펜팔 실비아에 대해 말씀을 드렸다. 숙부는 아주 흥미롭게 경청하셨다. 나는 회의 장소인 윌셔 힐튼 호텔에서 실비아를 숙부께 소개했다. 우리 세 사람은 그네의 카메라로 함께 사진도 찍었다. 그것이 두 번째이자 마지막으로 그네를 만난 날이다.**

...

모르는 단어를 찾아가며 재미있게 읽었다. 우리의 첫 만남에서부터 우연히 이루어진 편지 교환, 미국 떠나기 전의 상봉, 그리고 90년도 미국에서의 만남까지 잘 기록되어 있었다. 그러나 미국에서 만난 것은 약간 착각이 있었던 듯. 내가 해외 문학 세미나에 참가하면서 미리 연락한 것으로 되어 있는데, 사실은 그곳에서 수상자가 민영익 선생인 덕분에 우연히 만나게 된 것 아닌가. 기억이란 그렇게 혼동될 수 있음이 증명되어 웃었다. 둔필승총(鈍筆勝聰). 기록처럼 고마운 것이 어디 있으랴. 좀 틀리면 어떤가. 그분도 나와의 추억을 소중히 간직하고 있었다는 사실, 그 자체에 환호했다.

이제 또 우리의 시냇물은 다시 지상으로 솟아났구나. 긴 긴 인생길에서 어쩌다 하나씩 줍게 되는 보물. 고이 간직하고 있다가 이따금 한 번씩 꺼내보는 즐거움. 그 또한 하느님이 주신 선물이 아닌가. 물론 옛날처럼 편지를 자주 보낼 수는 없겠지. 그분 부인에게 죄송해서. 환갑 넘은 나이에도 남자와 여자의 관계에선 조심할 것이 있구나.

우리는 그날을 계기로 또 편지를 주고받기 시작했다.

✉ Sylvia,

일주일 전쯤 보내주신 편지와 『아름다운 귀향』 잘 받았습니다.
이곳에서 보낸 편지와 영문 원고도 이미 도착했을 줄 압니다.
『아름다운 귀향』은 받은 후 몇 편 읽고 틈틈이 한두 편씩 읽었는데 간밤에 마지막까지 다 읽었습니다.

1997년도에 부군이 위암으로 돌아가셨군요. 무어라 위로를 드릴 말이 없습니다. 그는 나보다 한 살 많은 1936년생이군요. 그가 실비아로 말미암아 성당에 나가고 마침내 스테파노란 이름으로 세례까지 받게 되어 마지막에 그처럼 아름답게 귀향할 수 있었으니 주님의 섭리에 놀랄 뿐입니다.

세월이 참 빨리도 흘러가는군요. 우리도 회갑을 넘게 되니 말입니다. 실비아도 금년이 회갑이지요? 저는 지난 음력 정월 스무아흐렛날, 만으로 예순셋이 되었습니다. 이처럼 속절없이 세월이 흐르니 머지않아 나도 이 세상을 떠나겠구나 하는 생각이 문득문득 듭니다. 그새 별 한 일이 없어서 늘 마음이 무겁습니다.

항상 곁에 두고 읽는 책 중에 『채근담(菜根譚)』이 있는데 그중에 이런 말이 있어서 스스로 격려를 하고 있습니다.
'하루해가 저무니 황혼이 더욱 현란하고, 한 해가 다 가니 등과 귤의 향기가 더욱 짙도다. 그러므로 군자는 만년에 더욱 정신을 가다듬어 백배해야 하느니라.'
저는 스무 살 때부터 채근담을 한문으로 읽었는데 백운산에 있을 때 채근담 전·후집 전부를 한문 원문만 노트에 기록하여 그 손때 묻은 노트로 늘 읽고 있지요.

목회 중에는 사실 성경 외에는 다른 책을 거의 못 읽었는데 지금은 아무 구애가 없으니 읽고 싶은 책을 마음대로 읽을 수 있어 참 좋습니다. 채근담과 더불어 제가 가장 좋아하는 책은 스물한 살 때부터 읽은 『논어』이지요. 물론 한문 원문으로 읽어야 제맛이 납니다.

매일 도서관에 살다시피 하는데 주로 내가 책을 가지고 가서 읽지요. 책가방에 여러 권 책을 가지고 가서 태평양이 일망무제로 보이는 창가 안락의자에 앉아서 읽습니다. 기독교책으로는 『준주성범』인데 제가 열여덟 나이에 세례를 받을 때 신부님이 선물로 주신 책으로 일생을 곁에 두고 읽지요. 지금은 Herold C. Gardiner가 영문으로 번역한 책을 읽습니다. 그중에 제1편 23장을 한 번 보십시오. 제가 가장 좋아하는 글입니다. 영어로는 제목이 "Of the Remembrance of Death", 그러니까 '죽음을 생각함' 정도가 되겠지요. 언제나 성자의 글이 감동을 주니 이런 고전을 읽어 하루하루 영생을 준비해야 하겠지요. 제가 지금 쓰고 있는 글이 바로 영생, 곧 영의 세계에 관한 글이어서 더욱 죽음이 실감 나는 지도 모르겠습니다.

벌써 3년째 혼자 살고 계시겠군요. 기도와 명상을 깊이 하십시오. 그리고 내면에서 영혼에서 솟아나는 글, 아름답고 훈훈하고 맑고 밝은 글을 이 세상에 많이 남길 수 있도록 힘쓰시기 바랍니다.

며칠 전 받은 편지에서 부군이 세상 떠난 것을 알았는데,『아름다운 귀향』을 읽고 더욱 구체적으로 알게 되었습니다. 집사람도 편지를 읽고 미소지었습니다. 이 편지로 심심한 조의를 표합니다.
2000년 3월 17일 라파엘

며칠 후 답을 썼다. 유일하게 그 편지의 사본이 남아 있어 여기 옮겨본다.

✉ 라파엘 님,
보내주신 글 잘 받고도 바로 편지 쓰지 못했습니다.
사모님께서 정말 양해를 해주실까 걱정이 되어서였지요. 제 글에 미소로 답해 주셨다니 감사드립니다. 영어로 된 글을 받으니까 더욱 반가웠어요. 여고 시절 제일 좋아하던 과목이지만, 30년 넘게 놓아버려 평범한 단어도 사전을 찾아가며 즐겁게 읽었어요. 한 가지, 90년도에 만난 것은 미리 연락하고 간 게 아니라 해외 문학상 시상식에서 우연히 만난 것이지요. 민영익 선생님이 수상자였<u>으므로</u>.
어쨌거나 80년 미국 들어가시기 전 YMCA에서 잠시 만났고, 90년 L.A 문학 행사에 가서 잠시 만났고, 이제 2000년, 이렇게 10년 간격으로 소식이 이어지고 있음이 신기할 따름입니다.

「가을, 그리고 산사」
이 소설을 영어로 번역할 수는 없을까요?

그보다 저는 지금도 그 후속편을 쓰고 싶다는 열망에 시달리고 있어요. 여수행 밤 배 이야기를 시작으로 설치윤 기자님을 통해 주소를 알고, 편지를 주고받던 그 시절. 그런데 잘 쓸 수 있을까 늘 자신이 없어요. 그 소설은 참 여러 층의 팬레터를 받았었거든요.

군인, 스님, 대학생, 공무원. 기성 시인 작가 등등. 그건 제 글이 좋아서라기보다 주인공 수도승의 높은 지성과 고결한 영혼에 더 매료되었기 때문이었겠지요.

제 문학의 아버지 황순원 선생님께서도 말씀하셨어요. "광양 안 있었으면 그렇게 아름다운 소설 못 썼겠지? 한 편의 서정시 같다."

우리 학생들도 그 소설을 정말 좋아했어요. 어느 해엔 그 글 중, 일행 일곱 명이 밤에 산을 오르는 장면 묘사가 대학입학 모의고사에 지문으로 출제되어 우리 학생들이 시험 끝나자마자 제게 전화를 거는 등 법석이 났어요. 지문만 보고도 「가을, 그리고 산사」임을 금세 알아채는 학생들이 고맙기 그지없었지요. 그리고 누구인지 그 글을 좋아해 지문으로 사용해준 출제위원도 고맙기 그지없었지요. 그래서 더욱 속편이 쓰고 싶은데 참 어렵네요.

오래 간직한 이야기를 하나 할게요. 제가 결혼 전 그 소설을 써서 《현대문학》에 넘기고 왔는데, 결혼 후 얼마 안 되어 그 소설이 발표되었어요. 어느 날 남편이 신문 광고를 보고 퇴근 때 현대문학을 한 권 사 왔더라고요. 당시엔 신문 광고에 현대문학 목차까지 다 나왔었거든요. 그는 저녁 식사 후 그걸 읽기 시작했어요. 저는 어떤 반응이 나올까 무척 긴장했지요. 그런데 그가 다 읽고 나더니 고개를 들어 눈을 깜빡이며 혼자서 하던 말.

"너무나 순수해서 눈물이 다 난다."

그는 그 이상 아무 말도 하지 않았어요. 끝까지. 이 세상 떠날 때까지.

참, 『준주성범』 말씀하신 부분 찾아 읽어 보았어요. '죽음을 묵상함'이라 되어 있군요.

그 책은 저도 1964년 12월 세례받을 때, 주례 신부님이신 다이아몬드 신부님으로부터 축하의 선물로 받은 책이지요. 마음이 산란할 때, 아무 데나 펴들면 위로의 말씀을 주실 거라고 하셨는데, 맞아요. 정말 그랬어요. 그래서 오래도록 간직하고 있는 고마운 책이랍니다.

그렇지요. 남편이 떠나고, 저도 이제 환갑을 넘기고 보니 늘 죽음을 생각하고 있습니다. 그래서 더 하느님과 가까이, 선하게, 열심히 살려고 노력하고 있어요.

작년 《월간 문학》 8월호에 실린 제 단편 「겨울 나그네」 프린트해 보냅니다.

아들이 엔·아버에 있는 미시간 대학에 유학 중인데 그곳에 가서 한 달 남짓 머물다가 돌아와 엮어 본 소설입니다. 목사님보다는 사모님이 읽으시면 더 재미나 하실 것 같아요. 여성의 마음이니까요.

두 분 건강을 빕니다. 늙어갈수록 부부는 '베스트 프렌드'이지요. 해로가 얼마나 좋은 것인지 함께 있을 땐 모른다는 게 안타깝습니다. 하루하루 즐겁게 사십시오. 도서관에서 책 읽는 것에만 매달리지 마시고 두 분이 많은 시간 함께 보내시기를 감히 부탁드립니다.

2000년 3월 28일 실비아 드림

✉ Sylvia,

「겨울 나그네」와 함께 편지 잘 받아 보았습니다. 옛날에는 handwriting으로 편지를 썼는데 지금은 컴퓨터 시대가 되어서 깔끔한 인쇄물로 편지를 쓰게 되니 시대의 변천이 새롭게 느껴집니다. 실비아는 글씨가 참 단정하고 고왔지요. 여전하시군요.

「겨울 나그네」는 미시간주 엔·아버에서 공부하는 아들을 찾아가 한 달 동안 미국 생활을 하는 어머니의 체험기여서 현실감이 생생합니다. 실비아의 글은 언제나 자연스럽고 따뜻해서 잘 읽히고 정감이 갑니다.

「가을, 그리고 산사」의 번역은 시간이 허락지 않아 어렵습니다. 물론 번역을 한다면 제가 적격이지요. 제 주위에는 저의 영문을 손질해 주는 사람들이 많아서 더욱 수월하겠고요. 그러나 이것은 조금 두고 봅시다.

오늘 한 가지, 실비아에게 상의할 일이 있습니다. 저의 어머니가 올해 여든여섯인데 아직 기력도 정신력도 좋으신 편입니다. 몇 년 전부터 심신의 건강을 유지하시도록 지금까지 살아온 과거의 일들을 글로 써 보시도록 늘 권해왔더니 상당한 글이 모여져서 쓰시는 대로 저에게 보냅니다. 글이 책으로 낼 만해 보이기도 합니다. 그러나 철자법은 말할 것도 없고 문장도 내용도 조금은 수정해야 할 필요를 느낍니다. 제가 출판할 수 있도록 계속 쓰시라고 했더니 은연중 출판되기를 바라시는 눈치입니다. 그런데 제가 한번 훑어보았지만, 도무지 수정할 시간이 없습니다. 이 원고 카피를 보내면 실비아가 한번 읽고 수정해 주실 수 있을지요. 출판은 그다음 문제인데 그것 또한 실비아가 한국 출판 형편을 저에게 알려 주시면 좋겠습니다. 물론 책으로 만든다면 자비 출판이 될 것이고요.

여기 어머니의 글 「개똥애비, 개똥에미」 등 카피 몇 편을 보냅니다.
이번에 저의 집안일로 오는 22일 출발 한국에 갑니다. 한 열흘 계획입니다.
이 편지가 도착할 때쯤은 제가 한국에 있을 것입니다. 그러니 회답은 안 하셔도 됩니다.
한국에 가면 전화 드리겠습니다.
2000년 4월 13일 Raphael

그의 말대로 회답을 안 보내고 있는데, 그의 전화가 왔다. 한국에 와 있다며 만나잔다.
계절의 여왕 오월 첫날. 세 번째 만남이다. 나는 요즈음 손 보고 있는 그의 어머니 원고부터 챙겼다.
그는 올림픽 공원 옆에 있는 〈파크텔〉에 투숙하고 있었다. 아버지가 88올림픽 준비에 깊이 관계하던 때 지은 건물이라 가족 할인 카드가 있어 서울에 올 때마다 꼭 그곳에 묵는다고 한다.

이른 점심을 먹고, 혹여 늦을세라 부지런히 서둘러 버스를 이용했는데 조금 일찍 도착했다. 이곳저곳 기웃거리며 구경하다가 약속한 3시에 맞추어 전화를 넣었다.

"네. 오셨군요. 시내에서 일 보고 지금 막 들어왔어요. 괜찮으시다면 이리로 올라와서 편안히 얘기하면 좋겠는데요. 711호입니다."

"아, 네. 그래요? 그럼 그러지요."

호텔 방이라는 것이 조금 꺼림칙했으나 그렇게 생각한다는 것이 더 순수하지 못한 것 같아 바로 올라갔다. 반가운 인사.

"안녕하셨어요? 10년 만이군요."

"편지를 주고받아서 그런지 오랜만이라는 생각이 안 드네요."

"그렇지요? 아무튼, 다시 소통할 수 있어서 참 좋습니다."

그는 창가에 놓인 테이블 가에 나를 앉히고 포트에서 끓인 차를 따라 주며 마주 보고 앉는다. 창 밖 전망이 참 좋다.

"이번에는 산소 돌보는 일로 나왔어요. 실비아는 고향 자주 가십니까? 백운산이랑?"

"너무 멀어서 자주 못 갑니다. 어쩌다 광양시에서 출향 문인 초청 강연회가 있으면 한 번씩 가지만 백운산까지는 못 가지요."

"정말 아름다운 곳이었지요. 내 고향 통영 다음으로 정든 곳이라 기회만 되면 한 번 더 가 보고 싶은 곳입니다."

"통영은 참 아름답다지요? 아직 못 가봤어요."

"한국의 '나폴리'라고 하지요. 섬이 많아 바다가 탁 트이진 않았지만 그래도 항구니까 낭만이 있지요. 삼촌도 늘 자기 문학의 뿌리는 통영이라고 해요. 어쨌건 예술가들에게는 큰 영감을 주는 모양입니다. 유치진 유치환 형제, 김상옥, 윤이상, 박경리, 김춘수, 참 많은 예술가가 배출되었어요."

"맞아요. 그곳 출신 문인들이 정말 많아요. 바다가 가까운 것은 역시 좋아요. 제 고향 진월면도 남해와 연결되어 있지요. 여름 방학 때 집에 가면 자주 십리 길 걸어서 바닷바람을 쐬곤 했어요."

서로의 고향 이야기를 나누다가, 나는 가방에서 송두리 여사의 원고를 꺼냈다. 받자마자 몇 편 골라 윤문하고 교정을 해 둔 원고였다. 대강 어디가 틀리는지, 예를 들어 주술 관계, 중복된 구절, 철자, 띄어쓰기, 서술문에 그대로 드러난 경상도 사투리 등 표시해 둔 것을 보여주며 설명하니 그도 잘 알아듣고 수긍해 주었다.

"아무튼, 86세 어른이 대단하셔요. 글솜씨도 그렇지만 책 한 권 나올 정도의 분량을 쓰신 것도 그렇고 글씨도 너무나 명필이셔요. 이국적인 내용도 참 좋고요."

"무료하시니까, 더 글에 매달리신 것 같아요. 내가 잘 쓰셨다며 격려해 드렸더니 재미가 나신 모양입니다. 하하."

해가 기울자, 내가 밖으로 나가자고 했다. 그가 반소매 옷으로 그냥 나왔다.

"저녁이라 서늘할 텐데, 웃옷 걸치고 나가시지요?"

그가 다시 들어가 재킷을 걸치고 나왔다. 우리는 호텔 뒤의 아름다운 정원을 산책했다.

황혼 녘의 자연은 어디서나 아름답다. 더구나 오월이었고, 맑은 날씨, 그리고 나무와 꽃들. 공원 안의 커다란 호수 주변을 거닐며 그의 가정 이야기를 듣는다.

"어린 시절, 왜 나는 어머니가 없고 조부모님이 학부형이 되는지 몹시 궁금하던 차 초등학교 저학년 때 어떤 예쁜 여인이 학교 파할 시간에 교문에서 나를 기다리는 거예요. 그리고는 빵집으로 데려가 맛있는 생과자를 사주곤 했어요. 그분이 친엄마라는 것을 알았지만 나를 버리고 나갔다는 할머니 말이 떠올라 정이 안 가더라고요. 사실은 아버지가 일본 주오대학에서 공부할 때 한 여인을 사귀고 있었대요. 그런데 고향에서 부모님이 부르니까 나와서 어머니와 정식 결혼을 한 것이지요. 외가는 상당히 가문도 있었고, 무엇보다 어머니가 학식 좋고 미인이라 아버지도 거절할 수가 없었나봐요. 근데 나중 어머니가 아버지의 이중생활을 알고, 그 자존심에 묵인할 리가 없었겠지요. 크게 실망하여 대번에 이혼을 서둘렀대요. 그래서 저는 조부모님 손에 자란 거고요. 새어머니는 아버지와 함께 늘 외국 생활을 했지요. 그분을 우리 집에서는 미국 어머니라고 불렀어요. 하여간 친모도 나중 좋은 분과 혼인해서 지금은 아들과 함께 밴쿠버에 잘 살고 계십니다. 저와도 자주 왕래하고요. 그런데 노후에 외로우신지 그런 글들을 쓰시네요."

"네. 일찍 큰 시련을 겪으셨지만 좋은 분과 재혼했다니 다행입니다. 근데 참 우습네요. 우리 아버지도 일본 주오대학 출신이셔요."

"그래요? 그럼 누가 선배일까요? 저희 아버지는 1913년생이시지요."

"저희 아버지는 1904년생입니다."

"그럼 저희 아버지 대 선배이시군요. 하하."

"저는 막내이고, 목사님은 장남이라 그런가 보네요. 유학 후 고향에서 젊은 청년 면장으로 주민 복지 사업 많이 하셨어요. 광복 후 중앙청 인사처 총무과장을 시작으로 광주, 전주에서 근무하셨는데, 한국동란이 터져 초대 전주 시장이라는 죄목으로 전주에서 학살당하신 거고요. 서울 중동 중학 다니던 열다섯에 중매로 열여덟 살 우리 어머니와 혼인하고, 어머니는 광양에 남겨둔 채, 외갓집 돈으로 유학을 가셨대요. 외가는 구례 김 진사 댁으로 부자였대요. 외할머니는 사위 딴짓할까 봐서 일본까지 건너가 살폈는데 다행히 친구와 하숙하면서 열심히 공부하고 있더래요. 그래서 안심하고 학비를 대셨다고 해요. 그 당시 유학생들 연애 사건이 하도 많으니까 집안에선 어지간히 신경들 쓰신 것 같아요."

우리는 웃으며 또 조부모님 이야기로 넘어갔다. 양쪽 다 한학자이신 조부님. 그분 조부님은 통영의 마지막 읍장님을 지내셨다고 한다. 우리 할아버지도 진월면 3대 면장을 지내셨으니. 서로서로 공통점이 너무나 많은 우리. 둘 다 조부모님 슬하에서 자라 할 말이 너무 많았다.

그는 결혼생활 이야기도 한다.

"아내는 교회 봉사 팀에서 만났어요. 정읍 사람이고 전주여고, 서울 농대 출신이지요."

"어머나! 스테파노도 정읍 사람이고 서울 문리대 출신이에요. 정말 재밌네요. 또 저는 전주여고 1학년 때, 광주여고로 전학했고요."

"그래요? 참 신기하네요. 하하. 그럼 우리 집사람이 실비아 후배이군요. 나보다 열한 살 아래니까요. 미국에서 다시 영문학 공부하더니, 영어를 나보다 잘해서 지금 은행에서 일하고 있어요. 내가 육체적으로 병약해서 늘 미안한데 문제없이 잘 살아 주고 있어서 고맙지요. 나 때문에 아이가 없는 거라 둘이서 입양을 결정하고 홀트 양자회를 찾아갔더니, 내 나이 마흔다섯이라고 거절당했어요. 마흔까지가 제한이랍니다."

"아아, 그것도 제한이 있군요. 저런."

"교회 일에 더 정진하라는 뜻으로 받아들이고 둘이서 열심히 목회 일 합니다."

8시가 다 되자 바깥 공기가 찼다. 그가 조금 춥다며 식당으로 가잔다. 나는 사실 조금 배도 고팠다. 그는 낮에 형제들과 일식집에서 너무 잘 먹어 배고픈 줄을 몰랐다고 했다. 하하. 속으로 웃으며 그곳 지하의 〈백제관〉에서 갈비탕을 맛있게 먹었다.

식사 후, 그만 들어가서 쉬시라고 했더니 아니라고 조금만 더 이야기하잔다. 1층에 있는 커피숍으로 갔다. 너른 홀이었다. 그는 창가로 자리를 잡고 앉는다. 홀 중앙에서는 한 청년이 뒤로 머리를 묶고 피아노 건반을 두드리며 노래를 부르고 있다. 멋스럽다. 그는 한국에만 오면 여기서 며칠씩 묵기 때문에 이 모든 장소에 낯이 익다고 말했다.

"아버지의 최후 투병 생활도 이 호텔에서 했어요. 그땐 이미 미국 어머니도 돌아가시고, 아버지 혼자서 몇 년을 지내셨는데, 호텔에서 석 달쯤 머무르셨지요. 그때 내가 시간을 내어 아버지 곁에 있으면서 지난 인생 이야기를 나누었어요. 그중에는 당연히 실비아 이야기도 있었지요. 아버지와 오랜 친구처럼 별별 이야기를 다 나누며 지낼 수 있어서 참 좋았어요. 그 시간이 제겐 아주 귀한 추억이 되었지요."

"아, 네. 부자간에 인생 이야기. 상상만으로도 아름답네요."

우리는 또 종교 이야기로 넘어갔다.

"종교는 과학과 연관되어야 해요. 물리학자 갈릴레오 갈릴레이가 활동하던 무렵만 해도 과학자들이 제일 많이 있는 집단이 가톨릭 사제단이었지요. 가톨릭은 과학을 향해 열려 있는 종교지요. 근데, 한가지. 우리 기독교에서 아이들이 태어나는 것을 하느님의 섭리로만 말하기 때문에 설득력이 없어요. 1초에 수십 수백 명씩 태어나는 아이들, 하느님이 대형 공장을 세워두신 것도 아닌데 어떻게 가능할까요. 그 점에서 불교의 윤회 사상이 더 설득력이 있어요. 나는 전생을 믿거든요."

나도 한마디 거들었다.

"우리 주변에 착한 사람이 아무리 발버둥 쳐도 잘 안 풀리는 사람 많아요. 반대로 모질고 악한 사람이 잘 풀리는 경우도 많아요. 그땐 윤회 생각이 좀 나지요."

"맞습니다."
그가 고개를 끄덕였다.

우리는 음악 이야기, 문학 이야기, 영화 이야기, 참 많이도 나누었다. 그는 워즈워스의 「무지개」를 참 좋아한다고 말했다. 나 또한 무척 좋아하는 시라 평소 자주 암송했던 시가 아닌가. 나는 신이 나서 망설임도 없이 얼른 암송했다.

> My heart leaps up when I behold
>   A rainbow in the sky:
> So was it when my life began;
> So is it now I am a man;
> So be it when I shall grow old,
>   Or let me die!
> The Child is father of the Man;
> And I could wish my days to be
> Bound each to each by natural piety.

그가, 와, 하고 손뼉을 친다. 나도 기뻤다.
그는 이상하게 무지개 꿈만 꾸면 좋은 일이 생긴단다. 노아의 홍수 뒤에 희망의 상징으로 보여주신 무지개라 그런 것 같다고. 어쨌건 꿈에 너무나 관심이 많다고 한다.
"어머나, 저도 꿈에 관심이 많아요. 그래서 석사 논문으로 「황순원 소설에 나타난 꿈」 연구를 썼어요. 황 선생님도 그러셨어요. 하루의 삼 분의 일이 밤인데 그 속에서의 삶도 무시할 수 없다고."

"네. 맞습니다. 꿈은 인생의 생존과 더불어 있었지요. 창세기 요셉의 꿈, 파라오의 꿈, 꿈은 우리 영혼의 활동이라고 봐야지요. 참, 장자의 「호접몽」 아시지요?"

"네. 네. 제 논문 속에도 인용했지요. 장자가 꿈에 나비가 되어 훨훨 날다가 문득 꿈을 깨고 나서 내가 나비인지, 나비가 나인지 모르겠다고."

"네. 맞아요. 실비아 씨 논문 보고 싶네요. 꼭 한 부 부쳐 주세요."

대화가 통한다는 것은 이리도 즐거운 것인가. 시간 가는 줄을 모르고 주거니 받거니.

이러다 너무 늦어지겠기에 내가 먼저 일어나자고 했다. 그는 조금 섭섭해하면서 시계를 보더니 '10시가 넘었군요', 하며 나를 따라 일어났다. 깡마른 몸. 건강이 걱정되어 나는 자꾸 들어가 쉬시라 하고, 그는 기어이 한길까지 따라 나온다. 폐 수술에 심장 수술까지! 그런 몸으로 한국과 미국을 오가며 집안일을 보고 다니는 것은 기적중에 기적이 아닌가. 그러니 그의 건강을 위해 기도할 수밖에. 택시 잡는 것을 보고서야 손을 흔들어 주고 들어간다. 편히 쉬세요. 나의 말에 그가 답한다. 네, 또 전화합시다.

아아, 꿈만 같다. 한 번에 일곱 시간 넘게 이야기한 사람이 그 말고 누가 있었던가. 정신이 멍하다. 나도 꿈을 꾸고 있는 것은 아닌지. 그는 고향에 가면 편지를 찾아보고, 쉽게 찾아지면 내 편지를 가져다주마고 했다. 그럼 나는 「가을, 그리고 산사」의 속편을 쓸 수 있겠지.

그와의 편지는 계속되었다.

✉ Sylvia,
지난번 한국 여행은 고향 통영과 전주 방문 등 바쁜 일정을 마치고 지난 9일 이곳 L.A로 돌아왔습니다. 이상하게도 김포 비행장에 내릴 때도 고향에 돌아온 느낌이고, 이곳 엘에이 비행장에 내려도 고향에 돌아온 느낌입니다. 그새 밀린 일들을 처리하고 이 편지를 씁니다.

저의 어머니 글을 손질해 보겠다니 고맙습니다. 시간이 급하여 구체적인 얘기는 못 했는데 출판에 전혀 경험이 없는 저로서는 실비아의 의견에 따르겠습니다. 비용 관계 등 잘 알려 주시면 고맙겠습니다.

《분당골》에 실린 실비아의 「봄눈 내리는 날」은 잘 읽었습니다. 성당이 있는 풍경은 한 폭의 수채화 같고 성전 건축을 위한 성도의 아름다운 신앙이 참 좋았습니다. 실비아의 글은 언제 읽어도 무리가 없이 자연스러워서 좋습니다. 계속 많이 쓰시기 바랍니다.

우리가 80년, 90년, 2000년, 이렇게 세 번 만났는데 이 세상에서 만나지 않기로 한 약속을 깬 셈이지요. 그러나 어쩔 수 없는 일이라면 그 또한 소중한 만남이지요. 그새 세월이 흘러 둘 다 예순을 넘었고 각각 결혼생활도 했으니 처음 우리가 펜팔을 나누던 20대와는 마음과 느낌과 생각이 다를 수밖에 없겠지요. 다음 세상을 조금 앞당긴 듯합니다.

이제 나이도 들고 건강도 전만 못 해 쉽게 피곤을 느낍니다. 그래서 제가 하는 저술 작업이 진척이 느립니다. 곧 속에 있는 것을 드러내어 기록하는 일인데 속에는 가득하나 제대로 밖으로 내보내는 작업이 더디어서 스스로 안타까이 느낄 때가 많습니다. 글을 쓰는 사람들, 모두 대단하신 겁니다.

영어를 공부하신다니 오늘은 숙부님의 작품 「A Book-Writing Venture」를 보냅니다. 이 글은 미국 대학에서 발표도 되었던 것입니다.

기도 많이 하시고 교회 일, 문학 활동, 열심히 하시기 바랍니다. 무엇보다 건강에 유의하시고.

2000년 5월 15일 자정에 Raphael

 Sylvia,

어머니의 원고 출판 문제는 일단 미루어 주시기 바랍니다. 어머니께서 출판까지 할 게 있겠느냐고 하시는군요. 쓰는 즐거움으로 충분하다고요.

종종 책방에 가는데, 마침 『Women of Words』라는 책이 눈에 띄어 한 권 사서 보냅니다.

지난 19-20세기를 거쳐 가장 유명한 여성 작가 35인의 생애와 중요한 작품을 인용 소개해 놓았군요. 이중에는 뉴질랜드의 Katherine Mansfield는 물론이고 Jane Austen, Emily Bronte, Virginia Woolf, 그리고 현대 미국의 노벨상 수상작가 Tony Morrison도 선정되어 있습니다.

작가는 인생의 모든 면을 다 경험해 볼 수는 없으니 결국 타인의 작품, 특히 명작에서 영감을 얻게 되는 줄 압니다. 영어가 모국어가 아니라 이해에 제한이 따를 수밖에 없으나 어느 정도 독해가 가능하다면 원어로 읽어야 문학의 깊은 맛을 더 느낄 것 같습니다. Shakespeare를 원문으로 읽는 것과 번역본으로 읽는 것은 천지차이가 있지요.

마침 영어를 공부하신다니 만일 영문 작가 중의 작품을 직접 읽고 싶으면 얼마든지 구해 보내드리겠습니다. 저는 너무 바빠서 소설은 못 읽고 있지만, 세계 명작은 영문판으로 거의 가지고 있는 셈입니다. 미국 생활이 길어질수록 느는 것은 책밖에 없어서 이사할 때 가장 큰 짐이 책입니다.

요즈음 이곳 날씨는 조금 덥습니다. 낮에 도서관에서 가지고 간 책을 보고 황혼에 뉴 포트 비치를 산책하고 집에 와서 저녁을 먹지요. 비교적 단조로운 생활입니다.

이제 나이도 들고 실비아는 혼자가 되었으니 간간이 편지를 나누어도 좋을 듯합니다. 이제 우리도 황혼에 들었으니 남은 순간을 이왕이면 더욱 아름다운 노을로 물들일 수 있다면 좋겠지요.

실비아는 더욱 좋은 글, 아름다운 글, 가치 있는 글을 계속 많이 쓰시기 바랍니다.

2000년 6월 26일 Raphael

✉ Sylvia,

며칠 전 『Women of Words』는 한 권짜리이긴 하나 워낙 무게가 많이 나가 배편으로 보냈는데, 보통 4주~6주가 걸린다고 합니다. 그럼 미국 여행 떠난 뒤에 도착하게 될 것 같아 떠나기 전에 받아 볼 수 있도록 간단한 책 두 권을 항공우편으로 보냅니다.

하나는 『Embraced by the Light』로 역시 오랫동안 베스트셀러가 된 책입니다. 주인공 Betty가 병원에서 죽어 직접 천국을 가 보고 쓴 책인데 하도 감동스러워서 내 주위에 영어로 책을 읽을 줄 아는 사람들 여럿에게 사서 주기도 했습니다. 신앙에 아주 도움 되는 책이고 영어도 쉽습니다.

또 하나는 6, 7년 전 미국에서 베스트셀러였던 『The Bridge of Madison County』인데 하도 소문이 나서 집사람에게 한 권 사다 주었더니 너무 재미있다며 하룻밤 만에 다 읽었던 책입니다. 3년 전쯤 영화화되었고, 아내가 졸라서 함께 봤지요. 얼마 전 한국에 갔을 때 교보문고에서 이 책의 번역본을 봤습니다. 내용이 요즈음 세상에 보기 드문 로맨스이고 영어가 쉬워서 쉽게 읽을 줄 압니다.

　최근에 영화 「Hurricane」을 봤어요. 저는 요즘 영화에는 흥미가 없어졌는데 집사람이 졸라서 함께 갔지요. 실화를 바탕으로 한 것인데 흑인 권투선수가 애매하게 감옥에 갇히어 있는 동안 옥중에서 쓴 자서전이 발간되어 영화로까지 만들어진 것이라고 합니다. 이 책을 읽은 한 독자가 구명운동을 일으켜 마침내, 석방되는 감동적인 스토리인데 주인공 멘젤이 자기를 구출하기 위해 애쓰는 어린 흑인 청년이 감옥으로 면회를 왔을 때, 한 말이 참 감동적이었습니다.
　"이 세상에서 가장 강한 것은 권력이나 총칼이 아니라 펜이다."

『메디슨 카운티의 다리』 때문에 영화 이야기가 나왔군요.
　며칠 전 『Women of Words』를 부칠 때도 썼습니다만 실비아가 필요한 영문 책 있으면 꼭 말씀하십시오. 그리고 앞으로도 계속 영어 공부 많이 하시기 바랍니다. 영어 공부란 별것이 아니고 재미있는 영어책을 사서 사전을 찾아가며 많이 읽는 것이지요.
　그럼 오늘은 이만.
　　　　　　　　　　　　　　　2000년 6월 28일 Raphael

✉ Sylvia,
　퇴직하고 맨 먼저 시작한 것이 성경공부라고 하니 신앙심이 대단하십니다.

문학과 신앙이라는 두 기둥에 의지하여 성실히 살고 있는 모습 아름답습니다.

제 어머니 원고를 몇 편 손질해서 《분당골》에 실어 보겠다는 제안, 참으로 감사합니다. 연세 드신 어머니가 열심히 써 모은 글이라 한두 편이라도 세상에 나온다면 어머니가 무척 기뻐하실 것입니다. 글을 써 보시라고 권장한 저도 물론 기쁘고요.

어떤 글이 채택될지 궁금하지만, 그저 실비아의 의견에 따르겠습니다. 맞춤법이니, 띄어쓰기니, 어색한 문장들 손보시려면 수고가 많겠습니다. 감사합니다.

<분당 성요한성당>은 대한민국에서 가장 크다지요? 제 고종사촌 여동생이 그곳 신자라서 이야기 많이 들었어요. 아버지가 3남매인데, 위로 고모님이 있고, 가운데가 아버지, 막내가 민영익 삼촌이지요. 그 고모님의 딸이 저보다 한 살 아래입니다. 어린 시절 함께 자라서 친하게 지냈고, 지금도 한국에 나가면 꼭 만나고 오지요. 그 동생도 교사 출신이고 이름은 임선희 엘리사벳. 혹시 성당에서 만날 수도 있지 않을까요?

동생한테 성도들이 그 성당 짓느라고 수고한다는 말도 들었습니다. 이제 거의 완공이 되고 있다지요? 실비아도 물심양면으로 크게 협조하고 있다니 마음으로 가깝게 느껴지고, 언제 한국에 나가면 한번 구경하고 싶군요.

아무튼, 그 건물의 웅장함에 못지않게 수준 높은 성도들도 많다니 하나님의 영광 드러내는 데에 큰 몫을 했으면 좋겠습니다.

지난번 실비아 글이 실린 책이 창간호이군요. 봄엔 '부활호', 여름엔 '성모승천호', 겨울엔 '성탄호', 이렇게 연 3회 출판, 대단합니다. 작은 교회에서는 그토록 도톰한 책자를 연중 3회씩 내기란 어림도 없는 일이지요. 그런 본당지(本堂誌)를 위하여 실비아가 편집위원으로 봉사하고 있다니 참 잘하신 일입니다. 은퇴 후에는 봉사 생활이 제일이지요. 그중에서도 교회 봉사에서야말로 큰 보람을 느낄 줄 압니다.

제게 원고를 청탁한다고 하니 우선 영광입니다. 감사합니다.

평소 생각하고 있는 '개신교 목사가 본 천주교와 개신교'에 대한 글을 써 보겠습니다.

교회 일, 글 쓰는 일, 열심히 하시기 바랍니다.

2000년 7월 20일 Raphael

✉ Sylvia,

한 열흘 전 이곳에 사는 옛 친구가 음악회 티켓을 선물해 양쪽 부부 넷이 다녀왔습니다.

L.A의 대표적 음악당 <Dorothy Candler Pavillion Music Hall>에서 베토벤 9번 교향곡을 연주한 것입니다. 앞의 비싼 좌석에서 잘 듣고 홀을 나와서 인근 레스토랑에서 저녁을 같이 먹으며 음악에 관하여 한담을 하고 왔지요.

사실은 제가 80년도 미국에 오자마자 전축과 함께 카라얀의 지휘로 독일에서 제일 권위 있다는 레코딩 회사 '그라마 폰'의 베토벤 교향곡 전집 레코드 앨범을 사서 생각날 때마다 듣곤 하였는데 물론 그중에서 9번을 제일 많이 들었지요.

  80년대 중반부터는 세상이 바뀌기 시작하여 L.P판 제작이 중지되고 CD판으로 나오기 시작했는데 CD가 작동이 편리하기는 해도 음질은 L.P가 더 낫지요. 그러나 근래에는 연주도 비디오로 녹화하여 전축이나 텔레비전에서 시청할 수 있게 되었군요. 스피커 성능이 좋으면 직접 연주를 보면서 고음질로 음악을 듣게 되었으니 참 좋은 세상입니다. 그새 모은 L.P 판도 많으나 좋아하는 연주회 비디오가 나오면 역시 수집하였는데 그중에 베토벤 심포니 9번도 물론 있지요. 이 역시 독일 그라마 폰의 것이고 번스타인의 지휘인데 직접 비디오로 보면 정말 좋아요. 음악에 열중해 있는 지휘자의 얼굴 모습도 클로즈업되어 나오고 기악의 각 부분도 눈앞에서 볼 수 있고, 사중창단의 열중하는 모습도 한 사람씩 보게 되니 참 실감이 나지요.

  야샤 하이페츠의 바이올린, 루빈스타인과 호로비츠의 피아노, 피아티고르스키의 첼로, 파바로티, 도밍고, 호세 카레라스의 테너 등 이런 음악이 있는 한 어찌 무료한 시간이 있을 수 있겠습니까?

  그런데 이 교향곡 9번 4악장에 나오는 합창은 베토벤이 이 곡을 작곡하기 20년 전에 Friedrich von Shiller의 시 「Ode to Joy」, 곧 '환희의 송가'를 읽고 영감을 받아 고심 끝에 최초로 심포니에 독창과 합창을 넣었다지요. 그리고 이 9번이 그의 마지막 교향곡이 되었다지요. 20세기 최고의 연주가인 파블로 카잘스는 매년 유엔 총회가 개최될 때 이 교향곡을 먼저 연주한 후에 총회를 개최하라고 했다는 에피소드도 있습니다. 아무튼, 9번 교향곡이 성공을 이루어 이후에는 교향곡에 성악, 곧 합창이 들어가는 경우가 생겼는데 그 예로 Schoenberg의「A Survivor from Warsaw(1947)」 등이 있지요.

또한, 이 교향곡 4악장에 나오는 합창은 독일어로만 불리고 또 '환희의 송가' 전부를 아직 우리말로 보지 못했는데, 레너드 번스타인 지휘의 앨범에 기재된 독일어와 영문 번역이 있어서 제가 그 영문을 타이프치고 또 우리말로 번역을 해서 티켓 사준 친구에게 음악회 시작 전 답례를 했어요.

이 친구는 42년 지기로 이곳에서 큰 레스토랑을 경영하고 있는 부자 친구인데 생활 영어는 해도 본격적 영어는 부족해서 연주 듣는 데 도움을 주기 위하여 영문과 번역문 한 쌍을 만들었는데 인쇄하던 중 실비아 생각이 나서 한 벌 더 뽑아 보냅니다.

ODE TO JOY

By Friedrich von Schiller

* Friends, no more these sounds!
* Let us sing more cheerful songs,
* More full of joy!

Joy, bright spark of divinity,

Daughter of Elysium,
Fire-inspired we tread
Thy sanctuary.
Thy magic power re-unites
All that custom has divided,
All men become brothers
Under the sway of thy gentle wings.

Whoever has created
An abiding friendship,
Or has won
A true and loving wife,
All who can call at least one soul theirs,
Join in our song of praise;
But any who can not must creep tearfully
Away from our circle.

All creatures drink of joy
At nature's breast.
Just and unjust
Alike taste of her gift;
She gave us kisses and the fruit of the vine,
A tried friend to the end.

Even the worm can feel contentment,
And the cherub stands before God!

Gladly, like the heavenly bodies
Which He set on their course
Through the splendor of the firmament;
Thus, brothers, you should run your races,
As a hero going to conquest.

You millions, I embrace you.
This kiss is for all the world!
Brothers, above the starry canopy
There must dwell a loving Father.
Do you fall in worship, you millions?
World, do you know your Creator?
Seek Him in the heavens!
Above the stars must He dwell.

환희의 송가

* 벗들이여, 이러한 소리는 이제 그만!
* 우리 모두 더욱 기쁜 노래
* 더욱 충만한 환희의 노래를 부르세!

환희, 신성으로 빛나는 밝음.
지복(至福)의 딸,
그대의 지성소를
불꽃을 튀기며 우리 걸어가리.
그대의 마력은 나뉘어진
모든 풍습을 다시금 연합하고
모든 사람들을 형제로 삼아
그대의 부드러운 날갯짓 아래로 모으도다.

누구든 참된 우정을 이룩한 사람.
혹은 진실로 사랑하는 아내를 가진 사람.
단 한 사람이라도 그대가 참으로 믿을 수 있는 사람이 있다면
우리와 함께 이 찬미가를 부르세.
그러나 누구든 눈물로 겸허해질 수 없다면
우리 모임에서 떠날지라.

모든 만물은 자연의 가슴에서
환희를 마시도다.
의로운 자나 불의한 자나
다 함께 이 선물을 맛보세.
자연은 우리를 입맞추고 과일의 열매를 주나니
마침내 믿을 수 있는 친구를 주도다.
미물도 만족함을 느끼고

게루빔 천사도 하나님 앞에 섰도다!

기꺼이, 하나님은
찬란한 창공 속으로
천체처럼 그들의 갈 길을 정하였나니
이러하니, 형제들이여, 그대의 갈 길을 달려가소.
영웅이 정복을 위해 달려가듯.

이 세상 모든 사람들이여, 나는 그대를 껴안소.
이 입맞춤은 모든 사람들에게!
형제들이여, 별들의 창공 위에
사랑하는 천부(天父)가 기거하도다.
이 세상 모든 사람들이여, 그대들은 그분께 경배하는가?
세상이여, 그대의 창조주를 아는가?
하늘에서 그분을 찾아보소!
별들 위에 그분은 사시나니.

2000년 10월 9일 Raphael

V.
무궁무진한 대화

새천년이 되자 많은 변화가 왔다. 그중 하나가 통신 수단의 발전이다. 개인이 휴대전화를 소지하고, 컴퓨터를 소지하고, 그와 더불어 전자우편이라는 이메일이 시작된 것이다.

나는 교직에 있었던 덕분에 90년대 초반, 이미 컴퓨터를 배워 문서를 작성하거나 일기를 쓰기는 했지만, 이 메일이라는 것은 몰랐다.

그러다가 아들이 서울공대에서 석사까지 마치고, 투병 중이던 아버지가 세상을 떠난 뒤, 1998년 미시간 대학으로 유학을 갈 때, 나에게 꼭 필요하다며 가르친 것이 바로 이메일이다. 아들은 떠나기 전 학교 연구실에서 나에게 메일을 보내고, 내가 답을 쓰도록 연습을 시켰다. 유학 중 서로 소식을 전하려면 이보다 더 좋고 빠른 방법이 없다고 했다. 하도 신기해서 나도 열심히 배웠고, 덕분에 내 또래 중에는 가장 먼저 이메일을 사용한 사람이 되었다.

도미 후, 처음에는 영어로만 가능하다고 해서 더듬더듬 영어로 소통하다가 얼마 후에는 한글을 깔았다고 훨씬 자유롭게 소식을 주고받을 수 있게 되었다. 그러자 나는 목사님하고도 이메일로 소통하면 좋겠다는 생각이 들었다. 혹시 가능하신가를 여쭈었더니 아직 아니라면서 시도해 보겠다고 했다. 얼마 후 이메일을 개통했다고 기뻐하시며 그것으로 편지를 교환하게 되었다. 서로의 소소한 일상, 생각 등이 글을 통해 오고 갔다. 아무래도 편리하니까 많은 메일이 오고 갔다.

그 무렵 나는 천주교 분당성요한성당의 본당지(本堂誌) 《분당골》 편집 위원, 그리고 한국여성문학회 제18대 회장 정연희 선생의 간곡한 부탁으로 사무국장직을 맡아 봉사하면서 기회만 되면 미국, 유럽 등 해외 나들이를 즐기고 있었다. 그러다 보니 메일에도 나들이 체험을 많이 썼던 것 같다.

《분당골》 편집 위원으로서는 좋은 글을 실어 잡지의 수준을 높이는 데 한몫했다. 창간호부터 '초대의 글' 난을 마련하여 최인호 작가를 시작으로 이해인 수녀님, 박완서 선생, 한수산 작가, 김남조 시인, 전옥주 희곡작가 등 저명한 가톨릭 문인들의 글을 매회 얻어 실었다. 신부님도 좋아하시고, 교우들도 좋아했다.

목사님을 위해서도 참 잘한 일이 있었다. 수필 난에 어머님 송두리 여사의 글을 실어 드린 것이다. 또 목사님께도 원고를 청탁해 글을 받아 실었다. 목사님은 자신의 글이 실리는 것보다 어머님 글을 세상에 내보낼 수 있음에 무척 기뻐하셨다. 물론 어머님은 더 많이 기뻐하셨고. 깜짝 놀라 기뻐한 사람이 또 있었다. 목사님의 고종 동생 임선희 엘리사벳 씨다. 자기네 본당지에 외숙모님의 글과 오빠의 글이 실렸으니 얼마나 기뻤겠는가. 우리 신부님이나 교우들도 좋아했다. 멀리 L.A 한인 교회 목사님의 글로, 또 멀리 밴쿠버의 독자 86세 할머니의 글로 내용이 풍성해졌다고.

아무튼, 2000년 '성모 승천호'에 어머니 송두리 여사의 글 「개똥애비, 개똥에미」를 시작으로 「사랑」, 「호접란」, 「사과를 안 받은 일을 후회하며」 등, 그리고 민지환 목사님의 글 「개신교 목사가 본 가톨릭과 개신교」 등을 실어 드렸다.

그렇게 이메일로 소식을 주고받던 중, 갑자기 문제가 생겼다. 그쪽 편지가 내게 오면 글씨가 다 깨어져 들어오는 것이었다. 그런데 영어로 쓰면 아무 문제가 없었다. 이상한 일이었다.

그래서 그는 영어로 쓰고, 나는 한글로 쓰는 소식 나누기가 시작되었다.

그는 메일로 영어 편지를 쓰다가, 때로는 우편물 안에 끼워서 한글 편지를 보내기도 했다.

 Sylvia,

Happy New year!

It is quite strange that the typed Korean letters were broken every time in your computer. All the friends and relatives who are communicating with me in Korean do not have any problem. Except just only you. But it is fortunate that you can read my English letters. There are no problems at all to write in English for me. You may write to me in Korean as always. In fact I exchange my e-mail in English more often than in Korean.

Congratulations you were awarded by prestigious 'Korean Literature prize' this time. I could not see the news at news papers because I am a half-hearted news paper reader. So I missed it.

My essay 「Burning Twilight」 has been selected at the 《Abroad Literature》 No.6 this time. I will send you one copy. You can receive it after you return from your Pilgrim Trip.

Yesterday was New Year's Day here and we invited our nine relatives to my house and had a rice-cake-soup to celebrate and had a pleasant time. Younger generations could not speak Korean well so we spoke half in English and half in Korean. That is a general phenomenon here.

Have a good trip.

2003년 1월 3일 Raphael

번역하면 다음과 같다.

실비아,
새해 복 많이 받으십시오.
내가 한글로 쓴 편지가 그쪽 컴퓨터에는 매번 글자가 깨여져 들어간다니, 참 이상합니다. 나와 연락하는 친구들, 친척들 아무도 문제가 없는데 오직 실비아하고만 그렇습니다. 그러나 실비아가 내 영어 편지를 읽을 수 있으니 다행이지요. 실비아는 늘 하던 대로 한글로 써도 좋습니다. 사실 나는 이메일에서 한글보다 영어를 더 많이 사용하고 있으니 괜찮습니다.

이번에 '한국문학상'을 받으셨다니 축하드립니다. 나는 그 뉴스를 신문에서 못 봤습니다. 나는 신문을 읽을 때, 건성건성 읽기 때문이지요. 그래서 그 기사를 놓치고 말았습니다.
내 수필 「불타는 황혼」이 《해외 문학》 제 6집에 뽑혔습니다. 복사해서 한 장 보내겠습니다. 실비아가 성지순례 마치고 돌아오면 받을 수 있을 것입니다.

이곳은 어제 새해를 맞이하여 나의 친척들 아홉 명이 우리 집에 모여 떡국을 먹으며 즐거운 시간을 가졌습니다. 젊은 세대들은 우리말을 잘 못 하니까, 영어 반, 한국어 반으로 소통하지요. 여기서는 이게 일반적인 현상입니다.
좋은 여행 되시기를.

✉ Sylvia,
참 이상합니다.
한국에 있는 지인들과 아무 일 없이 이메일을 교환하는데 실비아하고만 문제가 생기는군요. 그것도 전에는 잘 되다가 말이지요. 그

새 그리스 터키 등 성지순례 잘 다녀오셨겠지요?

  미국에서는 은퇴 후 공통으로 하는 일이 여행, 외식, 그리고 골프라는 말이 있습니다. 저는 우리 교인이 저의 건강을 위해서 골프 세트를 사 주어 몇 번 나가 보았지만, 너무 어렵고 무엇보다 시간이 걸려 그만두었지요. 외식은 건강상 좋지 않아 될 수 있으면 집에서 먹고, 여행은 건강상 자신이 없어서 못 하지요. 작년에 집사람과 이탈리아 여행을 계획했다가 제 건강에 무리가 갈 것 같다고 집사람 만류로 그만두었습니다. 결국, 저는 은퇴한 사람으로 누리는 세 가지를 하나도 못 누리게 되는군요.

  단지 독서와 명상, 글 쓰는 일, 그리고 산책하는 것뿐인데 세월이 어찌나 잘 가는지 어느덧 2003년 새해가 되었군요.

  그새 이곳 한국일보 미주판 '오피니언' 난에 제가 '민 라파엘'이란 이름으로 십여 꼭지 글을 발표한 것도 작년 실비아에게 보냈는데, 아직도 도착이 안 되었다니 이상합니다. 지금도 계속 그 신문에 글은 나가고 있지요.

  최근에 아내와 함께 영화를 보고 왔습니다. 「The Pianist」라는 제목인데 참 감동적이었습니다. 실화를 바탕으로 한 것이라 더욱 실감이 났습니다. 폴란드 출신 유대인이 이차 대전 중 이곳저곳 아슬아슬하게 숨어 지내는 중 독일 장교에게 발각되어 심문을 받는 중 직업이 무어냐고 묻자 피아니스트라고 하자 마침 옆방에 피아노가 있어 데리고 가더니 아무거나 한번 쳐보라고 합니다. 거기서 기가 막힌 연주 솜씨를 보이자 이 독일 장교가 피아니스트를 보호

해서 무사히 살아남았습니다. 그가 최근까지 살면서 세계적 피아니스트가 된 것입니다.

　금년에는 건강이 좀 나아지면 한국에 나갈까 합니다. 제가 우리 집안 가족 중 유일하게 성묘를 해야 하는 장손이기 때문이지요. 조상 산소가 열 개도 넘어서 자동차로 다녀도 종일 걸리는 고단한 일이 됩니다. 형제들이 모두 외국에 있고, 또 조상 산소 위치도 조부모님, 부모님 외에는 아무도 몰라서 어쩔 수 없지요. 이 일 또한 집안의 큰일이 아닌가 생각합니다.
　좋을 글 많이 쓰시고 안녕히 계십시오.
2003년 1월 16일 Raphael

✉ Sylvia,

Already we had another lunar New Year's Day. We do not have so much new year's feeling here. However at every lunar New Year's eve, I must observe my grandmother's memorial service, so we must prepare various kind of food for JESA, through which we can have a new year's feeling as in Korea.

How are you? I think you are still writing the stories of your recent trip to the Middle East. That should be another way to taste your trip to Greece and Turkey.

Still I wonder you have not received my manuscripts which I sent you last September. Might be lost. I am writing articles often to the opinion section of HANGUKILBO in the name of Raphael Min. Nobody knows who is Raphael Min.

My fellow English writers are planning to publish our stories soon. If it is published, I will send you one copy.

It is really lucky you can read my message in English when your computer had troubles in receiving my mail.

There is quite different nuance between writing in Korean and in English. But I will try to write this letter in Korean, too.

Have good days!

2003년 2월 8일 Raphael

번역하면 다음과 같다.

실비아,

벌써 우리는 음력 설날을 보냈습니다. 이곳에서는 새해라는 걸 별로 느낄 수 없지요. 그러나 나는 섣달 그믐날 밤마다 우리 할머니 추도식을 올려야 해서 여러 가지 한국 음식을 준비하고 그를 통해 한국에서처럼 새해 기분을 느낄 수 있습니다.

어떻게 지내십니까? 아직도 최근 중동 지방 여행기를 쓰고 있을 것 같습니다. 그것은 실비아의 그리스와 터키 여행의 맛을 느끼는 또 다른 길이겠지요.

지난 9월에 보냈던 내 원고는 아직도 받지 못했는지 궁금하군요. 아무래도 없어진 듯합니다. 나는 가끔 '민 라파엘'이라는 이름으로 한국일보 오피니언 란에 글을 발표하고 있습니다. 민 라파엘이 누구인지 아무도 모릅니다.

실비아의 컴퓨터에 문제가 있어도, 내 영문 글을 읽을 수 있다는 것은 정말 행운입니다.

우리말 글과 영문 글 사이에는 미묘한 차이가 있지요. 나는 우리말로도 이 편지를 써보도록 시도해 보겠습니다.

안녕히 계십시오.

✉ Sylvia,

Now I read through your somewhat long story 「The Way To Ephesus」 after I printed it out. It was 27 pages. You wrote so many details on your trip to Turkey that I could imagine and rather see every places your steps stopped. Good story! Wonderful travel description with historic background of Turkey as well as her relationship with Korea. Also it seemed to be good for believer's faith. I could also get to know your family history this time, especially that of your mother side lineage.

You are really a good writer. Write more and more whatever in your mind before you go to your eternal place of our Lord.

I am fine. I spend more time to meditate than to read or write. But I am writing some articles which appear in the Korea Times published in the US. Writing is great thing, I think. Our life is short but our works(art) will be long. One of the most powerful thing which affects the history of the world is the BOOK. It is true.

We had a heavy rain last week in southern California.
That was the only rain during the whole long year. But now it is almost spring. We had beautiful flowers in our garden.
This year I hope to go to Korea but I don't have any schedule yet.
Have a good luck and happy life.

2003년 2월 21일 Raphael

번역하면 다음과 같다.

실비아,
긴 여행기, 「에페소로 가는 길」을 프린트로 뽑아서 읽고 있습니다. 27페이지나 되더군요. 터어키 여행을 어찌나 상세하게 썼는지, 실비아가 머물렀던 모든 곳을 직접 본 것처럼 상상할 수 있었습니다. 좋은 이야기였어요. 터어키와 우리나라와의 관계에 대한 역사적 배경과 함께 훌륭한 여행 기록이었습니다. 또한 신앙심에서도 아주 좋았고요. 또 이번에 실비아의 가족사도 알게 되었습니다. 특히 외가 쪽 가족사에 대해서요.

　실비아는 정말 좋은 작가입니다. 우리 주님의 영원한 나라로 떠나기 전에, 마음속에 품은 것들 더욱 열심히 쓰십시오.

　저는 잘 있습니다. 요즘은 읽고 쓰는 일보다 명상을 더 많이 하고 있습니다. 그러나 미주 한국일보에 가끔 기사도 쓰고 있지요. 글을 쓴다는 것은 위대한 일이라고 생각합니다. 우리 인생은 짧지만, 우리가 쓴 글(예술)은 오래 남을 것입니다. 세계 역사상 가장 큰 영향을 미친 것은 '책'이지요. 그것은 진실입니다.

　서부 캘리포니아에는 지난주 많은 비가 왔습니다.
　일 년을 통해 오직 한 번 내리는 비입니다. 그러나 지금은 거의 봄입니다. 우리 집 정원에는 벌써 아름다운 꽃이 피었습니다.
　올해에는 한국에 갈 수 있기를 바라는데, 아직 계획은 없습니다. 행운이 있기를, 그리고 행복하게 사십시오.

✉ **실비아,**
그동안 안녕하시겠지요.

지금 한국은 대구 참사와 북핵 문제 등으로 참 어지럽군요. 이곳에 있어도 피부로 느끼는 현실은 그곳에 있는 것과 똑 같습니다. 늘 조국의 안녕을 위해 기도하게 되지요.

작년 9월에 보냈던 제 원고는 끝내 없어진 것이라 몇 가지 원고를 또 우편으로 보냅니다. 이번에는 없어지지 않기를 바라며.

「구산 스님 친견기」는 작년에 이곳 불교 모임에 초대되어 종교학 강의를 했을 때 불교 신자들에게 저를 소개하는 글로 준비해 가서 한 카피씩 준 글입니다. 그 외는 이곳 한국일보 미주 판 오피니언 난에 발표했던 글들입니다. 틈이 나실 때 읽어 보시기 바랍니다. 종교 외에 저의 사상의 일단을 엿보실 수 있을 것 같아 보냅니다.

세월은 속절없이 흐르는데 아직 저의 본 저작에 진전이 없어 안타까운 중에 있습니다. 써야 할 내용은 마음속에 가득 차 있습니다. 아마도 두어 달 안에 미국 작가들과 그동안 창작 활동한 글 선집(anthology)이 먼저 나올 것 같습니다. 그중에 제 글이 다섯 편 들어갑니다. 실비아가 제 영문을 읽을 수 있어서 정말 다행입니다. 꼭 40년 전 백운산 상 백운암에서 제가 기거하던 방에 실비아가 하룻밤 묵으며 제 일기에 글을 남긴 인연으로 오늘까지 우리가 이렇게 영적 통교를 하고 있군요. 실비아는 그때 처음 몇 줄은 영문으로, 그리고 다음 몇 줄은 우리말로 글을 썼지요. 한글이나 영문의 글씨도 달필이고 참 고왔지요. 그리고 그 글씨가 지금도 변치 않았더군요.

나는 본래 글씨도 별로인 데다가 5년 전 심장 수술로 어쩐지 손이 떨려 펜글씨는 도무지 되지가 않습니다. 이처럼 컴퓨터가 생겨서 얼마나 다행인지 모릅니다.

   이곳은 이제 여름 같은 기후입니다. 우리 집 조그마한 뜰에도 벚꽃, 살구꽃이 피고 무화과, 자몽 등도 잎이 나고, 장미는 일 년 내내 피고 있습니다. 지난주까지 겨울 우기에 비가 계속 오더니 L.A 인근 산들이 새파래졌습니다. 초여름부터 가을까지는 전혀 비가 오지 않으니 다시 누렇게 변하게 될 것입니다.
   건강하시고 좋은 글 많이 쓰시기 바랍니다.

2003년 3월 1일 Raphael

✉ Sylvia,
   실비아 컴퓨터에 문제가 생겨서 한글은 안 되고 영어만 된다니 아무래도 조금 불편해졌습니다. 실비아가 제 영문 메시지를 읽을 수는 있다고 해도, 쓰는 사람으로서는 좀 그렇군요.

   영어 인터넷 하니까 생각나는 것이 있습니다.
   제가 보스턴에 있을 때, 우리 교인 중에 62세 권사님이 한 분 계셨는데 그는 아들 초청으로 미국에 오자마자 혼자서 또는 성인 영어 학원에 나가서 부지런히 영어 공부를 했습니다. 그의 집에 심방을 가면 제가 영어 숙제 도와드리기가 바빴지요. 그분이 저를 따라 아들이랑 함께 L.A에 와서 사시는데 이곳에 오자 아들이 컴퓨터를 설치해 드리고 기초를 가르쳐 드렸는데 할머니는 컴퓨터 학원에 나가 부지런히 배워 지금 컴퓨터 방면 자격증을 다섯 개나 가지고 있습니다. 그리고 그동안 컴퓨터에 신구약 성경을 열심히 써서 창세기부터 요한묵시록까지 6년 동안 2번이나 입력하는 등 노력하시더니 영어를 완벽하게 습득하게 되셨어요.

그분 컴퓨터에는 아예 한글 버전은 없고 오직 영어로만 되어 있어서 저와는 간간이 영어로만 메일을 교환하는데 일취월장하는 그분의 영어 실력에 감탄하고 있어요. 펄벅 여사가 King James 영어 성경을 늘 읽고 읽어 그처럼 완벽한 표준 영어 문장을 구사할 수 있게 되어 『대지』와 같은 명작을 쓰게 되었다고 하지요.

어쨌건 이 할머니의 나이가 80이 되어 온 가족과 친지가 중국집 별실을 통째로 빌려 큰 잔치를 하였는데 제가 예배를 인도하며 이 권사님을 소개하고 자랑하였지요. 할머니는 매일 새벽기도회에 나가고 수영과 자전거 타기를 하시며 건강도 젊은이 못지않게 유지하고 계십니다. 실비아도 건강 잘 챙기면서 영어 공부, 글쓰기 등 열심히 하십시오.

영어 공부에 도움 되라고 그새 쓴 수필 두 편 우편으로 보냅니다.

작년에 《해외문학》 수필 부문에 「불타는 황혼」이 당선된 뒤 올해도 「병신새끼」가 발표되었습니다. 제 글이 조금씩 세상으로 나가는 것에 은근히 재미가 붙어서 자꾸 준비하게 됩니다.

저는 요즈음 건강이 좀 나빠져서 걱정입니다. 얼마 전에는 심장을 정밀히 진찰하기 위해 하루 입원도 했습니다. 허벅지 정맥에 구멍을 내어 끝에 거울이 달린 길고 좁고 작은 관을 심장까지 넣어 직접 심장의 구석구석을 들여다본다고 합니다. 검진 후 주치의는 심장 기능이 좀 떨어졌다고 별도 약을 처방해 주었습니다. 마음은 멀리 여행도 하고 싶으나 쉽게 피곤을 느껴 자신이 없습니다. 이제는 드라이브도 한 시간 이상은 좀 무리가 가지요. 그저 간간이 음악회에 가거나 평이 좋은 영화를 보는 것으로 여가를 누립니다.

참, 올해 아카데미 남우 주연상을 받은 「피아노」란 영화를 보셨습니까? 꼭 보십시오.

저는 다큐멘터리를 좋아해서 최근에 아이맥스 입체 영화로 「Ghost of Abbeys」와 「Winged Migration」을 보았습니다. 첫 번 것은 대서양 해저에 있는 타이타닉을 수중 촬영한 것이고 두 번째 것은 사람은 하나도 안 나오고 온갖 철새들이 철 따라 수천 마일 대륙을 이동해 가며 살고 있는 새들의 삶 기록영화이지요. 저는 티브이 시청에서도 주로 동물의 생활상을 봅니다. 한국의 '동물의 왕국' 같은 것이지요. 이곳은 케이블이 있어서 매일 온갖 과학에 대한 프로그램을 볼 수 있는데, 동물, 식물뿐 아니라 천문학, 물리학, 고고학, 지질학, 곤충학, 유전공학 등이 관심의 대상입니다. 이런 것들이 저의 저술에 필요하기 때문이지요.

실상 제가 지금 쓰고 있는 글의 내용은 종교와 과학에 대해서입니다. 저의 지론은 종교도 이제는 과학적인 방법으로 풀어야 할 때라는 것입니다. 종교도 객관적인 진리에 바탕을 두어야 모든 사람으로부터 인정을 받을 수 있다는 것을 말하고 싶은 것입니다. 종교마다 갖고 있는 교리는 그 종교 안에서만 통용될 뿐 아니라 객관적으로 인정받을 수는 없다는 한계가 있지요. 예컨대 내세가 분명히 있기는 있는데 그것을 객관적으로 탐구해 보자는 것이지요. 연구를 하면 할수록 기독교 교리가 과학적 근거가 부족하다는 생각이 듭니다. 다만 성 프란치스코, 슈바이처, 마더 테레사 등 세계적으로 사랑을 실천한 몇몇 사람들이 참 기독교 진리를 나타내어 기독교의 생명을 살려 왔다고 저는 생각하고 있습니다.

항상 건강하시고 거듭 좋은 글 많이 쓰시기 바랍니다.
실비아의 글은 따뜻하고 향기가 있어서 좋습니다.

2003년 6월 24일 Raphael

✉ Sylvia,
안녕하십니까?
미국에서 아드님과 즐거운 시간 많이 가지신 줄 압니다. 아드님 결혼은 어떻게 되고 있습니까? 계속 기도하기 바랍니다. 또 본인에게 간절히 기도드리라고 이르시기 바랍니다. 반드시 구하는 대로 응답해 주실 것입니다. 인생에서 결혼보다 더 중요한 것이 있을까요? 남자나 여자나 합당한 배우자를 만나야 행복한 삶을 살 수 있지 않겠습니까?

지금도 계속 글은 쓰고 계시겠지요? 글 쓰는 일도 육체적으로 상당히 힘이 드는 일임을 느끼고 있습니다. 나이 들수록 기력이 점점 쇠퇴해지는 것 같아 안타깝습니다. 하지만 이 정도라도 정상 생활을 할 수 있을 때 해야 할 일을 속히 해야겠다는 마음만은 항상 앞서고 있습니다.

한국은 아직 날씨가 춥지요?

보스턴에 6년간 있을 때는 겨울만 되면 혹독한 추위와 폭설로 겨울 맛을 톡톡히 보았는데 이곳 L.A는 날씨가 너무 좋아서 이제 추운 곳은 무서워집니다. 우리 집 정원에는 아직도 장미가 피어 있고 공원에 가면 화려한 꽃들이 만발해 있습니다. 아침이나 오후에 이웃 공원에 나가서 이곳저곳 걸으며 명상 중에 빠지지요. 요즈음 바닷가에는 너무 을씨년스러워서 잘 안 가고 공원 산책을 많이 합니다.

그새 〈한국일보〉에 발표한 글 몇 편 보냅니다. 신앙문제로 저의 친구와 토론 끝에 보낸 편지도 한 장 보냅니다. 저의 영어는 쉬워서 실비아가 볼 수 있으니 참 다행입니다.

3월에는 우리 고향 통영에서 「윤이상 국제음악제」가 열리는데, 가지 못하고 4월에 한국을 한번 나가려고 합니다. 그때는 봄기운이 넘치겠지요.

기도 많이 하시고 좋은 글 계속 많이 쓰시기 바랍니다.

2004년 2월 26일 Raphael

...

그렇게 편지를 나누는 사이, 나에겐 또 하나의 봉사 활동이 시작되었다. 3월 초였다. 배달순 시인의 전화를 받았다.

〈미래 사목연구소〉 소장인 차동엽 신부님께서 새로운 교회 잡지, 《참 소중한 당신》을 창간한다고 함께 협력하자는 것이다. 나는 그때 한국여성문학인회 사무국장 임기를 마치고 오직 성경공부와 여행만 즐기고 있을 때였다. 선뜻 내키지 않아 머뭇거렸더니, 배 시인은 이상하다는 듯, '차동엽 신부님은 한국 천주교회에 떠오르는 별이다. 당신이 참 신자라면 이런 분을 도와야 한다. 더구나 홍윤숙 선생님께서 특별히 추천하셨다. 거절하면 안 된다' 하며 오라버니가 동생 나무라듯 야단을 친다. 여성문학회 고문이신 홍윤숙 선생님이 행사 때마다 먼발치에서 나를 지켜보시더니 이런 일도 연결하시는구나, 적이 놀라 웃음이 났다.

마지못해 배 시인과 약속하고 신부님 연구소를 찾아갔다. 신부님을 처음 만난 순간, 직감적으로 '아~, 도와 드려야겠구나'라는 결심이 섰다. 작은 체구에 새까만 얼굴. 푸른빛이 도는 입술. 어딘지 건강이 안 좋아 보였다. 그런 분이 오직 하느님 일을 위해서 그토록 열심히 뛰시는구나. 그런데 나는 편안히 여행이나 즐기려고 거절할 생각을 했구나. 괜히 죄송한 마음이 들었다. 그날로 기꺼이 뛰어들어 바쁘게 움직였다. 이러다 보니, 자연히 목사님과 편지 나누기에 게을러졌다.

그러던 중 그분의 전화를 받게 되었다. 마지막 더위가 남아 있는 8월 말이었다.

"잘 계셨지요? 어제 도착했습니다. 내일 미술학도 이종사촌이랑 『샤갈 전』을 보기로 했어요.

오후 3시쯤 파크텔에서 만나면 좋겠는데, 시간 괜찮으신가요?"

나는 해외에 나가 있지 않은 것을 다행히 여기며 기꺼이 응낙했다. 네 번째 만남이다.

나는 아침부터 미장원에 가서 머리 손질도 하고, 옷도 잘 챙겨 입고, 구두도 약간 높은 것을 신고 약속한 3시에 맞추어 나갔다. 좀 일찍 도착해 호텔 로비에서 기다리는데 휴대전화가 울린다. 지금 막 도착했다고 지난번처럼 방으로 올라오란다. 방에 들어서자 손 내밀며 첫인사.

오, 여전하시군요. 하나도 안 변했어요. 감사합니다.

목사님은 안타깝게도 조금 더 쇠약해진 듯했다. 병약한 몸으로 오늘까지 활동하고 계시니 장하고 장하시지.

포트에 물을 부어 놓고 선물 꾸러미를 내놓는다. 책이다.

내가 청년 시절 그렇게도 좋아하던, 쌩 떽쥐베리 『The Little Prince』를 비롯해 『The Prayer of Jabez』, 『The Quotable Book Lover』, 세 권씩이나! 여행할 때 책이 얼마나 무거운 건데, 고맙고 미안해라!

그리고 또 곱게 포장된 상자를 내민다. 어머니가 특별히 전달을 부탁한 거라며 풀어 보란다. 아, 옷이다. 화사한 진달래 빛깔의 니트 상의. 너무 예쁘다. '닥스(DAKS)'라는 글씨가 보인다.

"어머나, 이렇게 귀한 옷을 보내시다니요."

"《분당골》에 실린 글 기뻐하시고, 고마운 마음 전하신다고요.

진즉 주신 건데 전달이 늦었습니다."

"아, 네. 네. 정말 이뻐요. 잘 입을게요. 저의 감사 인사도 전해주십시오."

그새 물이 끓어 현미 녹차를 우려내 찻잔에 따른다. 나도 준비해 간 차동엽 신부님의 저서 『가톨릭 신자는 무엇을 믿는가』를 드리고 자세한 설명을 한다.

"이분은 서울공대를 나오시고 해군 복무까지 마친 다음 다시 신학교를 가신 분이에요. 가톨릭 대학에서 오스트리아로 유학 보내 사목신학으로 박사학위를 받고 오셨지요. 현재 〈미래 사목연구소〉 소장으로 계셔요. 간이 나빠 건강도 좋지 않은데, 오직 복음 전하는 일에 전념하고 계셔요. 가톨릭 신문에 「가톨릭 신자는 무엇을 믿는가」를 연재하여 큰 반향을 일으켰지요. 그걸 출간해 제법 수익을 냈는데, 그 돈으로 선교에 활력이 될 교회 잡지를 발행할 꿈을 품고 문인 협력자를 구하시던 중, 어쩌다 제가 낚였어요. 지난 3월에 불려가 《참 소중한 당신》 창간호를 시작으로 매월 원고 청탁, 윤문, 교정 등을 돕고 있어요. 신부님을 만나던 첫날 이 책을 선물 받았는데, 어찌나 감동적인지, 한걸음에 다 읽고 제 신앙심도 더 뜨거워졌어요."

목사님도 책을 열어 목차를 두루 살피시더니 잘 읽어 보겠다며 기뻐하셨다. 특히 퇴직 후 교회 일에 봉사하는 것에 대해 잘한 일이라고 좋아하셨다.

이런저런 교회 이야기를 나누다가 또 윤회 사상 이야기를 나누었다.

"윤회 사상은 상당한 일리가 있어요. 그렇지 않고서야 하느님이 그 수 없는 생명을 어떻게 다 창조하시겠습니까? 그리고 한 생명이 태어날 때 영혼은 어떻게 연결되는지 그 설명이 없거든요. 잉태되는 순간이건 태어나는 순간이건 생명과 영혼이 합일되는 순간에 대한 무언가 설득력 있는 설명이 있어야 하겠지요."

"저는 사후에 영혼만이 저세상으로 간다면, 보고 싶은 사람들 어떻게 알아볼 것인지 그것도 궁금해요."

"글쎄요. 모든 것 신비이지요. 스웨덴 보르그 책에 보면 사후 세계가 흥미 있게 쓰여 있어요. 우리가 죽으면 빛의 세계로 들어간다는 건데, 그 빛은 말할 수 없이 찬란하대요. 그리고 우리가 현실에서는 상대편의 속마음을 헤아릴 수 없지만, 그 속에서는 마음속까지 훤히 다 보인답니다. 지금 저 사람이 무슨 생각을 하고 있는가까지 다 보인다는 것이지요."

"'열 길 물속은 알아도 한 길 사람 속은 모른다'가 아니군요."

"그렇지요. 훤히 알 수 있다는 거예요. 또 『선다싱 전』에는 이런 이야기가 있지요. 늙은 어머니가 죽어 하늘나라에 갔는데, 어떤 젊은이가 자기를 보고 너무나 반갑게 달려와 인사를 하더라는 거에요. 놀라서 누구냐고 물으니까 대답을 하는데 그게 바로 다섯 살 때 죽은 자기 아들 이름이더래요. 그러니 영혼도 그 세계에서 자란다는 뜻이지요."

"아니, 그럼 영혼도 형체가 있다는 말인가요?"

"그렇지요. 그렇게 봐야지요. 그리고 천당도 영원한 것으로 봐서는 안 될 것 같아요. 모든 것은 다 한계가 있는 게 아닌가 생각됩니다. 불변한 채로 그냥 있는 것은 아니라는 이야기지요. 그런 점에서 불교 윤회가 더 설득력이 있어요. 벌레건 식물이건 계속 돌면서 이쪽에서 저쪽으로 넘나들 수도 있고 그러다 완전히 해탈하면 열반에 드는 것이지요. 요즘 여러 사람 죽인 강도 이야기가 뉴스에 나오더군요. 그런 사람 당연히 지옥에 가야지요. 그런데 그런 지옥도 영원할 수 있을 것인지. 자비의 하느님이 그들에겐 영원히 지옥을 허락하실 것인지. 그것이 의심스럽지요."

"저는 그래요. 마지막 십자가상에서 오른쪽 도둑에게 천국행을 허락하신 그분이 아무리 죄가 크다고 영원히 지옥에 넣어 두실 리가 없지요. 그들이 참회만 한다면 연옥으로 올려 주실 것이고, 다시 연옥에서 천국으로 올려 주시지 않겠어요? 우리 교회에서 연옥을 인정하는 것은 아주 공감이 갑니다. 개신교 식으로 지옥과 천국만 있다고 하면 가족들이 죽은 후 기도할 필요가 없게 되지요. 그건 비극 아닙니까? 천주교에서는 죽은 이를 위하여 끊임없이 기도드리고 성도들의 통공(通功)을 믿으니까 크게 위로도 되지요. 죽은 이를 위한 연도(煉禱)는 이미 구약 마카베오기에 나옵니다. 그걸 개신교에서는 없앴지만 말입니다."

"맞습니다. 천주교 좋은 점 많지요. 미사를 통해서 마음을 다스리고 하느님과 일치를 이루고 성체를 모셔 하나가 되고 또 고백성사로 죄 사함을 받는 것 등 아주 좋은 점이라고 생각해요."

"천주교로 개종한 장로님 강의를 들은 적이 있어요. 그분은 미사 중에 예수님이 제단 위로 걸어오시는 환상을 보셨대요. 사제가 바로 예수가 되는 신비를 체험하시고, 성체가 바로 예수님이라는 확신을 얻었대요. 천주교 신자들이 오랜 습관으로 성체를 건성으로 모시는 게 안타깝다고 하시더군요. 성찬 예식을 통해 밀떡이 정말 예수님으로 변하는 신비를 인정한다면 영성체야말로 최상의 떨림으로, 또는 기쁨으로 임해야 한다고 강조하시더라고요. 그리고 고해성사에 대해서도 너무나 아름답고 긴요한 천주교의 장점이라고 말씀하셨어요. 기독교에서는 목사님도 인간이기에 죄를 범하는데 그 죄를 용서받을 기회가 없다는 거지요. 그런데 그 죄인이 예배를 드리고 신도를 인도한다는 것은 문제가 있다는 거예요. 눈먼 이가 눈먼 이를 어떻게 인도하느냐는 것이지요. 거룩한 사람이 인도해야 옳다는 것이지요. 그런 점에서 천주교는 사제들도 서로 고백성사를 보고 깨끗해진 상태에서 신도들이 고백하는 것을 듣고, 예수님의 이름으로 그 죄를 사하고 보속을 주니까 합리적이라는 거예요. 그리고 성모님 공경도 지극히 아름다운 것이라며 그 세 가지, 미사, 고해성사, 성모님 공경 등이 좋아서 개종했다고 하시더군요."

"맞아요. 공감이에요. 사제는 신도들의 고해 내용을 생명에 위협을 받아도 발설하지 않지요. 그건 대단한 일입니다. 우리 목회자들도 신도들이 고민을 털어놓지요. 그럼 그 이야기를 발설하지 않도록 주의합니다. 그러나 우리가 그저 들어주고 의논 대상은 될지언정 죄를 사해줄 권한은 없지요. 또 우리 잘못은 혼자 주님과 독대하면서 회개할 수밖에 없고요. 이래저래 저도 그 고백성사에 대해서는 수긍하고 있습니다. 그러나 마리아에 대한 생각은 조금 달라요. 공경하는 것까지는 좋아요. 그런데 '몽소승천(蒙召昇天)'이니, '하느님의 어머니'니 하는 식으로 조금 정도가 넘쳤다고 생각이 들어요. 그렇게 선포한 것은 백여 년 밖에 안 될 것입니다. 어느 교황 땐가 그걸 선포했는데, 제삼자가 보기에는 좀 우습지요."

"글쎄요. 공경이 지극하다 보니까 '하느님의 어머니'까지 갔어요. 하지만 성부와 성자가 한 몸이니 그럴 수밖에요."

"아무리 그래도 지나칩니다. 또 하나 못마땅한 것은 교황의 '무류성(無謬性)'이에요. 교황도 인간인데 어떻게 잘못을 범하지 않는단 말입니까?"

"거기에 대해서는, 장 면 박사님이 번역하신 제임스 기본스 추기경의 『교부들의 신앙』을 읽어 보면 자세히 나와요. 사도들에겐 특별히 성령께서 함께하시기 때문에 혼자가 아니라는 것이지요. 그뿐만 아니라 교회 어른들이 모여 회의를 하고 중지를 모아 결정하는 것이니까 괜찮다고 생각하는데요."

"그러나 과거 생각해 보세요. 교황청의 결정이 잘못된 것 얼마나 많습니까? 히틀러가 유대인 학살을 저지를 때, 교황청에서는 많이 고민했다고 합니다. '저건 아니다', 라고 반대 성명이라도 내야 하지 않는가, 의견들이 나왔다는데, 결국 히틀러의 서릿발에 눌리어 그 발표를 못 했다는 것이지요. 그 역시 교황의 오류지요."

"인간이 하는 일이라 실수도 있겠지요. 그래서 2000년 '대희년(大禧年)'에 요한 바오로 2세 교황께서 세계를 향해 사과하시지 않았습니까?"

"그래요. 그건 대단한 일이지요. 그런 점에서 저는 현 교황을 대단히 존경합니다."

"저는 운 좋게 그분을 직접 뵈었어요. 1984년 5월 그분이 한국 순교 성인 103위 시성식 때 방한하셨지요. 새벽부터 여의도 광장에 나가 역사적 행사에 참여했고, 며칠 후 서강대 강당에서 있었던 '문화인들과 만남' 자리에도 나가 바로 앞에서 뵈었어요. 각계 문화인들이 모였는데, 그분은 말씀하셨지요. "여러분들은 각자의 자리에서 선교를 염두에 두고 문화 활동을 해 주십시오." 그 말씀이 제겐 얼마나 크게 꽂혔는지 몰라요. 그때부터 작품을 쓸 때마다 꼭 그 말씀을 새기곤 했지요."

"그래서 실비아 작품을 보면 신앙인이라는 게 느껴져요."

"네. 그건 그렇고, 독일 이야기가 나오니까 우리나라 광주 사태도 생각나는군요. 그래도 정의구현 사제단이 있어 불의에 맞섰으니 다행이지요."

"그럼요, 그럼요. 사제들이 용기 있게 앞장서고, 개신교에서는 뒤늦게 따라서 했지요. 그때 가톨릭의 활약은 정말 자랑스러운 것이지요."

"그리고 교황청이 세계를 향해 참회문 내놓을 때, 우리나라 천주교에서도 참회문 내놓았어요. 일제 강점기 때부터 여러 가지 잘못해 온 것 조목조목."

"그래요. 그것도 봤어요. 정말 잘한 일이지요."

우리는 시간 가는 줄 모르고 이야기를 나누다가 저녁을 먹자고

지하 식당으로 내려갔다.

갈비탕을 하나씩 먹고, 나는 행여 그분 피곤할까 봐 들어가시라고 했더니, 아무렇지도 않다고 다시 공원을 산책하잔다. 바람도 시원해졌고, 만월에 가까워진 달까지 맑게 떠서 아름다운 저녁이었다.

호숫가는 더욱 운치가 있었다. 으스름 달빛에 사르르 주름지어 반짝이는 윤슬. 꿈길인 양 즐겁게 걷고 있는데, 어머나! 굽 높은 구두가 삐걱, 중심을 잃었다. 휘청 넘어지는 나를 그가 얼른 붙잡아 일으켜 주었다. 어쩌지? 나는 많이 무참하고 부끄러웠다. 얼른 몸을 빼내는데 그가 손을 잡아 주며 괜찮냐고 물었다. 네. 네. 괜찮아요. 나는 웃으며 말했다. 목사님 키가 하도 커서, 오랜만에 하이힐을 신었더니···. 그도 하하 웃었다.

"불안하면 내 손을 잡고 걸어요."

그는 내 손을 그대로 잡고 걸었다. 얼마 만인가. 누군가의 손을 잡고 걷는 게. 어색했지만 아늑했다. 따뜻한 온기가 느껴졌다. 그래도 자꾸만 신경이 쓰였다. '이건 아니다'는 생각만 들었다. 손을 빼서 차라리 팔짱을 낄까? 아냐. 그건 더 안 되지.

그때, 바로 앞에 벤치가 보였다. 오, 감사! 나는 구세주를 만난 듯 얼른, '우리 앉아요.' 하고 말하며 손을 빼냈다. 그럴까요? 그가 먼저 앉았다. 나는 4년 전처럼 약간의 거리를 두고 앉았다. 후유. 이제야 편안! 겨우 열 걸음 안팎인데 어찌 그리도 어색하던지.

이번에는 주로 미술, 음악, 문학 이야기를 했다.

그는 오늘 다녀온 『샤갈 전』 이야기를 한다. 즐겁게 듣고, 나도 샤갈의 몽환적 색채를 좋아하고, 특히 대표작 「삶」을 좋아한다고 말하며 덧붙인다.

"그래도 제가 제일 좋아하는 화가는 인상파 르누아르예요. 「독서하는 소녀」, 「두 자매」 등 얼마나 아름다운가요. 그는 젊은 시절 너무나 고생했지만, 예술은 아름다워야 한다며 모든 슬픔, 아픔, 다 여과하고 늘 화사한 빛을 써서 보는 이에게 아늑한 즐거움을 주고 있잖아요. 저의 예술관도 그래요. 어둡고 슬픈 이야기보다 밝고 따뜻한 작품을 쓰고 싶어요."

"바로 그겁니다. 저도 동감입니다. 어두운 건 왠지 싫어요."

나는 문화·예술을 사랑하셨던 아버지 이야기도 한다.

"아버지는 일본 주오대학 시절 정구 선수였다고 해요. 귀국하자 고향 마을에 공판을 만들고 공을 칠 정도로 운동도 좋아하셨고, 문화에도 관심이 많으셨어요. 가야금 명창을 불러 국악을 즐기기도 하고, 서화(書畵)를 무척 좋아해 수집광이셨어요. 조선 시대 서화는 물론, 의제 허백련, 이당 김은호, 청전 이상범 선생의 귀한 그림들을 두루마리로 모아놓고 이따금 감상하셨는데, 한국동란 중 살림살이 모두 실어갈 때, 그 서화 담은 두 개의 고리짝을 몽땅 빼앗겼어요. 의제 선생님 그림 열두 폭 병풍도 함께요. 할아버지와 어머니가 그것 땜에도 무척 상심하셨지요. 인민군들이 우리 집을 차지하고 큰 트럭을 가져와 짐을 실어 내가며 우리 양식까지 다 빼앗아 우리는 배를 곯으면서 지옥을 견뎠어요. 아버지는 학살당하시고, 게다가 살림살이까지 다 빼앗겼으니 그 고통이 오죽했을까요. 결국, 어머니는 화병이 깊어 돌아가신 거지요."

"아, 저희 아버지도 그림을 좋아해 청전, 이당, 운보 등의 그림이 고루 있어요. 아버지 돌아가시고 유물 정리하면서 다른 식구들 그림에 별 관심 없기에 제가 다 가지고 있지요. 그건 그렇고, 어린 시절 그렇게 아픈 체험을 하고도 실비아는 참 밝게 성장해서 따뜻한 작품을 쓰고 있으니 다행입니다."

"조부모님 보살핌, 언니 오빠 사랑 덕분이지요."

"나도 마찬가지죠. 돌 무렵에 어머니가 나가셨다는데, 조부모님 사랑으로 이렇게 자란 거지요. 그래도 마산 요양소에 있을 땐, 어머니가 자주 들러 간호해 주셨어요. 지금은 재혼한 가정의 형제들과도 잘 지내며 왕래하지요."

우리는 또 음악 이야기로 건너간다.

"예술가는 천재성과 피나는 노력, 두 가지가 있어야 할 것 같아요. 모차르트는 천재이고 베토벤은 노력파였다지요. 모차르트는 신과 직접 통하는지 그냥 소리가 들리면 기록했다는 말도 있어요. 정말 대단하지요. 그러니까 요절했지만 그렇게 많은 작품을 남겼겠지요. 나는 마산 요양소 시절, 클래식 음악과 친해졌어요. 클래식 음악은 언제 들어도 우리의 심금을 울리며 평화를 줍니다. 병마와 싸울 때, 내게 큰 위로를 주었지요. 실비아는 어쩌다 클래식 음악과 친해졌나요?"

"광주여고 시절, 영어도 좋아했지만 2학년 때 제2외국어로 배운 독일어를 좋아해 선생님 사랑을 받게 되었어요. 독일어 좋아하는 세 친구가 선생님 댁에 놀러 갔는데, 거기서 전축이라는 걸 처음 보았어요. 우리에게 맨 먼저 들려주신 음악이 베토벤 교향곡 5번 「운명」이었어요. 그 곡을 들으면서 가슴이 쿵 하고 울리는데, 정말 신선한 충격이었지요. 그 인연으로 클래식을 좋아하게 돼 조선대학 시절에는 광주 〈미국 공보원〉에서 금요일마다 열리는 〈금요 무자이〉 회원이 되었어요. 저는 장학금으로 학비는 해결했지만, 숙식이 문제여서 입주 가정교사로 공부했는데, 아무리 바빠도 금요일만은 허락을 받고 그 모임에 나갔어요. 20여 명 회원이 저녁 7시에서 9시까지 클래식을 들었지요. 대표가 늘 그날의 곡에 대한 유인물을 만들어 와서 짧은 해설까지 곁들여 들려주었어요. 그때 많은 음악가를 알게 되고 그 덕분에 베토벤 「심포니 9번」 '환희의 송가'도 좋아하게 되었지요. 헨델의 「메시아」, 브람스 「교향곡 4번」과 「독일 레퀴엠」, 슈베르트의 「겨울 나그네」, 드비시 「바다」, 스메타나 「나의 조국」, 드보르작 「교향곡 9번 신세계」 등 좋아하는 음악이 너무나 많았어요. 그 뒤, 광양 군청 시절에는 오빠가 월남에서 돌아올 때 선물한 트랜지스터 라디오로 〈유엔 방송〉을 들었어요. 거기선 늘 클래식이 나왔거든요. 또 전남여고 재직 시절에는 기어코 전축을 장만해서 클래식을 즐겼지요. 월급 받으면 늘 책과 레코드판을 먼저 샀고요. 제가 생각해도 어지간히 음악을 좋아했던 것 같아요."

그러자 목사님이 묻는다.

"옛날 편지에 보면, 피아노도 쳤다고 했잖아요?"

"아, 네. 그건 여수여고 재직 때, 수업 없는 시간을 틈타 음악 선생님께 레슨을 받기 시작했지요. 광주에 가서도 음악 선생님과 서로 시간 맞춰 일주일에 한 번씩 레슨을 받았어요. 「엘리제를 위하여」, 「소녀의 기도」 등을 칠 수 있을 정도까지 되었는데 결혼으로 뚝 끊겼지요. 지금은 전혀 못 칩니다. 결혼은 여자에게서 모든 것을 빼앗아요. 하하."

목사님은 갑자기 생각난 듯, 백운산에서 부르던 「슈베르트 아베 마리아」를 한번 불러 줄 수 있느냐고 한다. 아아, 나는 가슴이 떨린다. 방황하던 20대, 정말 시도 때도 없이 불렀던 그 노래. 그런데 이 나이에 잘 나올까? 조금 망설이다가 용기를 내어 부르기 시작한다. '아아베 마리이아, 유우우웅 프라우 밀트…….' 아주 낮고 작게, 떨리는 목소리로. 아슬아슬, 다행히 끝까지 다 불렀다. 후유! 그가 손뼉을 친다. 달빛에 그의 기뻐하는 표정이 환히 보인다.

"나는 실비아를 생각하면 꼭 그 노래가 떠올랐어요. 실비아를 만나기 전엔 오직 그 노랫소리로만 실비아의 실존을 느꼈지요."
"정말 제 애창곡이에요. 특히 어머니가 그리울 때면 눈물 흘리면서 불렀지요. 제가 천주교에 발을 들여놓은 것도 성모님이 계시기 때문이었고요."
"네. 네. 그 마음 알아요. 저도 고2 때 세례받고 성모님 무척 좋아했지요. 그래서 더 실비아의 아베마리아가 인상적이었던 것 같아요. 산 생활을 오래 하다 보니 스님이 될까도 생각했지만, 기독교로 다시 돌아온 건 실비아 영향이 크지요."
"아, 감사합니다. 신학 공부하신다는 말 듣고 얼마나 기뻤는지 몰라요. 사실 석가모니도 하느님의 아들이고, 불교는 철학이지 종교는 아니잖아요. 거기서 한 계단만 오르면 하느님을 만나는데, 그냥 머무시면 안 되지요. 본향으로 돌아오신 것 정말 기뻐요."

"성당 생각도 했지만, 어느 교회 부흥회에 갔다가 큰 은혜를 받아서 개신교로 왔고요."

"아, 그렇군요. 구교나 신교나 같은 기독교니까 잘하셨어요."

어린 시절, 부모 고픔에 목말라 일찌감치 신앙에 의지했던 우리 두 사람! 달 밝은 밤, 풀 내음 나무 내음 가득한 올림픽 공원의 벤치에서, 아아, 이런 시간을 갖게 될 줄이야! 하느님, 감사합니다. 성모님, 감사합니다.

우리는 또 문학 이야기도 했다.

셰익스피어 작품을 좍 꿰고 있는 그 기억력이 부러웠다. 「햄릿」, 「리어왕」, 「오셀로」, 줄거리뿐 아니라 생각나는 장면들을 이야기하며 그 문장을 영어로 외우기까지 한다.

헤르만 헤세 이야기도 했다. 그는 『싣다르타』를. 나는 『유리알 유희』를. 그러자 그가 기억난다며 말한다. 옛날 내 〈낙수집(落穗集)〉에서 유리알 유희에 대한 글을 보고 그 책을 구해서 읽었노라고. 내면을 깊이 파고든 소설이라 역시 감명 깊었다고. 노벨 문학상 수상작으로 손색이 없다고. 나는 그 안에 나오는 정신의 세계에 반해서 〈낙수집〉에 본문 곳곳을 베껴 놓았었다고 말한다. 오직 예술과 미의 예찬, 학문과 명상만이 존재하는 교육주 '카스텔리안'.

그곳을 나는 너무나 동경했다고. 그곳은 피안의 세계이지만 그래도 내 가슴 한구석에 묻어두고 이따금 꺼내보는 보물 같은 존재라고. 라파엘 님과의 영적 친교도 그런 것이었다고 고백한다. 그리고 수줍은 웃음. 그도 웃으며 말한다. 인생은 한낱 꿈인데, 기왕이면 아름다운 꿈을 꾸며 살고 싶다고. 길고 먼 인생길에서 이따금 발견하게 되는 향기로운 한 송이 바이올렛, 빛나는 한 알의 진주, 그걸 주워 고이 간직하며 어쩌다 꺼내보면 얼마나 아름다우냐고. 실비아와 나는 참으로 진귀한 인연이라고.

나는 또 새천년에 떠나신 황순원 선생님 이야기를 꺼낸다.
"광양 군청 시절, 밤마다 소설 비슷한 것을 써서, 선생님께 우송했어요. 다행히 선생님의 우편 제자가 되어 등단도 하고, 마침 제가 원하던 교사 채용 시험이 있어 광양을 떠났지요. 스테파노도 그분을 존경해 그분 주례로 결혼했고, 둘이서 해마다 명절이나 생신 때 찾아뵈었어요. 그분의 순수, 절제, 국어 사랑은 정말 자랑스러워요. 게다가 마지막도 어쩜 그리 깔끔하신지요. 86세로 저녁 잘 드시고 주무시다가 그대로 영면하신 거예요. 돌아가신 뒤 너무 허전해서 매일 밤 조금씩 조금씩 편지를 쓴 것이 바로 「가슴에 묻은 한마디」라는 중편 소설이 되었어요. 1주년 기념으로 발표했고, 지금 그 소설을 표제로 소설집 출간을 준비하고 있어요. 그분 뒤에는 오직 좋은 소설 쓰는 데만 전념하시도록 완벽하게 내조하신 사모님이 계셔요. 개신교 양정길 권사님이시지요. 저는 두 분을 부모처럼 의지하고 살아왔고, 지금도 혼자 계시는 사모님을 여전히 찾아뵙고 있어요. 사모님은 문학도 좋아하지만, 신앙심이 대단해 삶의 지혜가 될 성경 구절을 죄다 암송하셔요. 시편 131편을 줄줄 외우시면 저는 숨죽이고 듣지요. 어떤 땐 선생님보다 사모님이 더 존경스러울 정도예요."

"아, 그렇군요. 자고로 남자의 성공에는 여자의 내조가 큰 몫을 하지요."

선생님 떠나시고 이듬해 떠난 정채봉 프란치스코의 죽음 이야기도 한다.

"그는 내가 광양 군청 재직 시, 중학 2학년이었어요. 훗날 소설가가 된 이균영 후배와 그가 시화전을 열게 되어 내가 찾아가 축하해 준 일이 있었어요. 그 뒤 성인이 되어 둘 다 등단하자 서울에서 셋은 반갑게 만났지요. 특히 감성이 천진스러운 채봉 씨는 나를 고향 누님이라 불렀어요. 조촐한 결혼식에 우리 부부가 참석하고, 마침내 그들 부부는 우리를 대부모로 삼아 프란치스코와 글라라로 세례를 받았어요. 그 후 우리는 자주 만나며 영적 가족으로 가깝게 지냈지요. 결혼 초, 글라라는 가난을 견디며 훌륭한 내조자로 행복하게 살았어요. 남편 좋은 글 쓰도록 정말 알뜰히 내조했지요. 그런데, 프란치스코가 「오세암」, 「초승달과 밤배」 등 아름다운 작품으로 돈과 명예를 얻게 되자 술자리가 잦고 여성 팬이 줄을 이었어요. 꼬리 치는 여성들에 둘러싸인 프란치스코는 절제가 서툴렀던 것 같아요. 글라라는 세월이 갈수록 하소연이 잦더니 기어이 청소년 남매를 두고 어디론가 잠적해 버렸어요. 그 뒤, 프란치스코는 과음과 스트레스로 건강을 상해 간암 환자가 되었지요. 그땐 남편 스테파노도 떠나고, 저 혼자서 애태우며 입원실을 들락거렸지요. 그러다가 죽음이 임박함을 느끼고 글라라를 찾아야 한다는 사명감에 불타올랐어요. 프란치스코는 물론 대학생이 된 남매도 부모님 재결합은 절대로 불가능하다고 내게 헛수고 말라고 말렸지만, 사람에겐 두 마음이 있는 걸 알기에 오직 그 일에만 전념했지요. 그때는 목사님과 이메일을 자주 나눌 때라 조언을 구했던 거 기억나시지요?"

"네. 네. 기억나고 말고요. 고생되겠지만 그 가족을 구하는 게 우선이라고 격려했었지요."

"그래서 더욱 발 벗고 나섰지요. 기어코 강원도 정선 산골에 숨어 사는 글라라를 찾아냈을 때 얼마나 기뻤던지요. 추운 겨울 눈발에 미끄러지며 그곳까지 찾아가 대녀와 하룻밤을 자면서 몇 년 동안에 일어난 일을 다 들었지요. 아직도 남편을 사랑하고 자녀들 보고 싶어 하는 것 알고는 자신 있게 밀고 나갔어요. 눈 펄펄 맞으며 병실로 정선으로 들락이며 부부의 마음을 돌려 마침내 성공했지요. 프란치스코는 한 달 남짓 글라라의 지극한 정성을 듬뿍 먹고 떠났어요. 글라라는 간병인을 내보내고 제 손으로 맛있는 음식 해먹이며 저녁마다 대야에 따뜻한 물을 떠다가 남편의 발을 씻기더라고요. 프란치스코는 지긋이 눈감고, 행복을 만끽했고요. 몇 번이나 '누님, 감사합니다, 이 은혜는 잊지 않겠습니다. 제가 떠나도 글라라 잘 보살펴 주세요.'라고 말하는 그를 보며 얼마나 큰 보람을 느꼈는지 몰라요. 이때다 싶어 신부님 모셔다가 고해성사도 보게 했어요. 한 시간 남짓 고해를 하더라고요. 신부님 나오시고 제가 병실에 들어가니, 얼마나 많이 울었는지 빨개진 눈으로 나를 보며, '고맙습니다. 이제 정말 편안하네요.' 하더라고요. 며칠 뒤 임종했는데, 새벽 4시 무렵 글라라의 전화를 받고 달려갔지요. 제가 미리 준비해다 둔 옥양목 중의 적삼을 둘이서 낑낑대며 갈아입히자 그는 곧 숨을 거두었어요. 스테파노 때 경험 살려 잘 떠나보냈지요. 지금도 글라라는 모든 것 제게 상의하며 영적 가족으로 살아요."

목사님은 당시 메일로 그들 부부의 화해를 강력히 권장하셨기에 관심 있게 경청하고, 한마디 하셨다.

"사람의 죽음 준비 잘해주는 것도 큰 공로지요. 하느님께서 갚아 주실 것입니다."

나는 이야기를 계속했다.

"광양 군청 시절, 저는 너무나 외로웠어요. 대화할 사람이 없다는 게 제일 문제였지요. 지금 생각하면 그 시절이 있었기에 소설을 써서 황순원 선생님을 스승으로 모셨고, 정채봉 프란치스코도 만났고, 목사님과의 인연도 맺게 된 것이지요. 게다가 그때 세례도 받았어요. 얼마나 외로웠던지 스스로 성당을 찾았어요. 광양 성당은 순천 본당에 딸린 공소라서 50여 명 신자가 주일 미사에 다녔어요. 콜롬반 선교회 소속 아일랜드 출신 다이아몬드 신부님이 순천 본당에서 나와 미사를 집전해 주시는데, 훤칠한 미남이셨고 우리말을 참 귀엽게 잘하셨어요. 때로는 보좌신부님이 오셨는데, 멕시코 분으로 아직 우리말이 서툴렀어요. 그래서 제가 국어도 가르쳐 드리고, 통역을 맡았지요. 조선대학 문학과에서 영문학도 조금 곁들여 배웠기에 갓 졸업한 뒤라 영어가 조금 되었거든요. 그 일에 보람을 느껴 꾸준히 주일 미사 나가고 오후로는 교리 공부 열심히 해서 1964년 크리스마스 때 순천 본당으로 나가 세례를 받았어요. 그 무렵 그곳 공소 회장님이던 광양중학교 박현수 교장 선생님이 전라남도 교사 채용 고시가 있다는 정보를 주셔서 서둘러 응시해 교직으로 옮긴 것이고요. 얼마나 감사했는지. 때를 같이하여 1965년 3월, 《현대문학》에 추천을 받았고요. 아무튼, 1964년 말부터 1965년 초까지 저는 세 가지 꿈을 다 이룬 셈이지요. 신자 되기, 작가 되기, 교사 되기 등. 그러니 광양은 저를 낳아주고 길러주고 꿈을 이루게 해준 곳이지요. 그런데도 그때는 그 자리가 꽃자리인 걸 모르고 외롭다며 탈출할 기회만 별렀어요."

목사님도 크게 수긍하며 말한다.

"맞아요. 어디서나 있을 때는 소중함을 모르지요. 더구나 하나님은 행복할 때는 못 만나지요. 고통 속에 빠져야만 스스로 하나님을 찾게 되니까요. 광양은 내게도 특별한 곳이에요. 저도 거기서 보낸 시간은 너무나 소중해서 잊을 수가 없어요. 백운산은 정말 아름다웠지요. 실비아는 백운산의 정기를 받아 작가가 된 게 아닐까요? 봉사 활동도 좋지만 늦기 전에 작품 많이 쓰세요."

그는 화제를 돌려 결혼 주례를 선 조카의 이야기를 한다. 그 엄마가 17년 전 혼자 되었는데, 그동안 고생도 많이 하다가 몇 년 전 피아니스트 큰딸을 프랑스에서 결혼시키는데 당숙인 자기가 그곳까지 가서 신부를 데리고 입장했고, 이번 바이올리니스트 작은 딸은 새 아버지가 데리고 입장을 하고 자기는 주례만 섰다는 이야기. 미국에서는 아이가 몇이 있건, 전처와 이혼을 했건 아무 문제가 안 되며 둘이서 좋으면 결혼을 한다고, 그 형수가 재혼한 것은 축하할 일이라고. 그러면서 내게 묻는다.

"실비아는 어때요? 재혼에 대해서 생각해 봤어요?"

"아니요. 단 한 번도 안 해 봤어요."

"그래요? 왜요?"

"저는 문학과 종교가 있는 한 외롭지 않아요. 예수님도 제 애인인걸요."

"하하. 그래요. 성경에도 혼자 사는 것이 더 좋다고 했지요."

"바오로 사도의 말씀이지요. 전 문학 모임도 많고, 원고 쓸 일도 많고, 요즘은 성당에서 '지속적인 성체조배' 회원이 되어서 목요일마다 한 시간 주님과 독대하는데, 그 시간도 참 좋아요."

"한 시간 동안 기도만 하나요?"

"이것저것 반성도 하고, 주님과 대화하지요. 그때 다른 사람을 위해 기도할 수 있어서 좋아요. 차동엽 신부님을 위해서 꼭 기도하지요. 하도 건강이 안 좋아 보여서요."

"네 좋군요. 나는 내가 아내를 위해 오래 살아 주어야 하는데, 그게 걱정이에요. 나이 차가 많은 데다 내 몸이 약하니까 너무 일찍 가면 혼자 남게 될 테니, 아내가 혼자 어떻게 살까 늘 걱정이지요."

"하하. 남은 사람은 다 살게 마련이에요. 그리고 병약한 사람이 더 오래 살더라고요. 늘 조심하니까요."

나는 대답하면서 아내 사랑이 지극하구나, 싶어 참 듣기 좋았다. 그래서 한마디 더 했다.

"있을 때 잘해, 라는 우스개가 있어요. 혼자 저술에만 몰두하지 마시고, 자주 사모님과 즐거운 시간을 많이 가지세요."

그는 고개를 끄덕이며 아내와 사귈 때부터의 이야기를 들려준다.

"서른여섯 살 때, 아버지가 화곡동에 자그마한 집을 마련해 주셔서 혼자 살며 신학교를 다닐 때지요. 교회에서 기도도 하고 어쩌다 설교도 하는데, 어떤 젊은 사업가 내외가 찾아와서 제 기도가 너무나 은혜롭다며 자기네 가족을 위해 기도를 좀 부탁한다고 해요. 대신 제 학비를 다 대겠다고요. 그래서 학비는 아버지가 전적으로 후원하고 있으니 괜찮고 기도만 해드리겠다고 했지요. 수첩에 그들 부부, 일곱 살 다섯 살 남매까지 네 명 이름을 적어 놓고 매일 기도하며 가족처럼 지내게 되었어요.

한편 어머니가 서울음대생 하나를 소개해 주셨어요. 피아노 친다는 것에 마음이 끌려 몇 번 만나고 좋아하게 되었는데 내 몸이 약해 보이고 신학은 장래가 불투명하다고 거절을 당했어요. 워낙 외로울 때라 하늘이 노래 보일 정도로 절망했지요. 그때 울면서 간절히 기도하는데 하느님의 응답이 왔어요. '네 엄마가 너의 배우자를 위해 그렇게 간절히 기도하는데, 내가 어찌 그냥 있겠느냐, 걱정하지 말아라.' 그 소리를 들으니 갑자기 확신이 오면서 마음이 환히 밝아오더라고요. 분명히 하느님께서는 어디엔가 점지해 두셨구나, 그렇게 믿고 일상의 일을 열심히 하기 시작했지요.

바로 그때 신학교에서 돈암동 교회로 파견을 보내 교회 일을 배우게 했는데, 거기서 초등학교 교사 일을 보았어요. 주일학교 교사들끼리 모이는데, 거기서 지금의 아내를 알게 되었어요. 키도 작고 얼굴이 예쁜 것도 아닌데, 고등학교 교사를 하고 있어 장하다고만 생각했지요. 그런데 어느 날, 20명 청년이 모여 놀이를 하면서 의자를 19개만 놓고 뱅뱅 돌다가 모자라서 못 앉는 사람에게 노래를 시키는 게임을 했어요. 그때 의자 하나를 가지고, 나와 그 아가씨가 다투게 되었더니 목사님께서 가위, 바위, 보를 시켰어요. 내가 이겨 그 아가씨가 노래하게 되었는데, 노래 대신 시를 읊더라고요. 아주 멋지게! 그 일로 그 아가씨를 다시 보게 되고, 차츰 마음이 끌려 데이트 신청을 했어요. 이런저런 이야기를 나누다가 용기를 내어 프로포스를 했더니 생각 밖으로 망설임 없이 '모자라지만 좋은 헬퍼가 되어 보겠습니다.' 하는 거예요. 그래서 다시 희망을 찾고 공부에 정진하게 되었지요.

나중 왜 그렇게 망설임도 없이 허락했냐고 물었더니 '우리 집은 아무도 신자가 아니에요. 난 혼자 기도했어요. 우리 가족을 모두 주님께 인도할 수 있다면 내가 그 어려운 사모가 되어도 좋아요. 목사 희망자를 보내주세요. 하고 기도했거든요.' 그러는 거예요. 결국, 두 사람 다 하느님께 기도하고 그 응답을 받은 것이지요. 피아니스트는 내가 목회자 될 것을 꺼려 청혼을 거절했고, 이 아가씨는 목회자가 될 것이므로 받아들인 것이지요. 세상 참 재미있지 않습니까?"

"네. 정말 재미있네요."

"어머니께 인사를 시켰더니 나이 차이, 키 차이가 너무 난다고 탐탁지 않아 하셨어요. 저는 이미 결심이 서서 고집을 부렸더니, 저를 억지로 끌고 옥인동 어느 역술 집으로 갔어요. 그런데 그곳에서 하는 말이 '오늘 다섯 쌍이 와서 궁합을 봤는데, 가장 좋습니다. 천생연분이에요. 시키세요.' 하는 겁니다. 덕분에 어머니 허락 얻은 뒤 아버지께 여쭈었더니 그때 돈 200만 원을 주시면서 추진하라고 하시더군요. 그래서 모든 것 순조롭게 끝났지요.

다행히 아내는 음악, 문학을 좋아하고 신앙심이 대단해서 좋은 반려자가 되어 주었어요. 내 결함으로 아이가 없어 미안했지만, 그로 인해 교회 일에 더욱 전념할 수 있게 된 장점도 있다고 불평 없이 살고 있어요. 고맙지요. 근데 더 재미있는 것은 그 화곡동 시절 사업가가 나보다 먼저 미국에 건너가 자리 잡았고, 나중 간 나와 재회하게 되었어요. 그 집 네 식구와는 완전히 가족같이 지내는데, 아내는 영어를 잘 해 처음엔 은행에 다니다가 훗날 그 집 경리를 봐 주게 되어 지금도 그 집에서 많은 월급을 받으며 일하고 있어요. 나는 은퇴했지만, 아내 월급으로 잘 사는 것이지요. 세상 인연이 참 오묘하지 않습니까? 감사할 거리가 너무나 많아요."

"아아, 그럴 수도 있군요. 우연이란 없다는데 하느님의 섭리인지, 인생이란 정말 오묘하네요."

나도 스테파노와의 결혼 생활 이야기를 한다.

"그 옛날, 라파엘 님의 편지를 받기 직전, 후배가 자기 오빠를 소개했어요. 문리대 정치과 출신이지만 문학을 좋아한다고 편지라도 나누어 보라고요. 목사님의 편지를 받았을 때는 이미 마음을 정한 뒤였어요. 그래서 광주에 오시겠다는 걸 못 오시게 한 거고요. 그땐 정말 마음이 혼란스러웠어요. 그래서 「가을, 그리고 산사」를 얼른 써서 《현대문학》에 넘기고 결혼했지요. 그에게 천주교 입교를 조건으로 내세워 다이아몬드 신부님께 가서 관면혼배 받고 결혼했지요. 그때 신부님이 하신 말씀은 명언이셨어요."

"뭐라고 하셨는데요?"

"'실비아, 남편을 하늘처럼 받들고 순종하세요. 그러면 가정의 평화를 얻을 것입니다.' 저는 기가 막혔어요. 한국 신부님도 아니고 외국 신부님이 그런 말씀을 하시다니요."

"하하, 바오로 사도 말씀을 전했군요."

"네. 그걸 좀 과장은 하셨지만. 근데 살면서 남편에게 반항하고 싶을 때, 꼭 그 말씀이 떠오르더라고요. 그래서 늘 참고 그 자리를 피하곤 했어요. 그렇게 받들었건만 바로 영세한 것은 아니지요. 주일마다 미사에 따라만 다니다가, 7년 만에 스테파노라는 이름으로 세례받았어요. 그런 뒤 저보다 더 독실한 신자가 돼 '레지오마리애' 단장 등 온갖 봉사 활동에 앞장섰지요. 50대 후반부터 성경 공부를 해야겠다고, 〈바오로딸 수도원 통신성서 교육원〉에 등록하여 매월 교재 읽고 숙제를 열심히 했어요. 투병 중에도 그 숙제만은 꼭 해냈지요. 하지만 6년 과정 마치지 못하고 4년 수료하고 떠났지요. 그걸 참 아쉬워했어요. 그래서 제가 퇴직하고 그의 뒤를 이어 그 교육원에 등록한 거예요. 그도 저처럼 매일 일기를 쓰는데, 운명하기 한 달 전까지 썼지요. 의지가 대단했지요. 책을 너무 좋아해 매월 두어 권씩 책을 사서 읽었어요. 클래식 음악은 잘 모르지만, 노래는 좋아해서 미사 때 큰 소리로 성가를 부르곤 했지요. 워낙 유머가 많고 리더 십이 있어서 어느 모임에서나 사회를 봤어요.

특히 요한 성당 지을 때는 신부님을 도와 여러 가지로 수고했는데, 다 짓기도 전에 위암이 발병했어요. 당뇨로 오랫동안 고생했는데, 이상을 느끼고 병원에 갔을 때는 위암 말기라는 거예요. 큰딸이 세브란스 병원 레지던트로 있을 땐데, 막상 자기 아버지 병 깊은 것도 몰랐다며 통곡을 하더라고요. 그래도 성격이 밝아 초연하게 투병했어요. 입원해 있으면서 주치의 교수님이 후학들을 대여섯 명 데리고 진료를 오면 다 죽어가다가도 농담을 하며 그분들을 웃겨 드렸어요. 특히 기억나는 것은 어느 날 아침 회진 나온 교수님과 나눈 대화예요.

'선생님, 저 이 병실에서 돈 참 많이 벌었습니다.'

'네? 어떻게요?'

'병문안 온 사람들이 별별 약을 소개합니다. 이걸 먹어라, 저걸 먹어라, 미국으로 가라, 멕시코로 가라, 온갖 약, 의사를 소개합니다. 바로 어제는 친구가 와서 상황버섯을 먹으라고 하더군요. 자기가 구해 오겠다고. 굉장히 귀하고 비싸답니다. 제가 다 뿌리쳤으니 돈 많이 벌었지 않습니까?'

하여간 그날 주치의는 물론 따라 들어온 인턴, 레지던트들이 폭소를 터뜨렸지요. 9개월간 들락날락 항암 주사를 맞는데, 다섯 번까지 맞고는 도저히 더는 안 되겠다며 조용히 죽을 준비를 하더라고요. 아이들 불러 유언도 하고, 자기 죽으면 여러 곳 알릴 것 없다며 손수 간단히 명단도 뽑아 주고, 하여간 놀라웠어요. 그리고는 점점 못 먹고 기운이 쇠해졌지요. 아니 안 먹더라고요. 제가 미음 같은 것 입에다 떠 넣으면, 입을 앙다물며 일부러 안 먹는 것이 느껴졌어요. 대단한 의지이지요. 하지만 한 가지. 절제 못 하는 과음 때문에 제 속을 어지간히 썩였어요. 가톨릭엔 금주가 없으니까 주님을 섬긴다며 술 주(酒)자 주님을 더 섬기는 일이 빈번했거든요. 하하."

"아, 술을 좋아하셨군요. 술 좋아하는 사람치고 악인은 없다던데요? 하하. 아무튼, 실비아 씨 『아름다운 귀향』에서 보고 저도 감동했지요. 죽음 앞에서 그렇게 초연하기 쉽지 않아요. 80 넘은 노인들도 더 살려고 애쓰는 사람 많이 봤지요. 그런데 환갑 나이에 그토록 초연할 수 있다니 놀랍지요"

"그래서 저는 은근히 걱정이에요. 제가 떠날 때 그런 모습 못 보이면 애들이 우습게 볼까 봐서요. 하하."

"잘 떠나는 현장을 봤는데, 실비아 씨는 더 잘 하시겠지요."

우리는 함께 웃었다.

그는 또 이런 이야기도 했다.

"일제 강점기 어느 여름날 동경에서 한국의 대표적 문인들이 모여 '참사랑'이란 무엇인가 앙케이트를 냈는데 '참사랑이란 도깨비다.' 하는 정의에 만장일치를 했대요. 저도 그 글을 읽으면서 폭소를 터뜨리며 동감했었지요. 누구나 도깨비 얘기를 들어보긴 했지만 한 사람도 도깨비를 진짜 본 적은 없다는 것이지요."

하하하. 듣던 나도 웃음이 터졌다.

"정말 그렇군요. 결국, 사랑의 실체를 부인했군요. 사랑은 자기 환상이지요. 사랑한다고 결혼했지만, 불행한 사람들이 얼마나 많은지요. 그러기에 절반의 실패라는 말도 나왔고요."

"이 세상에는 천사 같은 사람이 분명 있어요. 그런 사람을 만나면 더없이 행복하지만 그게 아니라면 서로 맞춰 가며 살아야지요. 그러나 정말 아닌 사람과 일생을 사는 것은 고문이지요. 성경에 이혼을 절대 안 된다고 되어 있어 그렇게 설교는 합니다만, 어떤 때는 이 정도라면 헤어져야 할 부부라는 생각이 들곤 해요. 저렇게 불행한데도 참아야 하나 싶을 때가 있지요. 그런 면에서는 실비아 씨나 나나 하나님께 감사드려야지요."

참으로 많은 대화를 나누고 10시가 되어서야 헤어졌다.

달빛 으스름한 늦여름 밤, 바람은 살랑살랑, 새소리 짹짹. 풀 내음 나무 내음 솔솔 풍기는 공원의 호숫가 벤치에 앉아 예술 이야기, 인생 이야기.

오후 3시부터 10시까지, 긴 시간을 함께 무궁무진한 대화. 그 옛날 그렇게도 아쉬워하던 대화자에의 열망을 넘치도록 채우고도 남을 만큼.

하느님 감사합니다. 분에 넘치는 보물, 진주보다 값진 다이아몬드를 주시고, 그분과 충분히 함께하는 시간 마련해주신 하느님!

5장 무궁무진한 대화

아, 그러고 보니까 저를 영적인 세계로 맨 처음 인도하신 신부님의 이름이 바로 다이아몬드였지요. 하느님, 이 또한 당신의 섭리이신가요?

나는 기쁨에 충만한 마음으로 파크텔에서 택시를 타고 나왔다. 잠실역에서 버스로 바꿔 탈까 했지만, 그냥 분당까지 왔다. 일금 2만 원. 꿈을 꾸고 온 것 같다. 장자의 「호접몽」 생각. 내가 나비인지, 나비가 나인지.*

그 뒤로도 편지는 계속되었다. 다행히 이메일이 제대로 작동하여 일상의 많은 이야기를 나눌 수 있었고 특별한 경우에는 우편으로 편지를 주고받았다.

✉실비아,

어느덧 성탄이 가까워지는군요. 이때만 되면 어린 동심으로 돌아갑니다. 크리스마스 캐롤을 듣고 성탄 트리를 보면 금방 동화의 세계 속으로 빠져듭니다. 며칠 전 저녁에 디즈니랜드에 있는 호텔에서 우리 미국 작가들 모임이 있었는데 디즈니랜드는 밤에 더욱 환상적입니다. 디즈니랜드가 우리 집에서 차로 20분 거리밖에 안 됩니다. 호텔에 가는 것은 주차비만 내면 되니(그것도 저녁에는 무료) 간간이 저녁으로 호텔에 가서 환상적인 분수 쇼도 보고 오지요. 분수를 디즈니 음악에 맞추어 온갖 춤을 추게 하는 쇼입니다.

보내주신 소설집 『가슴에 묻은 한마디』 잘 읽었습니다. 황순원 선생님과의 관계는 참으로 아름답고, 그 스승에 그 제자라는 생각이 들었습니다. 전에 들은 대로 사모님도 대단하시군요.

　마지막에 실린 「너의 깊은 마음 안에」는 전에 메일로 받은 기행문 '에페소로 가는 길'을 소설화한 것이군요. 아주 좋았습니다. 실비아의 글은 밝고 따뜻하고 향기롭습니다. 신앙심도 깊이 드러나고. 더 많이 써서 세상에 남겨 주십시오.

　신사임당 일대기는 계속 쓰고 계시겠지요. 아주 실비아에게 잘 맞는 분을 택하셨군요. 맞습니다. 사임당을 바로 알려면 사임당 사상의 깊이를 알아야 할 것인데 그러려면 그가 읽었던 옛 책을 읽는 것이 최선일 줄 압니다. 사서삼경을 비롯하여 『소학』, 『효경』, 『내훈』, 『명심보감』, 『사기열전』 등 찾아 읽는다니 정말 잘하신 일입니다. 그분이 여자지만 웬만한 남자보다 더욱 학문과 사상이 깊었던 줄 압니다. 잘 쓰시기 바랍니다. 내년부터 연재가 된다니 기대가 됩니다.

　요즈음 일본에 '욘사마' 폭풍이 계속 불고 있다고 야단들입니다. 이곳에서도 「겨울연가」가 방영되었는데 그때 별로 흥미가 없어서 안 봤지요. 그러나 아내는 매일 저녁 거기에 폭 빠지기에 시간 낭비한다고 나무랐지요. 그런데 지금 일본에서 바람이 부는 걸 보고 도대체 얼마나 대단하기에 저러느냐고 궁금해했더니 아내가 얼씨구나 하고 당장 디브이디 세트를 사 가지고 왔군요. 아내 따라 보는데 무리한 내용이 많고 부자연스러운 장면도 많지만, 그 배경들이 인상적이고 또 인간의 '참사랑'이란 어떤 것인가 하는 것을 보여주는 것 같아서 뒤늦게나마 왜 중년 여인들이 그처럼 열광하는지 조금은 짐작이 됩니다.

특히 일본 여자들이 '참사랑'에 대한 향수가 한국 여자들보다 더 한 모양인데 결국 '참사랑'이란 소설이나 드라마 속에만 존재하는 것이 아닌가 싶습니다. 지난번, 일본 유학생 문인들이 '참사랑이란 도깨비다.'라는 정의에 만장일치를 했다는 이야기 했지요. 하여간 도깨비는 사람의 넋을 잃게 하는 모양입니다.

최근에 출판된 『동물에게 귀 기울이기』라는 책을 보니 조류의 90%가 일부일처제이고 어떤 기러기 종류는 짝이 하나가 먼저 죽으면 다시는 짝짓기를 하지 않는다는 동물생태학자의 보고를 읽고 참사랑이라는 것은 오히려 짐승이 하는구나 하는 생각이 들었습니다.

저번 말씀드린 대로 그새 미국 작가들 서너 명과 함께 한 달에 한 번씩 모여 각자 글 한 편씩을 써와서 읽고 서로 비평을 하며 6년 넘게 공부해 왔는데 이번에 각자 몇 편씩 골라 비매품으로 책을 만들었습니다. 한 권 보내니 읽어 보십시오. 그들이 저에게는 좋은 영어 선생입니다.

항상 건강하시고 좋은 글 많이 써서, 남은 삶이 더욱 의미 있기를 기원하고 있습니다.

2004. 12. 21 Raphael

✉ 실비아,

지금쯤 귀국하여 분당 집에 계시겠지요?

미국에서 아들과 함께 행복한 시간 갖고 무사히 귀국하셨으리라 믿습니다. 결혼은 아직도 정하지 못했습니까?

　한국은 이제 가을로 들어서 날씨도 좀 쌀쌀해졌겠지요. 근데 태풍 '나비'가 부산 지역을 강타했다고 해서 내 고향 통영에도 영향을 미치지 않을까 걱정입니다. 통영은 늘 내게 향수를 불러일으키는 고장입니다. 나는 언젠가는 고향으로 돌아가리라 생각하며 그리워하고 있습니다.

　8월 말에는 닷새 동안 뉴욕에 있었습니다. 조카 결혼식이 있었지요. 모든 예식은 영어로 진행되었고, 이 예식에서 나는 영어로 기도를 맡았습니다. 네 명의 조카가 다 모였는데 모두 이민 2세대라 영어로만 대화가 가능합니다. 그들은 한국어를 전혀 쓰지 않습니다. 외적으로는 한국인이지만 생각하는 것 등 내적으로는 완전히 미국인입니다.

　그곳에 머무는 동안 뉴욕 주변을 드라이브했지요. 토요일 아침 우리는 롱아일랜드 근교를 자동차로 돌았습니다. 그곳은 L.A에서 가까운 San Diago 비슷했지요. 아주 아름다운 대서양의 경치를 볼 수 있었어요. 날씨도 아주 좋았습니다.

　일요일에는 뉴욕에서 가장 오래된 교회 중의 하나인 Marble Collegiate Church에서 예배를 드렸지요. 그곳은 30여 년 전까지 Norman Vincent Peal 박사가 목회하던 곳입니다. 실비아도 그분 아시지요? 그는 『Positive Thinking』, 『You can If you think you can』 등의 작가로 유명하지요. 저는 그의 책을 많이 읽었어요.

그리고 40여 년 전 저의 아버지가 뉴욕에 계실 때, 그 교회에 나가 그분 설교를 들으셨지요. 그래서 그분과는 개인적으로 친분이 두터운 사이였습니다. 그분이 1994년 돌아가셨을 때, 제 아버지가 그의 부인 Ruth에게 위로 전문을 보내기도 했지요. 현 목사님으로부터 그 부인은 아직도 살아계신다고 들었습니다.

어쨌거나 우리 여섯 가족은 그 교회에서 점심을 먹었지요. 물론 일 인당 7불을 지불하고.

예배 후 우리는 또 맨하탄 시내를 드라이브했습니다. 보스턴에 있을 때는 자주 뉴욕에 왔었는데, 오랜만에 오니까 조금은 다른 느낌이었지요. 타임스퀘어, 브로드웨이, 록펠러 센터, 카네기 홀, 링컨 센터, 줄리아드 음대, 엠파이어 스테이트 빌딩, 그라운드 제로, 센터럴 파크…. 등등.

저녁에는 다시 링컨 센터에 가서 유명 가수의 재즈 송을 듣고 왔습니다. 뉴욕의 밤은 역시 환상적이었어요. 우리는 뉴욕에서 짧은 휴가를 보내고 온 셈입니다.

오늘은 내가 아주 좋아해서 회원 카드를 만들어 둔 서점 <Barnes & Noble>에서 『Writing Down the Bones』를 한 권 샀어요. 한국에도 번역본이 있는 줄 압니다만, 글쓰기를 위해서 아주 좋은 책이지요.

《참 소중한 당신》 9월호 잘 받았습니다. 연재소설 「영원한 달빛 신사임당」 잘 읽고 있어요. 어린 시절 인선이 자라는 가정환경 재미있고 유익합니다. 이번 호에는 인선이 정혼하고, 자수(刺繡)와 서예에 열중하는 모습을 쓰셨군요. 옛날 편지 나눌 때, 교단에서 쉬는 시간 틈타 수를 놓는다고 하던 실비아의 모습이 오버랩되었지요.

작품 속에 『시경(詩經)』의 시들이 자주 등장하여 반갑고 참 좋습니다.

계속 그대로 잘 써 나가기 바랍니다.

2005년 9월 8일 Raphael

VI.
땅속으로 스며든 물줄기

그렇게 편지를 주고받는 사이 세월이 또 많이 흘렀다.

차동엽 신부님 도우미 노릇은 보람도 컸지만, 숨이 찰 정도로 바빴다. 《참 소중한 당신》편집위원으로 매월 원고 전체를 살피는 것도 만만치 않은데, 〈미래 사목연구소〉일까지 함께 협력해야 했다. 『밭에 묻힌 보물』, 『무지개 원리』, 『통하는 기도』, 『맥으로 읽는 성경』, 『잊혀진 질문』…. 매년 책을 한두 권씩 내시는데, 늘 독자들에게 잘 읽힐 것인가를 고심하며 기어코 내게 마지막 점검을 시키셨다. 그뿐인가. 연구소의 〈민들레 선교〉팀에 넣어 서울은 물론 지방으로까지 선교 강의도 다니게 하셨다. 아무튼, 신부님 덕분에 조금의 공백도 없이 하느님 일에 풍당 빠져 살게 된 것이다.

그중에서도 제일 크게 협력한 일은 '공깃돌 송해붕 선생'에 대한 전기를 엮은 것이다. 선생은 함남 덕원 신학교 재학 중 해방을 맞았고 신학교가 문을 닫자 고향으로 내려와 야학(夜學)을 열고 김포 지방의 천주교 교세 확장에 크게 공헌한 분이다. 한국동란 중 스물넷 나이로 순교하셨는데, 여러 기이한 인연으로 차동엽 신부님의 영적 주보가 되셨다. 신부님은 그분에 대한 자료를 모아 두고 전기를 쓰려는데 저술에, 강의에 도저히 틈을 낼 수가 없다고, 2005년 가을, 내게 모든 자료를 넘기셨다. 두문불출 40일 만에 원고를 완성해 그해 성탄 전에 『스물넷 못다 사른 불꽃』을 펴냈다. 그 책이 나오자 국내는 물론 해외에서까지 남녀 노인들이 나타나 그 옛날 그분의 애끓는 선교 이야기를 들려주는 바람에 증언집 『영원한 청년』까지 묶었다. 이 두 권의 책이 인천교구 자산이 되어 마침내 송해붕 세례자 요한 선생을 성인 반열에 올리는 작업이 시작된 것이다.

김포 연구소까지 차를 몰고 다니면서 고생한 보람으로 신부님 은혜도 크게 입었다. 내가 신사임당을 소설로 쓰고자 강릉을 드나드는 것을 아시고, 《참 소중한 당신》에 연재를 권유하신 것이다. 그 덕분에 편안한 마음으로 매월 50매씩 27회의 연재를 마칠 수 있었다. 소설이 연재되는 동안 나는 매월 《참 소중한 당신》을 L.A로 우송했다. 목사님은 같은 기독교이니까 그 월간지에 크게 관심을 기울여 주셨고, 간간이 내 소설에 대한 독후감도 보내 주셨다.
연재를 마치고 2007년 『영원한 달빛, 신사임당』이 출간되자 전국 여러 곳에서 끊임없이 강의 요청이 들어왔다. 가정의 행복과 올바른 자녀교육을 외치고 다녔다. 바쁨은 배가되었다. 그렇게 강의를 다니는 중, 고액권 화폐의 주인공을 놓고 갑론을박이 끊이지 않았다. 여성대표로서 신사임당이 거론되었다. 나는 더욱 목소리를 높여 국민 여론 조성에 앞장섰다. 결국, 2009년 신사임당이 고액권 화폐의 주인공이 되었고, 강의 요청은 더욱 많아졌다.

그뿐인가. 2009년에는 또 새로운 일이 생겼다. 바오로 딸 통신

성서 교육원에서 8년간의 성경 공부를 마치고 성경 교사 자격증을 받은 나에게 우리 본당인 분당 성요한성당에서 달콤한 미끼를 던진 것이다. 어르신 대학인 〈요한대학〉에서 주 1회 성경 교수를 맡아달라는 것. 300여 명 학생이 각자 취미반으로 흩어지기 전, 함께 말씀 듣는 시간이 필요한데 적임자를 구하는 중이었다고. 나는 그 낚싯밥에 기꺼이 낚였다. 말씀 봉사보다 더 좋은 봉사가 어디 있으랴. 그 일은 내게 젊은 시절의 행복을 되살려 주었다. 지적 수준이 높은 남녀 노인 학생들은 젊은 날 내가 사랑하고, 나를 사랑했던 청소년들과 다를 바가 없었다. 성경 말씀 사이사이, 함께 시도 암송하고, 노래도 부르며 즐겁게 지냈다. 목요일 하루를 써야 하는 것 이외에도, 한 시간 강의를 위해서 다섯 시간 정도 교재 연구를 해야 하는 분주함이 따랐지만 그래도 행복했다.

　게다가 내 나이 일흔을 훌쩍 넘긴 2011년에는 또 다른 일거리가 생겼다. 황순원 기념사업회 책임자인 경희대학교 김종회 교수로부터 〈소나기 마을 황순원 문학촌〉 촌장직을 부탁받은 것이다. 깜짝 놀라 사양했지만, 문학의 아버지께 대한 예의로 결국 받아들였다. 분당에서 양평까지는 자동차로 한 시간 넘는 거리. 화물차 씽씽 달리는 도시 외곽도로를 달리는 것이 쉽지 않았다. 나는 늘 기도하며 차를 몰았다. 비가 몹시 오거나 눈이 오는 날에는 전철과 버스를 갈아타면서 3시간이나 소요되는 거리를, 매주 두어 번 기쁜 마음으로 출근했다. 김포 연구소로, 양평 소나기 마을로, 목요일은 우리 본당 요한대학 강의로, 참으로 퇴직하기 전처럼 바쁘게 뛰었다. 그러다 보니 목사님께는 책이 나올 때나 부치는 정도로 교통하고 있는데, 오랜만에 목사님의 편지를 받았다.

✉ Sylvia,
오랜만입니다.

연구소 협력자, 요한 대학교 성경 교사, 소나기 마을 촌장 등으로 바쁘게 잘 지내는 줄 알고 있습니다. 저도 세월 가는 줄 모르고 있습니다.

오늘 한 가지 소식을 전해드리려고 합니다.

현재 제 고향 통영시에서는 최근 2009년부터 '통영문학제'를 개최하고 있는데 그중 민영익 소설 문학상, 김상옥 시조문학상을 시상하고 있음을 이번에 알게 되었습니다. 박경리, 윤이상 씨 등도 제 고향 출신임을 알고 있겠지요? 김춘수 시인은 제가 통영 중학교 다닐 때 국어 선생님이셨고, 김상옥 선생님과는 개인적으로 잘 아는 사이였지요. 이미 모두 고인이 되었군요.

'통영문학제' 소식을 접하고 실비아에게 이 소식을 전하고 싶었습니다. 제 생각에는 한번 응모해 보는 것도 좋지 않을까요? 마침 지난번 보내주신 소설집 『비밀은 외출하고 싶다』가 있으니 말입니다. 심사위원들 나이나 주최 측 임원들이 너무 후배일 것 같아서 기성작가인 실비아의 생각을 알 수가 없지만 일단 소식을 알려 드립니다. 통영시 문화예술과 담당을 제가 잘 알고 있어 그분에게 제가 소개할 사람이 있다고 했더니 그가 적극적으로 추천하겠다고 하더군요. 상금은 천만 원으로 통영시에서 지급한다고 합니다. 민영익 삼촌은 이곳 L.A에서 1990년도에 실비아와 만난 인연도 있지 않습니까?

아울러 저의 집안 소식도 알려 드립니다.
제가 태어나고 자란 집, 저의 고모님, 아버지, 삼촌, 삼 남매가 모두 태어나고 자란 '통영시 태평동 22번지' 집이 저의 선친과 삼촌의 기념관으로 지정이 되었답니다. 이 사실을 통영시에서 알려와 선친이 저에게 유산으로 주신 그 집을 시에 무상으로 기증하였습니다. 태평동 22번지를 기억하십니까? 옛날 실비아와 편지 나눌 때 제가 늘 그 주소로 실비아의 편지를 받았었지요.

그 집은 본래 초가였는데 백 년도 훨씬 넘어 1993년 저의 선친 살아계실 때 집을 완전히 허물고 조그마한 현대식 양옥으로 지어 놓았어요. 섭섭하게도 그 집에서 집 주인은 한 번도 살아보지 못하고 처음부터 전세를 놓고 있었지요. 이번에 기념관이 되어 본래의 초가로 복원했으면 좋겠다고 시에 의견을 전했습니다. 통영에는 이미 시인 유치환 선생의 기념관도 있는데 시에서 본래의 초가로 복원했거든요. 그분 형인 극작가 유치진 선생은 통영의 중심 공원인 남망산에 일찍이 흉상을 만들어 세워 놓았는데 그가 친일 활동을 하였다고 동상을 제거해 버렸다고 하는군요. 안타까운 일입니다. 그렇게까지 해야 할까요?
또 윤이상 선생도 본래 '윤이상 음악제'로 거창하게 시작하였다가 그가 친북 활동을 하였다고 지금은 '통영 음악제'로 바꾸어 해마다 국제적 음악제로 거행되고 있고 그에 발맞추어 현재 거대한 연주 홀을 건립 추진 중에 있다고 합니다. 통영에는 김형근, 전혁림, 서형일 등 널리 알려진 미술가도 많지요. 대단한 예술의 도시입니다.

저는 이제 나이도 많아졌고, 고향 생각도 많이 나고 하여 내년에는 아내와 함께 아주 귀국해서 한국에서 여생을 보낼 계획을 하고 있습니다.

늘 안녕하시고 좋은 글 많이 쓰시기를 기원하고 있습니다.

2011년 9월 17일 Raphael

그 편지가 내 손에 들어온 것은 9월 25일, 그날은 일요일이었다. 소나기 마을에서 황순원 문학축제를 마치고 파김치가 되어 돌아오니 우편함에 목사님의 편지가 꽂혀 있었다. 금요일부터 일요일까지, 이른 아침부터 저녁까지 눈코 뜰 새 없이 바쁜 2박 3일이었다. 금요일은 세미나, 토요일은 전국 청소년 백일장과 사생대회, 마지막 날은 문학애호가들과 문학관 주변을 한 바퀴 돌며 해설을 덧붙인 문학기행.

백일장과 사생대회에는 무려 초중고 학생 1900여 명이 참석했다. 소나기 마을에 관심을 주는 전국 학부모와 선생님들에게 감사, 감사! 참으로 즐거운 피곤이다. 그 행사에는 특히 새벽부터 차가 몰리기 때문에 도저히 한 시간 남짓 거리 차를 몰고 출근할 수가 없어 그곳에서 2박 3일을 지내고 온 것. 후유. 피곤피곤. 그런데 목사님 편지가 나를 반겨 주었다. 피곤이 싹 달아났다.

  민영익 선생님 상이라면 욕심이 나긴 하지만, 폐 끼치기 싫어 마음만 받기로 하고 감사의 답신을 보냈다.

  그리고 다시 몇 달이 흘렀다. 바쁜 일정을 소화하느라 잠시 잊고 있었던 목사님의 편지를 받았다. 아, 거기 내가 전혀 생각지 못한 말이 쓰여 있었다. 조금 당황스러워 한참을 그대로 앉아 있다가 그 편지를 책상 서랍 깊숙이 간직했다.

  그와 때를 같이하여 아들이 귀국하고, 초등학교 손자를 돌봐야 하는 또 하나의 일이 생겼다. 그러다 보니 목사님은 점점 잊혀갔다. 지상으로 솟았던 석간수의 물줄기가 차츰 땅속으로 스며든 것이다.

  그런데 2019년 11월 12일, 그렇게도 많은 저술 작업과 강의를 하시면서, 덩달아 나를 바쁘게 했던 차동엽 노르베르토 신부님이 선종(善終)하셨다. 처음 뵈었을 때부터 간이 안 좋아 늘 고생하셨는데 B형 간염이 간 경화가 되고, 간 경화가 간암이 되어 갑작스레 나빠지면서 영면에 드신 것이다. 일찍이 의사 선생님으로부터 '건강이 안 좋다, 조심하라'라는 경고를 들었건만, "그럼 더 복음 전하는 일에 '올인'하고 가야겠네." 하셨다. 시간이 촉박하다고 느끼셔서 더 그랬을까. 오직 복음을 통해 절망에 빠진 사람에게 희망을 주려고, 고통 속에 허덕이는 인간에게 행복을 주려고, 밤잠도 설치면서 저술에 매달리고 강의에 매달리시더니 결국 자신을 깡그리 소진하고 홀연히 떠나시고 말았다.

  몇 달 전까지도 송해붕 선생의 일로 자주 소통했다. 성인 되는 첫 단계인, '하느님의 종' 품에 올리는 문제로 자주 연락하셨고, 직접 뵌 것은 8월이 마지막이었다. 그때만 해도 괜찮아 보였다. 그런데 그리 허망하게 가시다니. 그래도 얼마나 다행인가. 한국 천주교회에서는 근현대 신앙의 증거자 81위(홍용호 프란치스코 보르지아 주교와 동료 80위)를 확정하고 최종적으로 시복 심사에 들어갔는데, 그 속에 송해붕 선생이 들어있지 않는가. 신부님은 이 숙원 사업을 마치고 떠나신 것이다.

위급하다는 소식을 듣고 삼성병원으로 찾아갔을 때는 이미 눈도 뜨지 못하는 상태. 나는 신부님의 손을 잡고 눈물 흘리며 평안히 가시라고 인사를 드렸다. 그 사흘 뒤 선종. 향년 61세. 15년 가까이 협력하며 일해 오던 나는 허전하기 짝이 없었다. 사실 나는 신부님을 도운 것 이상으로 은혜를 입었다. 연구소에서 출판사를 열자마자 동화 『배꽃 마을에서 온 송이』를 시작으로 장편 『영원한 달빛 신사임당』, 수필집 『하늘을 꿈꾸며』, 『초록빛 축복』, 『나의 기쁨, 나의 희망』 등을 모두 거기서 펴내 주시지 않았던가.

그뿐 아니라 우리 가족은 신부님을 영적 지도 신부님으로 모셨었다. 신부님은 나뿐 아니라 삼 남매에게 애정을 갖고 좋은 일엔 함께 기뻐하고 궂은일엔 함께 염려하며 미사와 기도로 격려해 주셨고, 미국에서 잠시 다니러 온 세 살배기 손자에게도 서둘러 유아 세례를 베풀어 주셨다.

그뿐인가. 연구소 일로 바삐 뛸 때 〈황순원 문학촌 소나기 마을〉 촌장으로 발령을 받자, 복음 전하는 일도 중요하지만, 스승님 문학관 지키는 일이 더 귀하다며 선교 강의를 다른 사람에게 넘기고 촌장 임무에 충실하라 하셨다. 그리고 일부러 짬 내어 30년 키운 철쭉 두 그루를 싣고 와 스승님 무덤가에 심어 주고, 문학관을 찬찬히 둘러보며 기뻐해 주셨다. 특히 선생님의 처녀시 「나의 꿈」을 보시고는, "철쭉 두 그루에 그 꿈을 사가겠습니다."라고 방명록에 쓰실 정도로 좋아하셨다. 그렇게 가족처럼 가깝게 지내던 신부님이 본향 찾아 떠나 버리신 것이다.

하루하루 시간이 갈수록 내가 정신적으로 의지했던 많은 분이 세상을 뜨고 나만 혼자 남았다는 생각이 자꾸 들었다. 맨 먼저 나를 영적인 세계로 안내했던 다이아몬드 신부님, 그리고 문학의 아버지 황순원 선생님, 그분들이야 연세가 높으시니 괜찮다 해도, 나를 누님, 누님, 부르며 영적 가족으로 지냈던 정채봉 프란치스코도 가고, 나보다 열여덟 살이나 아래인 차 신부님, 내가 떠나면 장례미사를 집전해 주시기로 약속했던 차 신부님마저 훌훌 떠나시고 말았다는 생각에 어찌나 허전한지. 나는 갑자기 영적 고아가 된 느낌이었다. 이제 집안에 무슨 일이 생겨도 의논할 사람이 없었다. 문득 목사님 생각이 났다. 그분만 곁에 계셔도 고아라는 느낌은 없을 텐데….

금세 2020년이 왔다. 남편 떠나고 금방 쫓아갈 줄 알았는데, 참 오래 살았다. 한가함은 우리 정신을 깨어있게 한다. 바쁠 때는 정신 없이 떠밀려 다니다가 한가해지니까 이것저것 생각이 많았다. 80이 넘었으니 무엇보다 살림을 정리하고 귀향 준비를 서두르지 않으면 안 된다는 생각이 강하게 들었다.

그런데 정초부터 코로나19 사태가 터졌다. 잠시 지나가는 소나기쯤으로 생각했더니, 웬걸, 온 세계가 들썩들썩, 날이 갈수록 확진자가 늘고, 외출하지 말라는 정부의 하소연이 뜨거웠다.

그동안 다른 봉사는 다 끝나고, 우리 본당 요한대학 강의만 남은 상태였는데, 개강도 못 하고 말았다. 목요일이 와도 꽃단장하고 나갈 데가 없었다.

문단 모임도 뚝 그쳤다. 모든 일상을 멈추고 혼자 우두커니 집만 지키고 있자니 더욱 살림 정리에 신경이 쓰였다. 책이 제일 문제였다. 틈틈이 제법 많이 정리했지만, 아직도 버릴 책이 많았다. 이사 때마다 제일 무거워 낑낑대며 옮기던 책. 누가 보다가 페이지를 접기만 해도 펄쩍 뛰며 판판히 펴서 고이 간직할 정도로 애지중지하던 책. 독서 중에 내 영혼에 울림 있는 글들을 베껴둔 〈낙수집(落穗集)〉. 하나하나 추억이 소중해서 아껴둔 편지들. 그리고 대학교 때부터 모아 둔 수십 권의 일기장. 이 모든 것들과도 과감히 이별해야 한다.

책장 깊은 곳에서 꺼낸 편지들은 많기도 많았다. 남편과 1년 동안 나눈 편지, 베트남 전쟁에서 오빠가 보낸 편지, 제자들의 편지, 친구들의 편지, 문우들의 편지, 그리고 어느 것보다 소중히 간직한 라파엘의 편지. 나는 목사님의 편지에 제일 마음이 꽂혔다.

그 순간부터 이상한 일이 일어났다. 분명히 잊고 있었는데, 라파엘 님과의 영적 친교가 되살아나면서 마음이 여지없이 쏠렸다. 잘 계실까? 건강은 괜찮으실까? 저술 작업은 마치셨을까? 얼마 동안 땅속으로 스몄던 물줄기가 지상으로 솟아오른 것인가. 나는 자꾸만 그분의 안부가 궁금해졌다. 차동엽 신부님이 가신 뒤, 잠시 목사님 생각을 하긴 했었다. 다시 연락을 드려볼까, 하고 생각하다가 안 돼, 안 돼, 도리질하며 그런대로 스쳐 지나갔는데, 이제는 날마다 목사님 생각이 났다. 잘 계실까? 건강은 괜찮으실까? 저술 작업은 마치셨을까? 아, 이메일이라도 한번 넣어볼까? 이 메일 주소는 바뀌지 않았을까? 하지만 안 되지. 아냐, 그건 아냐. 그건 아니야. 나는 참았다.

코로나 사태는 날이 갈수록 심해졌다. 결국, WHO에서는 3월 11일을 기해 팬데믹을 선언했다. 총칼 없는 전쟁이 시작되었다. '집콕', '사회적 거리 두기' 등 신조어가 생겼다. 가장 큰 위안처인 성당 미사도 끊기고, 마음 둘 데가 없었다. 독서도 눈이 침침해져서 오래 즐길 수가 없었다. 아이들은 수시로 전화를 걸어 시장에도 나가지 말라 하고, 먹거리도 택배로 보내주었다. 전화나 카톡이 있어서 그나마 다행이지만, 갇힌 생활은 혼자 사는 사람들을 더욱 움츠러들게 했다.

너무나 답답하면 마스크를 잘 눌러쓰고 산책에 나섰다. 고맙게도 집 앞에는 〈중앙공원〉이 있다. 분당 신도시로 이사 오면서부터 내가 가장 사랑하는 공간이다. 한산 이씨의 선산을 공원으로 조성해서 평지가 아니고 동산이라 적당히 오르내림이 있고, 소나무, 밤

나무, 참나무, 등 숲이 좋아 울적할 때 한 바퀴 돌고 나면 언제 그랬냐는 듯이 마음에 평정을 되돌려 주는 공간이다. 아무렴 공원 산책까지 막진 않겠지. 처음엔 사람이 별 없더니, 날씨가 풀리자 차츰 사람들이 나타났다. 산에서까지 마스크를 쓰라고? 싫어, 싫어. 걸핏하면 마스크를 벗고 좋은 공기를 들이마시다가도, 저만큼 사람이 보이면 얼른 마스크를 쓰면서 산책을 즐겼다.

하루, 하루, 봄기운이 호숫가 영춘화 꽃망울에서부터 피어나고 있었다. 이어서 산수유, 개나리, 진달래…. 중앙공원은 물론 온 아파트 단지가 화들짝 꽃들로 피어났다. 아, 춘래불사춘(春來不似春). 정말 봄은 왔는데 봄 같지가 않은 2020년의 봄! 중국 전한 시대 왕소군과 관련된 시가 저절로 입에서 터지는 봄이었다.

나는 화사하게 피어나는 진달래꽃을 보며 문득 목사님 어머님이 주신 진달래 빛 니트 옷 생각이 났다. 전에는 외출할 때만 입는다고 아끼던 옷이다. 이제 이 나이에 무엇을 아끼랴. 얼른 꺼내 입었다. 참 이쁘다. 울적한 기분이 상큼해진다. 신사임당 강의를 다닐 때도 이 옷을 즐겨 입었었지…. 멍하니 창밖을 내다보는데 문득 《분당골》에 실린 어머님의 글들이 떠올랐다. 그분의 쓸쓸한 노후가 바로 지금의 내 것처럼 이입되었다. 이국에서, 얼마나 쓸쓸하셨을까. 그 외로움을 견디기 위해 팔십 넘은 나이에도 그토록 글을 쓰셨을 거야. 나는 그분의 글을 찾아 읽어 보았다.

사랑

　이곳은 캐나다 밴쿠버. 하늘은 푸르고 끝없이 넓다. 밴쿠버의 남쪽 끝, White Rock.
　캐나다 자원의 하나인 나무가 많은 곳이다. 미국과 캐나다의 국경선 격인 바다를 내려다보고 있는, 노인들의 낙원 마을이다. 태평양 멀리 수평선을 바라보면 갈매기는 하얀 파도 위를 날아다니고 잔디밭 길가 산책길에도 갈매기는 날아다닌다.
　나무다리 위에 게를 잡는 사람들. 큼직한 망 그릇에다 큰 생선 덩어리를 묶어 바다 따라 내려두면 게가 와서 그 생선을 입으로 쪼는 순간 뚜껑이 닫힌다. 그러면 게 든 망을 올려 민첩하게 엄지발을 피하여 게를 잡아 난간에 표시된 치수에 재어 본다. 잡힌 게가 표시 미달일 경우에는 바다에 도로 넣어준다. 작은 게는 좀 더 키워서 잡아야 한다는 국법 때문이다.
　생선도 마음대로 낚는다. 바다에는 큰 생선이 많이 살고 있다. 낚아 올린 생선이 너무도 커서 겨우겨우 아가미에 꽂힌 낚시를 빼내어 큰 그릇에 담아 가져온다. 집에 가져온 생선은 너무 커서 손질하기도 힘들고, 우리나라 동해의 생선처럼 맛이 있는 것도 아니고 기름이 많아 버리는 일이 많다. 게도 새우도 모두 한국에서 먹던 맛이 아니다. 태평양 넓은 바다에서 사는 같은 종류의 생명체가 왜 모두 다른 맛을 가졌는지 알 수 없는 일이다.

캐나다 사람들은 대단히 점잖고 품위가 있다. 어느 한 사람도 머리 하얀 동양 할머니에게 인사와 미소 없이 지나는 사람이 없다. 이것이 다 예의와 친절과 사랑이다. 인간은 근본적으로 사랑이라는 것을 하느님으로부터 선물로 받았다. 이 귀한 것을 받은 인간은 하느님께 경애심을 드리고, 그 사랑을 이웃과 나누며 살아가는 것이다.

인간과 인간끼리만 사랑을 나누는 것이 아니고 미물인 동물에도 사랑을 듬뿍 주는 이곳 사람들. 나는 이곳이 생소하고 말이 통하지 않는다. 집에 있으나 공원을 가나 외롭기만 하다.

나의 유일한 산책 코스. 야구장 잔디밭을 지나 공원으로 들어서면 오리 떼가 노니는 연못이 있다. 연못 가에는 벤치가 셋 있다. 그중 가운데 것이 새로 잘 만들어졌기에 나는 그곳에 앉아 습관적으로 오리 떼의 머릿수를 세어본다. 그리고 이런저런 명상에 잠겨 한 시간쯤 쉰다.

개를 산책시키려는 사람들이 참 많다. 그러나 공원 규칙상 개 오물은 철저히 비닐봉지에 담아 간다. 남에게 폐를 안 끼치려는 문명국 사람들의 성숙한 시민 의식이 돋보인다.

연못가로 달려오는 강아지 한 마리. 앙고라 털처럼 곱실곱실한 털을 가진 강아지가 벤치에 앉아 있는 나를 보고 달려온다. 귀여워 쓰다듬어 주려고 허리를 굽히는데 강아지는 내 다리 밑으로 빠져 나가 버린다. 뒤따라오던 주인 남자가 그걸 보고 멀리 간 강아지를 안고 나에게 와서 등을 쓰다듬어 달라고 한다.

오, 사랑!

이 사랑이 얼마나 아름다운가. 귀엽다고 등을 쓰다듬어 주려는데 빠져나간 강아지를 다시 데리고 와서 사랑해 달라고 하는 사람. 그는 사랑이 얼마나 아름다운 것인가를 잘 아는 사람이다. 이런 사람은 사랑을 줄 줄도 알고 사랑을 받을 줄도 안다. 문명인들 대부분이 그렇다.

나는 확실히 느낀다. 인간의 본능은 이렇게 아름답다는 것을. 하느님은 우리 인간을 창조하실 때 맑고 티 없는 사랑의 감정으로 이웃을 사랑하며 살라고 하셨다. 그러나 세상의 사악한 인간들은 하느님이 가르치신 사랑을 저버렸다. 나는 이 나라 사람들과 언어가 통하지 않지만, 사랑을 아는 이 나라 사람들에게 친밀감을 느끼고 사랑하게 된다.

동물도 사랑을 안다는 것을 나는 확실히 보았다. 호젓한 공원을 거닐다가 백인 여자 곁을 따라 걷는 강아지가 하도 귀여워서 걸음을 멈추고 그 강아지 등을 쓸어 주었다. 강아지는 기분이 좋아져서 걸음을 멈추고 눈을 감은 채 꼬리를 연신 흔든다. 백인 여인은 이 모습을 보고 미소지으며 걷고 있다. 그곳은 갈림길이다. 나도 그만 강아지 곁에서 일어났다. 그들은 오른쪽으로 나는 왼쪽으로 가면서 뒤돌아보니 강아지는 주인을 따라가지 않고 그 자리에 서서 이쪽저쪽을 살핀다. 누구를 따라갈까 망설이는 것 같다. 한참을 그러더니 자기 주인을 따라간다. 당연하다 싶으면서도 갑자기 외로움이 느껴졌다.

한순간 서로 주고받은 사랑! 인간과 동물과의 교감, 이것도 사랑의 감정이 아닌가.

동물도 아름다운 사랑을 느끼고, 자기가 사랑받는다는 것을 안다는 것을 확실히 보았다.

1997. 가을 밴쿠버에서 송두리
2000년 《분당골》 성탄호 게재

사과를 안 받은 일을 후회하며

세계는 넓고 넓다. 우물 안 개구리같이 좁은 삼천 리 반도, 그것도 38선이란 선을 그어놓고 자유 민주주의 남한과 인민 공산주의 북한이 대치된 가운데 서로 오고 갈 수도 없는 상태에서 50여 년을 살아왔다. 넓고 넓은 세계가 지구상에 있고 옛 문화를 자랑하고 귀한 것으로 보존해 가며 세계는 눈부시게 발전해 간다. 이제는 모든 사람이 세계를 오고 가는 세계인으로 살고 있으며 서로의 정치를 인정하고 자유의사에 따라 각국의 문화를 발전시키며 살고 있다.

하느님께서는 인류를 창조하시고 너희들은 이 땅을 지배하고 이웃을 네 몸같이 사랑하며 평화롭게 살아가라고 하셨다. 하느님 아래 인류는 다 형제들이다. 하느님은 우리에게 지혜와 순수한 감성을 발휘할 수 있는 능력을 주셨다. 그래서 우리는 각각의 문명을 만들며 예술을 발전시켜 왔다. 예술을 사랑하는 사람은 악한 자가 없다. 잔인한 자가 없다.

　자유 민주주의 국가인 대한민국도 경제 발전과 함께 차츰 외국에 대한 관심도 커져 이민 문화가 싹텄다. 나도 그 물결 따라 남은 인생을 적성에 맞는 나라를 찾아 이민을 오게 되었다. 사실 이민을 오는 데는 대단한 용기가 필요하다. 나는 인생을 다 살고 덤으로 주어진 남은 삶을 살고자 자식 따라 이곳 캐나다 밴쿠버로 왔다.
　이곳 캐나다는 개척의 역사가 겨우 200년 안팎이다. 따라서 예술 유적지는 없으나 태고의 놀라운 자연환경을 감상할 수 있는 곳은 많다. 우리 중에 하늘나라를 보고 온 사람은 아무도 없다. 그러나 하느님 계신 하늘나라를 가장 아름다운 곳으로 표현한다. 어느 일본인 기자가 캐나다 관광을 마치고 돌아가 찬사를 쓰면서 천당과 비교하여 이렇게 썼다고 한다.
　"우리는 흔히 하늘나라를 일컬어 천당이라고 한다. 그 천당에 일당이 모자라는 999당이 바로 캐나다다."
　그렇게 아름다운 곳에서 나는 살고 있다. 그러나 노인이 된 나는 외롭고 무료해서 목적도 없이 넓은 길을 산책한다. 따뜻한 가을 햇빛이 쏘아 쪼이는 오후, 집 주변 왕복 두 시간 남짓 아름다운 산책길을 발견했다. 차도로 따라가면 탄탄대로이지만 계단 코스는 시간이 절약된다. 한 계단을 아홉 계단으로 하여 여덟 계단으로 호수까지의 지름길을 만들어 놓은 것을 발견하고 무척이나 반가웠다. 「디어 레이크(Deer Lake; 사슴이 물 먹는 호수)」라는 이름의 계단까지 와서는 멀리 호수의 경치를 바라본다. 나 혼자 보기는 참으로 아깝다. 고향의 벗들이 그립다.

 호반 언덕에는 붉고 푸르게 물든 가을 채색과 언덕 위에 우뚝 솟은 빌딩들이 수면에 신기루처럼 반사되어 수중 도시를 구경하는 듯한 착각에 빠진다. 가까이 물 위에서는 백조와 오리 떼들이 유유자적 노닌다. 나는 늘 비닐 주머니에 쌀 두어 줌을 가져와 백조와 오리 떼들에게 뿌려준다.

 "백발의 동양 할머니, 고마워요."

 오리 떼들이 속삭이며 나를 본다. 다 먹고 나서 물을 가르는 오리 떼도 쌍쌍이요, 호수 위를 맴도는 백조도 쌍쌍이다. 외로운 할머니는 그곳을 떠나 버드나무 열 그루가 연이어 서 있는 곳으로 간다. 아주 오래된 고목 버드나무다. 80 넘은 나와 동갑이라도 되는 것일까? 내가 늘 앉는 벤치에 노오란 버드나무 잎새가 가지에서 떨어져 나보다 먼저 앉아 있다. 나는 그 잎새를 쓸어버리지 않고 같이 앉자며 곁에 앉는다.

 아름다운 가을 호반의 경치는 실로 절경이다. 내 머리 위에서는 사람이 켜는 악기가 아닌 자연의 풍경 소리, 음악 소리가 들린다. 바람에 흔들리면서 잎새가 서로 부딪치면서 내는 저 소리를 누가 어떤 악기로 표현할 재간이 있을까. 무아경에 잠겨 있는데 기척도 없이 다가온 한 남자가 카메라 셔터를 누른다. 좋은 경치를 발견하고 사진을 찍었겠지만, 순간 저 아름다운 음악 소리는 놓쳤겠구나, 하는 생각이 든다. 외국 기자인지, 백인은 아니다.

 가을 햇볕이 따가워 손수건으로 이마를 가리고 있노라니 은발의 백인 귀부인이 다가와 같이 앉겠단다.

"앉으세요."

한 벤치에 동서양의 늙은 할머니가 앉아서 무슨 생각을 할까. 각각 상념은 달랐을지라도 인생의 황혼에 이르러 무언가 허전해하는 감정은 같았으리라. 대화도 없이 명상에 잠겨 일어날 줄을 모른다. 머리 위에서 연주하는 자연의 음악을 함께 감상하며 일어날 줄을 모른다.

참으로 이 세상의 낙원이다. 일본 기자의 말처럼 999당이다. 백인 노부인이 먼저 말을 한다. 이제 자기는 돌아가 보겠다고.

"네. 잘 가세요. 또 만나요."

대답하고 그의 뒷모습을 바라본다. 키는 훤칠하고 허리는 꼿꼿한 귀부인이다. 나처럼 노경의 외로움을 산책으로 달래고 돌아가는 노부인의 뒷모습이 시야에서 사라질 때까지 바라보았다. 마치 내 뒷모습을 바라보는 것처럼 쓸쓸하다. 저 부인은 하느님을 모실까? 내세를 믿고 있으면 덜 쓸쓸할 텐데…. 가을 하늘의 뜬구름 같은 인생을 살면서 예수님 사랑을 깨달았는지 물어나 볼 것을.

나도 자리에서 일어나 집으로 향하는 계단 코스로 향한다. 남겨두고 온 정서를 아쉬워하며 느릿느릿 걷는다.

이곳은 아름다운 정원을 개방하고 지나는 길손에게 무상으로 제공한다. 담도 문도 없다. 할아버지 한 분이 저만큼 사다리와 들통을 들고 나타난다. 사과 몇 개가 달린 사과나무에 사다리를 놓고 들통을 가지에 건다. 남은 사과를 딸 모양이다. 사다리 위에 올라가 한 개를 딴다. 그것을 들통에다 넣으려는 순간 내가 그 앞을 지나게 되었다. 할아버지는 나를 보더니 이걸 주겠다고 받으라고 한다. 나는 순간 이 호의를 받아야 하나 거절해야 하나 멈칫하게 되었다. 그런데 갑자기 입에서 "노 쌩큐!"가 나와 버렸다. 그리고는 얼른 그곳을 지나쳤다.

한참 와서 큰 거리에 이르렀다. 차가 지나가기를 기다려 서는 것과 동시에 지나온 길을 돌아보았다. 그때 놀라운 광경을 보았다. 내가 지나온 뒤 상당한 시간이 흘렀건만 그 할아버지는 아까 그 사과를 그대로 손에 들고 나를 바라보고 있는 것이었다. 아, 내가 취한 태도가 잘못이었구나. 그는 얼마나 무참하고 불쾌했을까. 진정한 호의를 냉정하게 거절하고 피잉 지나가는 동양 할머니를 그는 어떤 생각으로 바라보고 있는 것일까.

내가 거절한 것은 몇 개 안 되기에 할아버지 다 가지시라고 사양한 것이었다. 그런데 저렇게 오랜 시간 동안 사과를 쥐고 사다리 위에 서 있는 것을 보니 많이 미안하고 후회가 되었다. 지금이라도 되돌아가 저걸 받아야 하나, 하는 생각까지 들었다. 하지만 온 길이 멀기도 하여 다시 가기는 망설여졌다. 마침 차가 지나가고 나는 길을 건너가면서 뒤를 돌아보지 않으려고 애쓰며 걸었다.

내가 취한 태도가 아무리 생각해도 잘못이라는 것을 몇 해가 지난 지금도 그때 일을 회상할 때마다 절실히 느끼게 된다. **

1999년 가을 밴쿠버에서 송두리
2001년 《분당골》 성탄호 게재 처음 이 글을 접했을 때처럼 다시 한번 감동한다. 80 넘은 노인이 이토록 섬세하고 아름답게 자신의 감정을 표출하다니. 이 글을 세상에 내보낸 걸 기뻐하며 선물로 주신 진달래 빛 상의를 입고, 지금은 고인이 된 그분의 명복을 빈다. 하늘나라에서 편히 계실 거야. 너무 일찍 사랑의 배반을 겪고 돌쟁이 아들을 두고 나간 그분의 마음은 얼마나 아팠을까. 인생. 도대체 산다는 것은 무엇일까. 이런저런 생각을 하며 시간만 보내고 있었다.

모든 일상을 막아버린 코로나도 세월은 막지 못했다. 또 2021년을 맞았다. 팬데믹은 그칠 기미를 보이지 않고, 혼자 집에서 지내는 시간은 외롭고 길었다. 시력이 나빠져 그 좋아하던 독서를 오래 못 하니, 아무래도 티브이와 친해지게 되었다. 가톨릭평화방송으로 미사를 드리고, 뉴스와 다큐멘터리, 좋은 강의, 또는 세계 기행 등을 즐겨보았다. 그러던 어느 날, 새로운 무엇이 없을까 하고 채널을 이리저리 돌리는데, 아, 클래식 음악이 나왔다.

어머나! 이게 웬 떡? 채널 이름을 보니 〈오르페오(ORFEO)〉. -대한민국 NO.1 클래식 음악 TV 채널-이라고 쓰여 있었다. 아이고 좋아라! 오르페오. 그리스 신화에 나오는 오르페우스 전설을 소재로 작곡한 오페라의 이름을 따서 클라식 채널을 만든 것이로구나. 아이고 고마워라!

나는 틈만 나면 이 채널을 틀어놓고 아늑한 즐거움을 누렸다. 그 옛날, '금요 무자이' 회원 시절이 생각났다. 가정교사 노릇을 하면서도 금요일만 되면 저녁 시간을 허락받아 〈미국 공보원〉으로 달려가 친구들과 클래식을 즐기던 그 시절. 완전히 20대로 돌아간 듯했다.

늦게야 만난 오르페오 채널! 지금이라도 만난 건 나의 행운!
주말이면 특별히 오페라가 방영되었다. 독일로, 빈으로, 체코로, 헝가리로, 스페인으로 유럽의 온갖 국립극장, 왕립극장을 누비며 수많은 오페라를 구경할 수 있었다. 수천 명 넘는 관객들. 화려하게 차려입고 어깨가 닿을 정도로 촘촘히 앉아 행복한 미소 지으며 구경하는 관객들. 모두 다 코로나 사태가 터지기 전의 영상이어서 극장마다 초만원이었다. 아, 저런 시절도 있었지…. 저런 시절이 다시 올 수 있을까?
모차르트 「피가로의 결혼」, 비제 「카르멘」, 베르디 「라트라비아타」, 푸치니 「나비부인」…. 오페라의 꽃들, 성악가도 많이 만났다. 우리 시대 음악 애호가들을 열광케 했던 루치아노 파바로티, 플라시도 도밍고, 호세 카레라스 말고도 새로 등장한 요나스 카우프만, 유시프 에이바조프, 후안 디에고 플로레스, 안젤라 게오르규, 안나 레트렙코 …. 한없이 청아하고 높게, 묵직하고 깊게 뻗어가는 그들의 아리아를 숨죽인 채 들으며 감동했다. 자막이 나오니까 내용이 다 이해되고, 무대장치, 연기, 대사, 의상 등 볼거리가 많았다. 3시간이 훌쩍 갔다. 막이 내리면 청중의 환호 소리, 박수 소리가 빈집에 울려 퍼졌다. 사람 사는 것 같았다. 나도 그들과 함께 환호하며 있는 힘을 다하여 손뼉을 쳤다. 다이도르핀이 쑥쑥 나오는 것 같았다.

교향곡도 자주 연주되었다. 하이든, 모차르트, 베토벤, 브람스, 슈베르트…. 아름다운 선율들이 집안 가득 넘쳐 흘렀다. 아늑하고 평화로웠다. 다이도르핀, 다이도르핀! 쑥쑥, 쑥쑥!

관현악단도 골고루 만났다. 베를린 필하모닉, 뮌헨 필하모닉, 런던 필하모닉, 빈 필하모닉, 이름도 고운 '서동시집'…. 온 유럽 무대를 종횡무진 누비며 즐겼다.

이 시대의 지휘자도 골고루 만났다. 다니엘 바렌보임, 사이먼 래틀, 프란츠 벨저 뫼스트, 정명훈, 귀한 여성 지휘자 옥사나 리니프…. 지휘자야말로 천재가 아니면 못할 일. 그 긴 시간, 각 파트의 곡을 어찌 그리 다 정확히 꿰고 지휘봉을 휘두르는지. 그들만의 독특하고 다양한 몸짓, 표정을 보면서 감동하였다.

자랑스러운 대한의 딸 조수미 소화 테레사도 자주 등장하여 나의 숨을 멈추게 하였다. 나비처럼 흔들리며 높이, 높이, 우리 집 천장을 뚫고 하늘까지 오를 듯한 그 콜로라투라 소프라노를 들으며 어찌 감동하지 않으랴. 감동하면 엔도르핀보다 더 좋은 다이도르핀이 생성된다지. 좋다, 정말 좋다. 고맙다, 정말 고맙다. 다이도르핀, 다이도르핀! 쑥쑥, 쑥쑥!

피아니스트도 많이 만났다. 1960년대 거장 아르투르 루빈스타인에서부터 이 시대 젊은 피아니스트들까지. 아, 그중에서도 조성진! 얼마나 예쁘고 자랑스러운 대한민국의 아들인가. 현악기 연주자들도 많이 만났다. 그들이 등장하는 협주곡이나 소나타 등이 나오면 귀로만 들으면서 독서도 하고 밥도 먹었다. 독거노인의 쓸쓸함이 가셨다. 고맙고 고마운 채널 오르페오!

그러던 어느 날, 무대가 미국으로 옮겨졌다. 뉴욕 카네기 홀이었다. 「청소년 음악회」라며 젊은 시절의 레너드 번스타인이 지휘자로 나왔다. 날씬하고 용모도 준수했다. 설명도 재미있게 잘했다. '관현악 편곡법', '교향악적인 음악이란?' 등 어떤 주제를 가지고 청중들에게 중간중간 해설을 하면서, 필요한 곳에서는 무대 위 관현악단원에게 연주를 시키면서, 또 필요할 때는 자신이 직접 피아노를 치면서, 또 청중에게 잘 아는 노래를 부르게도 하면서 정말 즐거운 시간을 선사해 주었다. 관중은 어린이, 청소년, 학부모. 그야말로 남녀노소다. 노래를 다 같이 부르면서 얼마나 즐거워하는지. 나도 덩달아 부르며 환호했다. 집안에 생기가 돌았다. 문득 목사님 생각이 났다. 그분도 청소년 예배에서 저런 모습으로 기쁨을 선사했을 거야.

얼마 후, 단풍 고운 가을 어느 날! 아, 레너드 번스타인 지휘, 빈 필하모닉 연주로 「베토벤 심포니 NO. 9」가 연주되고 있었다. 청소년 음악회 때와는 달리 은발의 지휘자로 등장했다. 하지만 젊은이 못지않은 열정으로 눈을 감았다가, 살포시 떴다가, 한쪽 팔을 흔들어대다가, 양팔을 휘젓다가, 어깨춤을 췄다가, 펄쩍 뛰었다가, 4악장 합창에서는 함께 노래를 불렀다가, 만족스러운 미소를 지었다가, 각양각색의 모습을 보이며 지휘봉을 휘둘러 대었다. 와, 멋져라! 기쁜 미소 흘리며 즐겁게 혼자 듣는데, 갑자기 번스타인 모습에 목사님이 겹쳐졌다. 날씬한 몸매 때문인가. 청소년 음악회 때도 그러더니 또 그 증세! 함께 듣는 듯한 환상에 빠졌다.

「베토벤 심포니 NO. 9」! 가슴이 서서히 더워졌다.

60년 전, 그의 일기장에 이 곡 중 '환희의 송가'를 상상으로 들으며 건강을 위해 기도한다고 썼었지. 한참 후, 그는 L.A 대표적 음악당에서 이 곡을 직접 들었다며, '환희의 송가' 전문을 번역해 보내주었었지. 소중히 보관한 그의 편지를 꺼내, 레너드 번스타인을 언급한 구절을 찾아 읽어 보았다.

"그새 모은 L.P 판도 많으나 좋아하는 연주회 비디오가 나오면 역시 수집하였는데 그중에 「베토벤 심포니 NO. 9」도 물론 있지요. 이 역시 독일 그라마 폰의 것이고 번스타인의 지휘인데 직접 비디오로 보면 정말 좋아요. 음악에 열중해 있는 지휘자의 얼굴 모습도 클로즈업되어 나오고 기악의 각 부분도 눈앞에서 볼 수 있고, 사중창단의 열중하는 모습도 한 사람씩 보게 되니 참 실감이 나지요."

나는, '맞아요, 맞아요.' 맞장구를 치며 혼잣말을 중얼거렸다.
'소리만 들을 때보다 영상으로 보게 되니 훨씬 좋아요. 1악장부터 귀가 쫑긋해지지만, 역시 4악장이 최고지요. 합창 시작 전에 현악기만으로 아주 조용히, 은은히 들려오는 선율. 그때부터 긴장하며 듣고 있으면, 점점 여러 악기 들어와 소리 커지면서 독창이 나오고, 사중창이 나오고, 마침내 대단원 합창이 나오면서 우렁차게 울려 퍼지는 '환희의 송가'. 라파엘 님이 번역해서 보내준 가사를 떠올리며 듣고 있으니 너무나 좋아요.'

그날 이후, 더욱 목사님 생각이 간절해졌다. 아무래도 안부는 알아야 할 것 같았다. 뜻이 있으면 길은 있는 법. 문득 임선희 엘리사벳 씨가 떠올랐다.

그네는 목사님보다 한 살 아래인 고종 누이로 한때 우리 성당 신자였다. 내가 새천년 《분당골》에 목사님의 글과 그의 어머니 송두리 여사 글을 실었을 때 깜짝 놀라 기뻐했던 사람이다. 느닷없이 외종 오빠의 글, 외숙모님의 글이 실렸으니 얼마나 놀랍고 반가웠겠는가. 그때 편집위원인 나를 만나 인사를 나누었었다. 어린 시절 함께 통영에서 자라면서 목사님이 한 살 위라서 은근히 애인처럼 다정하게 자랐고, 자기가 세례받은 것도 오빠 덕분이라고 했다. 오빠가 고등학교 2학년 때 세례를 받으면서 고1인 자기에게도 권해 함께 영세했다고. 오빠는 당시 성당을 열심히 다녔는데, 고3 때부터 폐결핵 앓고는 언젠가부터 불교에 심취해 있더라고. 출가해 중이 되고 싶다고 해서 외삼촌이 걱정 많이 했다고. 다행히 방황 끝내고 신학대학으로 가더니 마침내는 목회자가 되어서 가족들도 좋아했다고. L.A 한인교회에서 아침엔 성인 예배, 오후엔 교포 2세 청소년들 영어 예배를 드리며 즐겁게 생활한다고 알려준 사람이었다.

나는 묵은 수첩에서 엘리사벳 씨의 전화번호를 찾았다. 아, 다행히 보관되어 있다. 나보다는 연상인데, 건강히 잘 계실까? 이 번호는 아직도 유효할까? 불안한 마음으로 다이얼을 돌렸다. 와, 성공! 그네는 나를 금방 알아차리고 반가이 받아 주었다. 서로의 안부가 오간 뒤, 본격적인 질문에 들어갔다.

"목사님 잘 계시나요? 문득 안부가 궁금해서요."

"아, 오빠! …돌아가셨어요."

"네? 언제요?"

"글쎄요. 3년 다 되는 것 같은데, 정확한 건 기억이 안 나네요."

아, 저런! 그랬었구나. 세상에! 언제였을까? 가슴이 쿵, 낙심하고 있자니 고맙게도 그동안의 일을 들려준다.

"오빠는 애국심이 대단했어요. 미국에서 그렇게 오래 살면서도 끝까지 시민권 안 받고 영주권만 받아서 오락가락하다가 올케가 은퇴하자 마지막은 고국에서 보내고 싶다고, 시민권까지 받은 올케를 졸라 귀국했지요. 아마 10년은 된 것 같아요. 워낙 병치레가 심하니까 공기 좋고 병원 가까운 곳을 찾아 우리 집과도 가까운 분당 서울대 병원 앞 〈서울 시니어 타운〉으로 왔어요. 올케는 오빠와 나이 차가 많으니까, 그곳 회원 중 가장 젊은 여인인데 밥 안 해서 너무 좋다며 잘 적응했어요. 둘이서 가까운 교회에도 다녔지요. 우리 부부와도 자주 만나 외식도 하고 잘 지냈는데, 오빠가 워낙 병약해서 자주 병원 출입을 했어요. 어떤 땐 응급실로도 가고, 중환자실도 갔지요.

올케 말에 의하면 타운에 사니까 돈이 너무 많이 들더래요. 목사님은 아무 수입도 없고 모은 돈도 없어 오로지 미국에서 나오는 자기 연금에 의지하게 되었는데, 너무 부담이 크더래요. 할 수 없이 그곳을 퇴소하고 바로 병원 근처의 조그마한 아파트로 이사했지요. 환자용 침대도 들여놓고 요양사와 함께 간호하며 비용을 절약했어요. 올케는 남편을 아주 존경해서 극진히 수발하며 고생 많이 했지요. 재산을 다 팔아서라도 살리고 싶어 했어요.

가끔 내가 들러보면 오빠는 정신은 말짱해서 내가 어린 시절 고향에서의 일을 들려주면 즐거워했어요. 몸이 점점 안 좋아지면서 서울대 병원 들락날락하다가 마지막에는 병원에서 돌아가셨어요. 그땐 코로나 전이라 나도 마음대로 병원에 갈 수 있어 다행이었지요. 신앙 속에서 맑은 모습으로 운명하셨어요. 평소 이모부를 존경하고 따르던 올케의 여동생 아들들이 상주 노릇을 했지요. 화장해서 교회의 납골당에 모셨어요. 올케가 많이 힘들어했어요. 자기는 정말 남편을 존경했다며 자기에게는 과분한 사람이었다고, 시간이 가도 슬픔을 이기기가 힘들다고 하더라고요. 아이도 없이 둘이서만 의지하고 살았으니 오죽하겠어요? 참 안 됐어요."

"네. 네. 그랬었군요. 어쩐지 궁금해서 전화 드렸더니만…. 근데, 사모님도 저를 아시니까, 저도 조문하는 게 도리 아닐까요?"

"조문요? 글쎄…. 그건 아닌 것 같아요. 오빠가 실비아 씨 이야기 가끔 해서 친구로만 지낸 거 다 알지만, 올케 입장 생각하면 조심스럽지요. 교회에 다니면서 신앙으로 이겨내고 있는데 그냥 두지요. 요즈음은 바빠야 슬픔에서 헤어나올 것 같다며 구역장도 맡았다고 하더라고요. 시간 내기도 힘들 거예요. 내가 묘소에 한번 같이 가자고 하니까 머지않아 천국에서 만날 텐데, 이 코로나 사태 속에 어딜 가냐고 가만 계시라고 하더라고요. 정말 오랜 우정이라 섭섭하시겠지만, 그냥 두는 게 올케를 돕는 것 같아요. 코로나 잠잠해지면 언제 우리 둘이서나 한번 만납시다."

나는 진심으로 사모님을 만나 조문하고 싶었지만, 참았다. 그런데 가을이 깊어지면서 그리움의 물줄기는 더욱 세차게 지상으로 흘렀다. 어떻게 하면 이 물줄기를 다시 땅속으로 스며들게 할 수 있을까…. 11월 위령성월(慰靈聖月)이 오고 있었다. 그분의 정확한 선종 연월일을 알 수 없으니 그냥 위령의 날을 기념할 수밖에. 일찌감치 민지환 라파엘 이름으로 예물을 봉헌하고, 위령의 날인 11월 2일을 맞았다. 어둑한 새벽 성당으로 나가 정성껏 미사를 봉헌했다. 하늘 본향에서 영원한 안식을 누리시라고. 그분을 위한 기도인지. 나를 위한 기도인지.

그분의 정확한 선종(善終) 날짜는 어디서 알아낼까.
왠지 그분의 소천(召天) 날짜가 알고만 싶었다. 지상의 나그네 생활 마치고, 본향인 천국에 드는 날, 하늘의 부르심 받은 날이 더 중요하니까. 하늘나라에서 영원한 생명을 시작하는 날이 더 중요하니까. **

VII.
피안, 그 아름다운 여정

통영, 충무! 충무, 통영!

한국의 나폴리라는 이 고장의 이름을 조용히 불러본다. 가을이 가기 전에 꼭 한 번 오리라 벼르던 곳이다. 마침 성당에서 말씀 봉사를 하는 후배 중 통영을 잘 아는 테레사 씨가 있어 '위드 코로나'가 선포된 11월 중순 2박 3일 여정으로 함께 길을 나섰다. 아침 일찍부터 시외버스로 달려왔더니 오후 2시에 통영 땅을 밟았다.

1960년대 내가 이곳과 인연을 맺을 때는 '충무시'였는데, 언제부턴가 '통영시'로 바뀌었다. 충무공(忠武公) 이순신의 시호(諡號)를 중시할 것인가, 삼도수군 통제영(三道水軍統制營)의 준말 '통영'을 중시할 것인가, 이 고장 사람들이 고민한 흔적이 느껴진다.

시내 거리에는 유난히 은행나무 가로수가 많았다. 분당은 이미 잎이 다 져버렸는데, 이곳은 그야말로 가을의 절정. 황금빛 은행잎이 눈부시다.

〈남망산〉 입구에서 늦은 점심을 먹고 짐을 맡겨둔 채, 후배의 안내를 받으며 〈민영식·민영익 기념관〉을 찾아간다. 구불구불 오르막길이다. 〈동피랑 벽화마을〉이라는 팻말이 나온다. 한국에서 처음으로 벽화를 그린 마을이란다. '피랑'은 높은 벼랑, 즉 동쪽에 있는 높은 벼랑이라는 뜻이란다. 2007년 재개발 계획이 나오자 일괄철거를 반대하고 독특한 골목 문화로 재조명하자는 의견을 모아 벽화사업을 추진했단다. 그림과 함께 그곳 방언으로 몇 줄 글을 덧붙여 놓은 곳. 하나하나 읽어 보며 언덕을 오른다. 그중 하나.
"쌔기 오이소! 동피랑 몬당까지 온다고 욕봤지예! 짜다리 별 볼끼 엄서도 모실 댕기드끼 어정거리다 가이소."
나는 다 알아듣고 미소 짓는다. 광양 말과 크게 다르지 않으므로.

몬당에서 내려다 본 통영 전경은 한 폭의 그림이다. 크고 작은 섬들이 동그랗게, 또는 길다랗게 바다 위에 둥둥 떠 있다. 쪽빛 바다 위에 둥실둥실 초록빛 섬이 아름답다.
가장 높은 몬당의 벽에는 천사의 하얀 날개가 커다랗게 펼쳐져 있다. 포토존이다. 양 날개 가운데 서서 팔을 벌리면 천사의 모습이 된다. 라파엘 천사를 생각하며 사진도 한 장 찍는다. 그곳에서부터는 내리막길. 이번에는 벽에 온갖 연(鳶)이 전시된 길이다. 이곳 연은 충무공 전술 신호로서의 연이라 400년 역사를 자랑하는 세계적 연이란다. 아시안 게임 때도, 올림픽 때도, 월드컵 때도 공식 공예품으로 지정될 만큼. 그렇구나, 고개를 끄덕이며 훑어보고 내리막길을 다 내려오니 한길 건너 다시 오르막길이 펼쳐진다. 바닷가 도시라 그런가. 평지는 거의 없고 오르막 내리막길이 특징이다. 얼마쯤 오르니 드디어 〈민영식·민영익 기념관〉 팻말이 보인다. 아, 반가워라! 통영 여행의 제1 목적지다. 가슴이 조금 더워 온다. 이곳이 바로 충무시 태평동 22번지.

조그마한 마당이 있는 주황색 벽돌집이다. 기와도 주황색이어서 따뜻해 보인다. 두 분이 자라던 생가를 기념관으로 만들었으니 조촐하지만 정답다. 건물 입구로 들어서니 오른쪽 벽에 한옥 기와집 그림을 바탕으로 글씨가 쓰여 있다.

--민영식·민영익 기념관은 민영식의 아들 민지환이 아버지와 삼촌이 성장했던 이 생가를 2011년 9월 통영시에 기부하여 건립되었습니다. 그림 출처; 민영익 작가 소설「Love in Winter」중 김기창 화백 삽화--

민지환 세 글자가 다른 어떤 글자보다 커다랗게 보인다. 내가 먼 길 달려왔다고 목사님께서 마중해 주시는 것만 같아 반갑다. 개관 날짜는 2013년 4월 18일. 아, 그랬었구나. 그럼 귀국하신 다음일까? 방명록이 있으면 뭐라고 쓰지? 생각하며 들어갔지만 그런 건 없다. 통영의 마지막 읍장을 지냈다는 할아버지 민채호 선생이 충무시장으로부터 받은 감사장과 그분 중심 다섯 가족사진이 보인다. 목사님을 길러 주셨다는 조부모, 그리고 맏이인 고모, 아버지, 삼촌 등 3남매의 어린 시절 모습. 민영식 선생의 중학교 입학 기념사진이라고 한다. 먼저 민영식 선생 방에 들어가니 커다란 영정도 걸려 있고 33년 동안 국무위원으로 국가를 위해 활약한 이모저모, 그리고 그의 회고록 『희망과 도전』이란 책도 전시되어 있다.
다른 한쪽은 민영익 작가의 방. 영화로 보았던 「종자 돈」도 소개되어 있고, 직접 사인본을 선물로 받아 사전 찾아가며 읽었던

『Blue in the Seed』도 있다. 무엇보다 그 슬프고 아름다운 소설 「꽃신」이 커다랗고 예쁜 그림과 함께 집중 조명되어 있다. 아, 바로 그 작품. 1990년도 한국문인협회에서 처음으로 마련한 해외 심포지엄. 150여 명 문인과 함께 L.A에 갔었고, 회의장에서 제1회 해외 한국문학상 수상식이 있었지. 그때, 목사님이 수상자인 삼촌을 모시고 나와 전혀 뜻하지 않은 해후(邂逅)가 이루어졌었지…. 얼마나 반갑겠냐며, 둘이서 잠시 드라이브라도 하라고 몇 번을 권하시던 민영익 교수님. 나는 충분하다며 고집을 부렸고, 목사님은 정말 괜찮겠냐며 내일이라도 시간을 만들자고 정색을 하고 말했었지. 지금 같아도 그렇게 고집을 부렸을까? 이국의 정서를 만끽하며 멋지게 드라이브를 즐길 수도 있었는데….

관람을 마친 뒤, 기념관 관장을 만나 인사를 나누고, 혹시 생가 기증자 민지환 목사님에 대해 아느냐고 물어본다. 작년에 새로 부임해서 전혀 모른단다. 시청에서는 잘 알 거라며 담당자의 연락번호를 준다. 고맙다.

뜰로 나와 벤치에 앉아 본다. 건물 바로 앞에 아름드리 잘 자란 고목이 서 있다. 천리향이다. 꽃을 거지반 떨구고 남은 몇 송이가 향기를 뿜는다. 저 나무는 목사님의 어린 시절을 함께했겠지. 다가가서 잎사귀를 만져보고 향기도 맡아본다. 그를 맡는 듯.

그리고 천천히 마당을 거닐어 본다. 뜰 한쪽에 조그마한 연못도 있다. 금붕어가 노닌다. 평화롭다. 어린 그가 뛰어노는 모습이 환상으로 보인다. 조부모님의 지극 정성으로 부모 없는 외로움을 몰랐다고 하지만, 순간순간 부모 고픔이 왜 없었겠는가. 게다가 고등학교 3학년 때 결핵이 발병했다니 얼마나 상심했을까. 그의 외로움이 이입된다. 부모 잃고 외로움에 시달리던 나와 비슷? 아니, 건강을 위해 마산 휴양소로, 공기 좋은 산으로 방황하던 그의 외로움이 더 크지 않았을까? 백운산에서 보던 모습이 선명히 떠오른다. 깡마르고 큰 키. 그윽하고 깊은 눈매. 이 산 저 산을 헤매고 폐 수술을 두 번이나 하면서 가톨릭에서 불교로, 불교에서 다시 개신교로, 자유롭게 넘나들다가 결국은 하버드 대학에서 불교와 기독교의 비교 연구를 하고, 마침내 L.A에서 교포 사목을 하시던 목사님. 그러다가 심장 수술까지 받게 되어 조금 일찍 퇴직한 목사님. 젊은 아내 혼자 두고 일찍 떠날까 봐 염려하셨지만, 여든 넘도록 살다 가셨으니 얼마나 다행인가.

　이런저런 생각을 하며 경내를 나서자, 바로 앞에 작은 공원이 조성되어 있다. 크고 작은 나무들. 가을이 한창이라 단풍이 곱다. 벤치에 앉아 본다. 올림픽 공원 생각이 난다. 그가 내 곁에 앉는 듯. 무성(無聲·茂盛)한 대화가 이어진다.

　어느새 오후 4시가 되고 있었다. 서둘러 제2의 목적지, 그가 즐겨 올랐다는 〈남망산〉으로 발길을 돌렸다. 이곳은 통영 팔경의 하나로 시민들의 휴식공간이라 한다. 입구에 최근에 지었다는 〈통영시문화회관〉이 우뚝 서 있었다. 국제 조각공원도 조성되어 있다. 예부터 많은 예술인을 탄생시킨 곳이라 이 공원을 예술 전시장으로 만들었다고 한다. 초입에 통영 최초의 서양화가 작품도 돌에 새겨져 있고, 더 오르니 유치환 선생의 「깃발」, 초정 김상옥 선생의 「봉선화」 등의 시비가 서 있다. 옛날 즐겨 읊던 시라 잠시 서서 눈길을 주고 걸어 오른다. 산자락 곳곳에 동백나무가 많다. 가을인데 어느새 꽃을 피운 나무도 있다. 곱기도 해라!

정상에 오르니 넓은 평지가 나온다. 이순신 장군 동상이 우뚝 서 있다. 그리고 솔솔 풍기는 향기. 이름 모를 관목에 하얀 꽃이 조랑조랑. 천리향이 따로 없구나. 충무공 동상 앞에 서서 큰절 올리고 평지를 한 바퀴 돌며 이리저리 둘러본다. 이리 보나 저리 보나 바다, 바다, 바다다. 탁 트인 바다가 아니라 여기저기 섬들로 막힌 바다…. 섬, 섬, 섬 너머 섬, 섬 너머 섬. 섬 너머 섬. 저 너머 너머에도 섬, 섬, 섬…. 그 섬이 무려 500개가 넘는다니 말해 무엇하랴. 나무 숲 퍼렇게 우거진 섬들 사이로 갖가지 모양의 호수 같은 쪽빛 바다. 섬, 섬, 섬. 섬들의 전시장도 같고 바다, 바다. 바다의 전시장도 같다.

내려오는 길, 단풍이 절정에 달해 더욱 운치가 있다. 계절 따라 아름다웠을 이 길. 목사님은 아침마다 여기 올라 일출을 보는 것으로 일과를 시작했다지. 나는 일출 대신에 일몰을 본다. 산책길을 내려오며 왼쪽 바다를 보니 완전히 낙조다. 벌겋게 물든 놀. 하늘에 불이 났다. 어디서나 해지는 모습은 장관이다. 멀리 뜬 섬 뒤로 조금씩, 조금씩, 태양이 숨어들기에 발을 떼지 못하고 서서 구경하는데, 순식간에 섬 등성이로 사라진다. 목사님의 글 「불타는 황혼」에서 본 장관을 남망산 내리막길에서 구경하게 될 줄이야! 머릿속에 그의 글이 선연히 떠오른다.

불타는 황혼

내가 젊었을 때는 새벽에 일찍 일어나서 산에 올라가 해 돋는 것을 바라보았다. 해 돋는 것이라고 해도 수평선이나 지평선 위로 아침 해 돋는 것을 바라본 것이 아니고 내 고향 통영항구 왼편에 있는 남망산에 올라 남쪽으로는 우뚝 솟은 산양면 미륵산을 바라보고 동쪽으로는 거제도와 한산도를 바라보게 되는데 왼편 거제도의 산이 높아, 해가 산 위로 솟으면 이미 태양은 대지를 솟아난 지 한참이나 지나 그 빛은 이미 붉은 기운은 사라지고 해맑은 흰빛이 눈이 부시어 바로 바라볼 수가 없었다. 그것도 요행히 날씨가 우연히 맑은 아침이어야 해 돋는 것을 볼 수 있지 평소에는 바닷가 기후가 구름이 많아서 동편 산 넘어 구름 너머 솟아오르는 희미한 해를 바라보곤 하였다. 이처럼 나는 습관적으로 늘 아침 해 돋는 시간 전에 남망산으로 올라 아침 산책을 하는 것으로 하루를 시작했다.

내 나이 스물다섯에 건강이 좋지 않아서 구산 스님 인도로 전남 광양에 있는 백운산 정상 밑에 세워진 상백운암(上白雲庵)으로 가서, 만 일 년 동안 정신적 수양을 하는 동안 나는 하루도 빠지지 않고 해 돋는 시간에 동쪽 언덕에 올라 멀리 까마득한 동쪽에 있는 산 너머로 솟는 아침 해를 바라보았다.

계절에 따라 해 돋는 위치가 아래위로 달라지는 것을 하루하루 느낄 수가 있었다. 역시 수평선은 아니어도 때로는 찬란하게 새빨

간 해가 멀리 산 위로 솟는 것을 바라보고 나는 한참이나 심호흡을 하며 자못 호연지기를 만끽하였다.

그 후로는 중년이 넘도록 나의 신앙생활상 새벽에 일찍 일어나 교회에 가서 새벽기도를 드리는 것이 습관이 되어, 아침 해돋이를 못 보다가, 불혹을 넘긴 나이에 미국에 와서 살게 된 후 어느덧 내 한평생도 황혼에 접어들면서 거의 매일 오후에는 바닷가에 가서 태평양 너머로 해가 떨어지는 황혼을 바라보는 것이 나의 일과가 되었다.

나는 지금 로스앤젤레스의 오렌지카운티에 있는 어바인(Irvine)이라는 동네에 살고 있다. 오후만 되면 일망무제의 태평양이 대형 창문 너머로 보이는 뉴포트의 시립도서관에 가서 책을 보다가 해질 무렵이 되면 뉴포트 바닷가로 나가 끝없이 펼쳐진 하늘과 바다를 바라보며 내 심신의 건강을 위해 바닷가 모래 위를 걷는다.

캘리포니아 태평양 연안은 백사장이 끝없이 뻗쳐 있다. 싼 티아고의 실버스탠드 비치로부터 좌편으로 태평양을 따라 북상을 하면 칼스바드 비치, 라구나 비치, 뉴포트 비치, 롱비치, 레돈도 비치, 말리브 비치를 위시해서 수도 없는 비치, 곧 백사장이 샌프란시스코까지 구절양장으로 굽이쳐 올라가는 퍼시픽코스트 하이웨이 곧 1번 도로를 따라 뻗쳐 있는데 이 경치는 도무지 말로 다 할 수 없다. 봄철 오월 중순에 이 1번 도로를 따라 캘리포니아 해안을 북상하면 왼편은 곶을 따라 기암괴석이 병풍을 치고 있고 만을 따라 눈부신 하얀 백사장을 끌고 가는 하늘과 바다가 맞닿은 태평양이요 오른편은 나무가 하나도 없는 거대한 파도처럼 이어지는 산언덕이 온통 눈부신 분홍빛 모스 핑크로 뒤덮여 있는데 마치 끝없이 굽이쳐 펼쳐진 캔버스 위로 분홍빛 일색으로 물감을 칠해 놓은 것 같다.

미국의 백사장은 한여름 어디를 가도 사람들이 그리 많지 않다. 그것은 대서양 연안, 태평양 연안이 끝없이 길어 곳곳에 백사장이 많고 한없이 넓기 때문이다. 한국의 한여름, 이른바 바캉스 철에 동해안 강릉, 양양 해수욕장이나 서해의 대천이나 남해의 해운대, 송도 해수욕장처럼 발 디딜 틈 없이 사람들로 북적대는 그런 해수욕장하고는 전혀 풍경이 다르다. 그래도 나는 한여름은 피하고, 봄가을, 겨울의 바닷가를 좋아한다. 그래야 바닷가를 걸어갈 때 내 상념은 갈매기처럼 아무 거침없이 훨훨 날아다닐 수 있기 때문이다. 때로 내 상상은 바다 위의 하늘을 날다가 문득 곤(鯤)이 되기도 하고 돌연 붕(鵬)으로 변하기도 하여 단번에 삼천 리를 날아 북명(北冥)으로 날기도 하고 때로는 끝없는 하늘 속으로 구만 리를 날기도 한다.

갈매기가 끝없는 바다와 한없이 높은 하늘 속을 자유로이 날 듯이 내 상념도 내 마음속 하늘 위로 거침없이 훨훨 날아다닐 수 있다.

참으로 나는 바다를 좋아한다. 내 고향이 바닷가여서 그런가 보다. 나는 통영에서 태어나 통영에서 자랐다. 통영은 조그마한 포구로 앞은 미륵도가 가로막았고 뒤는 여황산이 〈세병관〉을 안고 솟아있고 동남으로는 한산도가 점점이 앞을 가리고 동쪽으로는 견

내량을 넘어 거제도가 둘러 있다. 서쪽으로는 육지와 미륵도 사이로 해저 터널과 다리가 놓여 있는데 그 좁은 사이로 한려수도가 첩첩이 둘러친 섬 사이로 빠져나가고 있어서 눈에 보이는 바다는 손바닥만 하다.

조그마한 항구를 중심으로 왼편 남망산 너머는 동쪽 호수 동호(東湖)라 하고, 오른편 매축한 항남동 오른편은 서쪽 호수 서호(西湖)라 한다. 일 년 내 거친 풍랑 한번 없는 조그마한 항구는 바다가 항상 잔잔한 호수 같기 때문이다. 어렸을 때, 여름이면 나는 삼촌이나 친구들과 함께 장자 섬 앞이나 발갯등에 가서 해수욕을 했는데 요새는 장자 섬에다 아파트를 지어 놓았고, 발갯등은 매축으로 지금은 시내가 되어 버려 내가 어렸을 때 해수욕하던 바다는 온 데 간 데가 없다.

나는 고향을 떠나 살 때도 바다를 못 보면 마음이 늘 허전하였다. 내가 30대 초반 혼자서 전국을 주유(周遊)하는 동안 처음으로 경포대에서 일망무제의 태평양 바다를 보았을 때 그 감격을 지금도 잊지 못한다. 그때까지 나는 설악산 대청봉에서 북으로 아스라이 멀리 보이는 금강산의 내금강 외금강도 바라보았고 지리산 한라산 정상에도 올라 천하를 부감(俯瞰)하였고 가을 한창 단풍철에 오대산 정상에도 올라 천지가 온통 단풍으로 불타는 장관도 보았으나 하늘과 바다가 맞닿아 그 가운데 아무것도 보이지 않고 파도의 숨결 소리만 들리는 수평선을 바라보는 것은 처음이라 나는 정말이지 숨이 막힐 지경이었다.

이런 바다 경치를 6년 동안 보스턴에 살면서 틈만 나면 혼자 또는 아내와 구경할 수 있었다. 6번 도로를 더 내려가 케이프코드 끝까지 가서 사방으로 트인 대서양 바다를 바라보거나 황혼에 북쪽으로 1번 A 도로를 따라 한 시간쯤 올라가 스웜프스코트 바닷가에 가서 방죽 도로를 걷곤 하였다.

바다 물빛이 아름답기로는 하와이의 와이키키 해변을 잊지 못한다. 그곳은 미국 본토의 해변에 비하면 규모가 너무 작아 실망하기 쉬우나 날씨 좋은 날, 폴리네시안 키를 잡은 특유한 모양의 돛단배를 타고 바다 한가운데로 나가면 바닷물이 하도 맑아 해초가 너울거리는 바다 밑이 보이고 그 물빛은 쪽빛이다.

또 내가 잊지 못할 바다는 브라질의 리우데자네이루에 있는 코파카바나 해변이다. 호텔과 아파트의 숲을 배경으로 해변을 따라 포장도로가 달리고 그 길을 따라 야자수가 줄지어 서 있는 해변은 참으로 장관이다. 그곳 모래는 제주도 삼양 해수욕장의 모래처럼 가무잡잡하고 가늘어 모래 속으로 발이 푹푹 빠진다. 이곳은 바다와 산과 해변이 한 폭의 그림처럼 조화되어 두 팔을 일직선으로 벌리고 서 있는 예수의 동상이 있는 코르도바의 언덕으로 전철을 타고 올라가 리우데자네이루 항구를 내려다보는 경치가 그 절정이다.

요즘은 멀리 가서 바다를 볼 것 없이 거의 매일 뉴포트 비치에 나가 바다 구경을 즐긴다.

바다의 모습은 날씨에 따라 달라진다. 바람 불고 비 오는 날은 바닷가에 갈 것이 못 된다. 하늘과 바다가 보이는 것이 모두 으스스하고 파도치는 소리, 갈매기 우는 소리도 모두 을씨년스럽다. 구름 낀 날 무심코 바닷가에 나갔다가 바다에 검은 구름이 짙게 깔리고 파도가 높아 그 소리가 거칠어지면 나는 즉시 집으로 돌아온다. 바다가 무서워지기 때문이다.

비교적 맑은 날씨가 많은 이곳도 찬란한 황혼을 그리 쉽게 볼 수 있는 것은 아니다. 참으로 찬란한 황혼을 보려면 서쪽 하늘에 짙고 옅은 구름이 듬성듬성 적당히 배열되어 있지 않으면 안 된다. 해가 막 바다로 떨어지기 직전에 서쪽 검은 구름 사이로 황금 햇살이 빗살처럼 하늘로부터 쏟아져 내리고 그 햇살을 받은 바닷가 역시 황금빛으로 눈이 부시도록 번쩍여야 한다.

이때 동쪽으로 고개를 돌리면 멀리 동쪽 언덕 위에 있는 집들의 창문들이 작열하는 황혼의 햇살을 받아 이곳저곳 보석처럼 번쩍이고 그 언덕 너머에 있는 하늘의 옅은 구름은 분홍색과 연두색으로 은은히 빛을 발하고 있다. 다시 서쪽으로 서서히 눈을 돌리면 수평선 위 서쪽 바다 위의 구름은 온통 황금색과 붉은색으로 불타고 있다. 이 순간을 무슨 말로 표현하랴. 나는 잠시 넋을 잃는다. 이때 돌연히 천둥처럼 해변을 몰아치는 파도 소리에 정신이 드는 순간 찬란한 황혼을 배경으로 몇 마리 갈매기가 날아가는 것이 보이면 나는 다시 한번 정신을 잃는다. 이 현란한 황혼의 절정은 십여 분에 불과하다. 이 순간이 지나면 하늘도 바다도 구름도 점점 어둠 속으로 숨어버린다.

　나는 이 불타는 황혼을 가슴속에 간직하고 매일 오후 집으로 돌아온다. **

제5회《해외문학》신인상 수필부 당선작
2002년《해외문학》6집에 실린 글

　이튿날은 후배의 권유로 통영 시티투어를 이용하기로 했다. 그곳 박정욱 사장이 워낙 베테랑이니 도움받자고 한다. 아침 일찍 부두로 나가 페리호를 타고 한산도로 건너갔다. 단풍이 정말 곱다. 〈제승당〉에 들러 박 사장의 수준 높은 해설로 이순신 장군의 애국심에 젖어보고, 다시 섬을 나와 〈세병관〉에 들러 역사 공부도 하고, 통영 국제음악당을 비롯해 청마 문학관, 전혁림 미술관 등 한 바퀴 돌면서 과연 통영은 문화 예술의 도시임에 탄복했다.

　박 사장은 이순신 연구자로 관광객에게 해설도 하지만, 여러 기업체의 초청으로 이순신 장군 정신을 강의하고 다닌다는데 통영 시민으로서 자부심이 대단했다.

　그런데 대화 도중, 깜짝 놀랄 얘기를 들었다.

　"통영은 정말 예술가가 많이 나왔어요. 그런데 요즈음은 그렇지가 못해요. 그래서 문화·예술을 사랑하는 몇 사람이 모여《통영예술의 향기》라는 모임을 만들었어요. 우리 아름다운 도시 통영에 옛날처럼 문화·예술을 증진해 보자는 거지요. 저도 그 회원 중의 하납니다. 그동안 지역 주민과 합심하여 여러 문화사업을 펼쳐 왔어요. 김춘수 문학관 건립, 민영식·민영익 기념관 건립, 통영 문학상 등 많은 예술 사업의 기초를 다져왔지요."

그 말을 듣는 순간 나는 너무나 반가워 얼른 끼어들었다.

"네? 그럼 혹시, 민영식·민영익 생가를 기증한 민지환 목사님을 아시나요?"

"네. 네. 알지요. 예술의 향기 회원들이 앞장서서 두 분 유족을 찾고, 매년 선산에 가서 추모제도 지내고, 민영익 선생 작품도 출간했지요. 그러자 시에서도 협조하면서 기념관 건립 사업을 추진하는데, 미국 계시던 목사님이 소식을 듣고 생가를 기증해 지금의 기념관이 탄생한 것이지요. 나보다는 지금 회장이 더 잘 알지요."

어머나, 세상에, 이럴 수가! 자기네 고장 문화 진흥을 위하여 이름도 예쁘게 《통영예술의 향기》라는 민간단체가 결성되었다는 것도 놀랍고, 그 회장이 목사님을 잘 알고 있다는 것도 놀랍다. 이런 게 여행의 묘미가 아닌가. 나는 운 좋게도 예술의 향기 박우권 회장의 연락번호를 얻었고, 저녁 한가한 시간에 전화를 걸어 참으로 귀중한 정보를 얻게 되었다.

간단히 내 소개를 하고, 정말 좋은 일 하신다며 감사 인사를 드리자 그는 말한다.

"2011년 민영익 16주기 추모기념으로 한·영 판 『꽃신』을 출간할 때, 수소문해서 유족을 찾았어요. 그분은 우리가 하는 기념사업에 기꺼이 협조했지요. 그분 소유의 생가를 선선히 기증했기에 통영시에서도 두 분 기념관을 세운 것이지요. 시에서는 물론 우리 통영시민들도 그분에게 감사하고 있어요. 그 뒤에도 2015년 통영시 주관 아래 국내에 발표된 민영익 작품 총망라한 『민영익 전집』을 묶었어요. 목사님이 아주 기뻐하셨지요"

"네. 네. 그런데, 혹시 목사님 자신이 책을 내신 것은 없나요. 저술 작업에 몰두하셨는데."

"그건 없는 것 같은데요. 나왔으면 저희에게도 보내주셨을 텐데."

"그럼 그분 돌아가신 날짜는 아시나요?"

"그럼요. 우리가 조화도 보냈고, 사모님으로부터 고맙다는 답신 문자도 받았지요. 이메일 주소 주시면 그분에 관계된 자료 다 보내드리겠습니다. 집 주소도 주세요. 우리가 발간한 전집이랑 다 보내드릴게요. 비매품이거든요."

"아, 네. 감사합니다. 하나만 더 물을게요. 60년대 국제신문사 기자를 지냈던 설치윤 선생을 아시나요?"

"아, 네 알지요. 우리 통영 예술계에 이름을 남긴 분입니다. 음악에 조예가 깊으셨고, 수필도 여러 편 남아 있지요. 몇 년 전 돌아가셨습니다."

"아아, 네. 감사합니다. 목사님과 저를 연결해 주신 분이라서요. 정말, 여러 가지 감사합니다."

나는 횡재를 만난 것 같았다. 세상에! 궁금했던 것들을 이렇게 한꺼번에 알게 될 줄이야. 바로 메일 주소와 집 주소를 찍어 보내고 두 분의 영원한 안식을 위해 정성껏 묵주기도를 드렸다. 하느님 감사합니다. 뜻이 있는 곳에 길은 있군요. 그날 밤, 평소와는 달리 단잠을 잤다.

드디어 통영에서의 마지막 날, 나는 최종 목적지인 〈미래사〉, 그 옛날 그가 머물렀던 절을 찾아 나섰다.

택시를 타고 오르는데도 한참을 들어간다. 구불구불, 올라올라. 높이도 높이지만 상당히 깊숙이 들어간다. 그 옛날 우리의 편지는 태평동 자택과 이곳 미래사 주소로 왔다 갔다 했었지. 울울창창 편백 나무숲이다. 라파엘은 그때 건강도 안 좋았는데 이 깊고 높은 산을 어찌 올랐을까. 얼마나 팍팍하고 숨이 가빴을까. 또 우체부 아저씨도 우리 편지를 전달하느라 얼마나 힘드셨을까. 대웅전을 비롯해 경내를 둘러본다. 커다란 돌확에 물이 찰랑찰랑 넘치고 있다. 좀 서늘했지만, 둥둥 떠 있는 조롱박으로 한 모금 떠 마신다. 라파엘도 이 물을 마셨을 거야.

경내를 나와, 이곳 주지 스님들의 사리를 안치한 부도(浮屠) 자리를 찾아간다. 그가 존경하던 효봉(曉峰) 스님과 구산(九山) 스님 탑 앞에서 큰절도 올린다. 특히 구산 스님은 그를 내 고향 광양 백운산의 상 백운암으로 인도한 분이 아니던가.

그 길에서 나와 편백 나무숲 오르막으로 들어선다. 한 줄기 바람이 인다. 향기가 난다. 그를 맡는다. 굽이굽이 얼마쯤 오르니 미륵불이 보인다. 서둘러 발걸음을 재촉해 바로 앞에 섰다. 미륵불은 바다를 내려다보고 높이 서 계시다. 염화시중의 미소에 자비가 뚝뚝 떨어지는 모습. 넙죽 큰절을 올린다. 남미 여행 때 본 리우데자네이루 코르도바의 예수님상이 연상된다. 라파엘도 이곳을 즐겨 찾았겠지. 미래사에 머물 땐 불교 신앙에 심취했을 때였으니까.

이렇게 나의 통영 여행 목적지 세 곳을 다 들르고 왔다. 그곳에서 목사님 선대 가족을 다 만났고, 목사님의 발자취를 찾아볼 수 있어 기뻤다. 나이 들어 여행이 힘들긴 했지만 무언가 숙제를 마쳤다는 안도감에 내 영혼은 충만해졌다. 나를 안내해준 교우에게 감사, 또 감사!

나는 집에 오자마자 메일 창을 열었다. 박 회장의 메일이 떴다. 그렇게도 알고 싶었던 소천(召天) 날짜뿐만 아니라 발인 장소, 조화를 보내고 받은 사모님의 감사문자와 연락처, 등이 다 기록된 자료가 첨부되어 있었다. 감사, 감사! 실은 사모님 연락처도 알고 싶었는데, 이럴 수가! 심지어 민영익 선생님에 관해 쓴 목사님의 글까지 다 있었다. 그 글부터 읽어 보았다.

...

내가 알고 있는 삼촌

내 삼촌 민영익은 나와 나이가 17년 차로 내가 어렸을 때부터 조부모님 밑에서 자랐기 때문에 그는 나의 큰 형님과도 같았다. 그도 나도 '태평동 22번지'에서 태어나서 자랐다.

그의 나이 25세 때인 해방과 동시에 그는 미군 통역관으로 일했고 부산대학에서 영어를 가르치다가 그의 나이 28세인 1948년도에 미국으로 유학을 갔다.

그의 청년기와 장년기는 서로 떠나 있었으나 그가 한국에 있을 때는 수시로 만났고 그 후 그가 미국으로 들어가서 대학에서 영어를 가르칠 때, 내가 미국 보스턴에 유학 가 있는 동안은 종종 그가 살았던 피츠버그를 방문하여 그를 만나 보았고, 그 후 내가 L.A에 사는 동안은 삼촌이 나에게 오셔서 함께 며칠을 지내기도 했다.

내가 어렸을 때의 삼촌에 대한 인상은 언제나 책을 가지고 다니며 읽는 모습이었다. 동경유학 시절 한국 초기의 문학 잡지《개벽》등 문학 잡지가 집에 많았던 것을 보면 문학에 관한 관심이 컸던 것으로 보이며 해방되던 해 통영에 살던 어느 일본학자로부터 그의 방에 있던 장서를 넘겨받아 수많은 책으로 우리 집이 작은 도서관이 되었는데 일어책도 많았으나 주로 영어책이었고 그는 항상 영어책을 주로 읽었던 것을 기억하고 있다.

나의 삼촌은 항상 책만 읽고 문학을 꿈꾸는 사람으로 비현실적이고 비사교적인 사람이었다.

나의 조부님, 곧 그의 아버지(민채호, 마지막 통영 읍장)는 그의 장래를 걱정하여 삼촌이 나이가 차자 문학가는 밥을 굶기 쉬우니, 부잣집 며느리를 얻어 밥이나 먹게 하는 것이 최선일 것이라는 생각으로 거제도 옥포의 큰 어장 집 딸에게 장가를 가게 하자, 삼촌은 무조건 반대를 하였는데 이유는 단 한 가지, 부잣집이 싫었다는 것이다.

나는 내가 장성한 후 직접 삼촌에게서 들었다. 그의 결혼에 관한 꿈은 초가삼간에 살면서 아내와 함께 시를 읽는 생활이었다고 하였다. 이때 삼촌과 나의 조부님 사이에는 결혼 문제로 큰 분쟁이 있었는데 결국 삼촌이 이 일로 집을 나가게 되었다.

그 후 삼촌 이야기를 들으니 그때 2차대전 말기여서 할머니가 준비해준 쌀을 조금 가지고 다녔는데(그때는 쌀이 참으로 귀한 때였다.) 어느 절에 가서 쌀을 조금씩 주고 밥을 얻어먹었는데, 중이 그 쌀을 훔쳐가는 것을 보고 할 수 없이 집으로 돌아와 아버지께 항복하고 결혼하였다고 하였다.

그의 나이 23세 때였다. 삼촌은 당시 2차대전 중이어서 어느 때고 징병으로 끌려갈지도 모르니 자포자기하고 결혼하였다고 나에게 고백하였다.

나의 삼촌은 보통 사람이 이해하기 어려운, 확실히 좀 괴짜였다. 통역관 시절 미군 장교가 어디서 생긴 것인지 큰 수탉 한 마리를 주며 가지라고 하자 필요 없다고 했단다. 장교가 필요 없으면 다른 사람 주면 될 것 아니냐고 하자, 할 수 없이 닭을 들고 길에 나가서 길 가는 사람 보고 이 수탉을 가져가라고 했단다. 모두 미친 사람인 줄 알고 피하였는데 마침 지나가는 지게꾼을 만나 이것이 병든 닭이 아니니 가지고 가서 잡아먹으라고 하자 받아 가더라고 하였다.

이 시절 그의 처가인 옥포에 불이 나서 많은 이재민이 생겼는데 미군 당국에 이 사실을 보고하고 원조를 요청하자 미군 담요와 미군 식료품인 레이션 등 많은 미군 물품을 삼촌에게 가져가라고 주었는데 그 물품 중 단 한 가지도 집에 가져온 것이 없었다.

그의 일생은 별로 가진 것도 없었고 교수 월급에 얼마간 출판된 책에서 나온 인세로 비교적 청빈하게 살았다.

그의 책은 미국과 세계 여러 나라의 문학계에 인정을 받아 출판되었으나 어느 것 하나도 베스터셀러가 된 것은 없었다. 또 그는 베스트셀러의 작품을 혐오하였고 결국 베스트셀러의 작품을 쓸 수도 없었고 또 쓸 생각도 안 했다.

그가 고려대학에 재직 중 이화여대에도 강사로 나갔는데 그의 큰딸이 이화여대 입학시험에 떨어지고 말았다. 이화여대는 교수 자녀는 입학에 특전을 주는 경우가 있었다고 한다.
뒤에 이 사실을 안 이화 대학 총장이 삼촌을 불러 자기 딸이 응시했으면 발표 전에 왜 좀 미리 알려주지 않았느냐고 하자, 도리어 화를 내며 이 학교는 시험에 떨어진 학생도 교수 딸이면 붙여주는 학교냐고 오히려 총장에게 호통을 치고 나왔다고 하였다.

또 자기 과목을 택한 이화여대 학생이 학기 말 페이퍼를 기한 내에 제출하지 못하고 며칠 뒤에 집으로 가져오자 학생이 보는 앞에서 그 페이퍼를 찢어버리며 학교에서 내야지 왜 집으로 가져왔느냐고 야단을 쳐 보냈다고 하였다.
그가 부산대학에서 가르칠 때는 어느 학생이 시험을 잘못 치르고 케이크를 사들고 집으로 왔는데 마침 그가 부재중이어서 케이크와 학생 이름을 남겨 놓았는데 뒤에 이 사실을 알고는 그 학생의 시험지를 찾아 다시 검토해 보고는 오히려 점수를 더 깎아버렸다고 하였다. 그의 성정이 항상 이랬다.

그는 남에게 별로 관심이 없었고 자신의 외모에도 별로 관심이 없었다. 그는 평소에 입는 옷도 남에게 오해를 살 만하였다.

그가 피츠버그 듀케인 대학에서 가르칠 때, 한번은 구내 경찰이 웬 거지 같은 사람이 학교 안에서 서성거리는 것을 보고는 그를 구내 파출소로 끌고 가서 '무엇을 하는 사람이냐'고 묻자 '내가 이 대학 교수다.'라고 하니 어이가 없었던지 이름을 묻고 즉시 교무실에 전화로 확인을 하고는 고개를 흔들며 보내주더라고 하였다. 그다음 주일 대학신문에 삼촌 기사가 특집으로 나고 그 허름한 모습이 신문 표지에 실리고 난 뒤, 교내에서 그 경찰을 만났더니 삼촌을 향해 깍듯이 경례를 부치더라고 하였다.

그는 술도 담배도 안 했고, 신문도 티브이도 안 보았다. 그는 한 평생 미국에 살면서 운전면허증도 없었고 자동차도 없이 언제나 버스만 타고 다녔다. 그는 크레딧 카드 하나도 없었고 시계도 없이 살았다. 내가 '시계가 없이 생활에 불편하시지 않으냐?'고 묻자 '모든 사람이 다 시계를 가지고 다니는데 시간을 물으면 되지 무엇하러 시계를 가질 필요가 있느냐'고 하였다.

그는 가족에 대해서도 거의 무관심한 편이었고 세상일에 대해서도 별로 관심이 없었다.

그의 말년은 쓸쓸하였다. 별세하기 5년 전 협심증과 신경증으로 고생하였고 가까운 가족과도 멀어지고 은퇴한 후 고려대학 초청으로 와서 객원교수로 지내는 중에 병이 나서 1995년 4월 11일 고려대학 병원에서 별세하였다. 그의 나이 75세였다.**

⋯

 아, 그렇구나. 교수님이 정말 독특한 분이셨구나. 아주 강직한 분이셨구나. 그런 분이 어쩜 그리 한국적 정서를 부드럽고 아름답게 그렸을까? 그건 그렇고, 교수님도 '부잣집'이라는 게 싫어서 아버지 말씀을 거부했다고? 하하. 재밌다. 나도 '부잣집'이라는 말이 싫어서 전남여고 교장 선생님의 중매를 거절하지 않았던가. 그분의 삶과 목사님의 글솜씨에 정감을 느끼며 한참을 앉아 있었다.

 그리고⋯. 마침내 천천히 책상 서랍을 열었다. 어쩌다 생각이 나도 꺼내지 않고 서랍 깊숙이 감춰 두었던 마지막 편지. 처음 받았을 때 조금 당황스럽긴 했지만, 차츰 수긍이 가서 '네. 네. 맞아요. 맞습니다. 그게 옳아요.', 하면서 오히려 그분께 감사를 드렸던 편지. 그분과의 영교를 그대로 간직하고파 한 번도 꺼내지 않고 아껴 두었던 마지막 편지. 그 편지를 꺼내 천천히 읽어 본다.

 ✉ Sylvia,
또 한 해가 시작되었군요.
 분당 요한 성당 노인대학 교수 일, 소나기 마을 촌장 일 등 즐겁게 하고 있다니 정말 다행입니다. 퇴직 후에는 어떤 일보다 봉사 활동이 가장 보람 있는 일이지요. 게다가 실비아는 『영원한 달빛 신사임당』 같은 훌륭한 소설을 펴내 여기저기 초청 강의 다니면서 노년을 풍요롭게 살고 있으니 자랑스럽습니다.
 특히 실비아는 고희가 넘었는데도 건강이 따라주는 것 같아 부럽습니다. 『하늘을 꿈꾸며』에 나오는 수필에 보니까 지하철 이용할 때, 에스컬레이터를 두고도 일부러 운동 삼아 계단을 걸어 오른다는 내용이 있더군요. 나는 조금만 걸어도 숨이 차서 도저히 불가능한 일이지요.

요즈음 점점 건강에 자신이 없어집니다. 그러다 보니 저술 작업에도 진전이 없어 아쉽습니다. 글을 쓴다는 것은 보통 노동이 아니군요. 남이 써 놓은 글을 읽을 때는 편안하고 즐거운데, 쓰는 사람의 입장이 되고 보니 노동이라는 생각이 자꾸 듭니다. 정신력과 체력이 버텨 주어야만 가능하니까요. 그런 면에서 작가들이 위대해 보입니다.

실비아,

오늘은 새로운 소식을 전하겠습니다. 요즈음 우리는 영구 귀국을 준비하고 있습니다. 아무래도 노후는 조국에서 보내는 게 좋을 것 같아서요. 집사람도 퇴직해서 동의했고요. 주변 환경 좋고, 병원 가까운 곳으로 실버타운을 알아보다가 분당 서울대 병원 앞 〈서울 시니어 타운〉으로 결정했습니다. 내 고종 누이 엘리자벳이 그곳 가까이 있지요. 실비아가 사는 서현동과도 그리 멀지 않더군요. 그래서 생각한 것을 말씀드립니다.

이제 우리의 편지는 이쯤에서 그치기로 합시다. 집사람이 우리의 관계를 다 알고 이해한다고는 하지만 아무래도 신경이 쓰였지요. 미국과 한국 간에 오고 가는 편지는 그래도 괜찮지만, 한국에서 바로 가까이에 두고 실비아와 편지를 나눈다는 건 좀 그렇지 않습니까?

실비아는 내 젊은 날, 방황하는 나를 위로해주고 세상 밖의 기쁨을 알려주었을 뿐 아니라 새로운 길로 나아갈 희망을 준 은인이었지요. 팍팍한 인생길, 쓸쓸히 걷고 있을 때, 문득 눈앞에 나타난 한 송이 향기로운 바이올렛, 한 알의 반짝이는 진주였지요. 나는 그걸 주워서 고이 간직하고 이따금 꺼내보며 아늑한 행복을 누렸고요. 어차피 인생은 한바탕 꿈인데, 기왕이면 아름다운 꿈을 꾸며 살고 싶었습니다.

우리는 백운산에서 만나, 하늘을 나는 흰 구름처럼 영적인 사귐을 약속한 사이. 그 약속을 깨고 절묘하게 만났습니다. 정말이지 우리 관계를 생각하면 그저 신기할 뿐입니다. 그 옛날 내가 편지에 썼던 구절을 기억하시는지요. 어느 가을, 산사에서의 만남은 상 백운암의 석간수처럼 솟았다가 바위틈 속으로 숨은 후, 5년 후, 10년 후, 다시 지상으로 나타나곤 한다는. 이상하게도 이 물은 땅속으로 스미어 없어지지 않고 모르는 사이에도 도도히 흐르다가 마침내 바다에서 만날 것 같다는.

실비아,
우리가 10년 주기로 한 번씩 만나다가 새천년 들어서는 두 번이나 만났으니 반세기 동안 네 번을 만났군요. 대신 이메일로 사소한 일상도 주고받았고, 우편으로도 많은 이야기를 주고받으며 50년 우정을 가꾸어 왔으니, 참으로 진귀한 인연이지요.

게다가 더 감사할 것이 있습니다. 이역만리에서 외로운 노후를 보내시던 우리 어머니, 그분의 글을 《분당골》에 실어 큰 기쁨을 드렸던 일도 정말 잊을 수 없습니다. 몇 년 전 하늘나라로 가셨지만, 그때 기뻐하시던 모습 아직도 생생합니다. 이런 만남을 허락하신 주님께 감사합시다.

실비아,
우리가 어느새 70을 훌쩍 넘겼지요? 앞으로 얼마나 더 이 세상에 살아있을 수 있을까요.
신학자 칼 바르트는 '메멘토 모리(죽음을 기억하라)'를 이야기할 때, '메멘토 도미니(하느님을 기억하라)'를 강조하고 있습니다. 우리가 진정으로 하느님을 알고, 우리는 하느님의 피조물이라는 것과 우리의 삶은 유한하다는 것을 알고 있으면 언제든 죽는다는 것을 기억하게 되겠지요. 칼 바르트는 말합니다. 인간은 자신이 더는 존재하지 않게 될 그 지점에서 주님이 자신을 기다려 주심을 알기에 죽음에 대해서 두려워할 필요가 없다고.
또 성 토마스 아퀴나스의 『신학대전』에 보면 인간의 참된 행복과 목적에 관한 이야기가 나옵니다. 인간에게는 궁극적인 목적지가 있는데, 이 목적지는 <하느님>이라는 것이지요. 그 목적지에 도달하는 방법은 하느님을 올바르게 인식하고 사랑함으로써 가능하다고 설명합니다. 이어서 하느님과 일치하는 것이 '참행복'이라는 것이지요. 결국, 우리는 하느님에게서 나와 하느님께로 돌아가는 여정을 거닐고 있는 순례자이지요.
지금처럼 한결같은 마음으로 신앙생활 잘 하시기 바랍니다.

내 건강이 안 좋아 얼마나 더 살지는 모르겠습니다만, 한국에 가면 집사람과 많은 시간을 함께하게 될 것입니다. 그러니 이쯤에서 우리 영교를 쉬고, 기도 중에 만나기로 합시다.

언젠가 하느님 나라에 가면 자유롭게 만날 테니, 그때 못다 한 대화를 더 나누지요.

아무쪼록 몸과 마음 건강해서 더 나이 들기 전, 따뜻하고 향기로운 글 많이 써내기 바랍니다.

2012년 2월 4일 Raphael

처음 그 편지를 받아 읽는 순간, 나는 멍하니 한참을 앉아 있었다. 나도 그때 종심(從心)의 나이를 넘기고 한참 귀향 준비를 하고 있을 때라 더욱 그랬던 것 같다. 하지만 영교를 쉬자는 말에는 좀 당황스럽기도 하고 허탈하기도 했었다. 그러나 곧 그분께 진심으로 감사를 드렸다. 그렇다. 가까운 거리에 두고 편지를 나눈다는 것도 이상한 일이다. 사실은 나도 그쪽 사모님께 늘 죄송했었다. 목사님의 영혼을 한 조각 나누어 받는다는 죄책감이랄까?

사실 자기 일상이나 생각들을 누군가에게 글로 써 보내는 일은 얼마나 즐거운가. 나는 누군가 만나서 대화를 하는 것도 좋아하지만, 때로는 편지를 쓰는 것이 더 좋은 것처럼 느껴진다. 편지는 내가 하고 싶은 말을 차분히 다 할 수 있으니까. 게다가 설렘으로 답장을 기다리는 일 또한 즐겁지 아니한가. 그 답장이 나를 위로하고, 기쁨을 주고, 지평을 넓혀주는 경우라면 더욱 그렇다. 하지만 역지사지(易地思之), 사모님으로서는 결코 환영할 만한 일은 아니었으리라.

　나는 기꺼이 그분 의견에 찬성하고 바로 답장을 썼었다. 그동안 참 고마웠다는 인사와 앞으로도 여전히 건강을 위해, 영원한 생명에 대한 저술 작업을 위해 기도하겠다는 내용으로!
　그렇게 우리의 영교(靈交)는 끝이 났었다.

　피안의 것은 늘 아름다운 것.
　아름다운 것은 영원한 것.

　멀리 피안에 있는 라파엘 님은 그동안 나에게 기쁨만 주었다. 그러나 내가 발 딛고 살아온 현실을 돌아볼 때, 기쁜 일도 많았지만, 고통의 세월이 더 많았던 것 같다. 다행히 하느님을 알게 되어 모든 것을 견디어 냈고, 퇴직 후에는 차동엽 신부님 협력자로서 신앙심이 더욱 뜨거워져 공동체 안에서 기쁘게 살았다. 그 덕분에 생애 중 가장 행복했던 시기가 퇴직 후의 삶이었다고 자신 있게 말할 수 있다. 건강을 주셔서 해외여행도 즐겼으니 더욱 그렇다. 이제는 코로나 때문이 아니라도 여행도 힘든 나이가 되었다. 젊었을 때는 추억을 만들고, 늙어서는 추억을 반추하며 사는 게 인생이라면, 고통스러웠던 기억보다는 아름답고 행복했던 일들을 꺼내보고 싶다. 그래야 더욱 감사하며, 오늘을 기쁘게 살려고 노력할 테니까. 지금 이 순간에 충실하라. 카르페 디엠!
　내가 만일 값진 보물을 소유했다고 하자. 나는 그걸 매일 꺼내보진 않을 것이다. 더구나 한창 바쁠 때는 그것을 꺼내어 볼 엄두도 못 낼 것이다. 그야말로 고요한 시간, 아무 거리낌도 없는 시간, 홀로 조용히 있을 때, 그 보물을 꺼내보지 않겠는가.

라파엘 님도 그런 존재다. 내가 모든 것으로부터 완전히 해방되었을 때, 깊은 침묵과 고독 속에 나의 영혼이 깨어있을 때, 인생이 무엇인가를 생각하며 걸어온 삶을 반추할 때, 살며시 잠재의식 속에서 나타나는 분.

사람은 눈에 보이는 실체만으로 사는 것은 아니다. 마음의 눈으로 보는 실체가 얼마나 더 많은가. 나는 사실 그분 얼굴을 정확히 기억할 수가 없다. 그분이 안경을 썼는지 안 썼는지도 잘 모르겠다. 키가 크고 깡마른 몸매만 훤히 기억될 뿐.

영혼끼리의 친교는 분명 있다. 이성끼리의 우정도 분명 가능하다. 단 이 경우 혼자만의 힘으로는 되지 않는다. 쌍방의 노력, 무엇보다 절제가 있어야 가능하다. 그런 면에서 그분에게 감사한다. 반백 년 지상의 여정을 함께 걸어온 나의 영적 도반(道伴), 쏘울 메이트(soul mate). 하느님께서 선물로 주신 보물. 진주보다 값진, 내 영세 신부님의 이름이기도 했던 빛나는 다이아몬드.

그런데, 아, 건강 때문에 결국 그 일을 마치지 못하셨구나. 영생에 대한 글을 그토록 간절히 쓰고자 하시더니. 머릿속에, 가슴속에 가득 찬 생각들을 다 풀어내지 못하고 가셨구나. 안타까워라! 건강, 건강, 건강이 제일인데, 병약한 몸이시라서 그만.

2018년 7월 26일 23시.

절대 고독을 껴안고 하늘나라로 가시는 길은 얼마나 외로웠을까? 한동안 애잔한 마음이 솟다가 다음 순간 나는 고개를 저었다. 아니야. 치유의 천사, 여행자의 천사, 라파엘 대천사가 동행해 주셨을 거야. 수고했다, 수고했어, 지상의 나그네 생활 잘 마쳤으니 어서 본향으로 가자. 등 토닥여 주는 천사와 함께 흰 구름 같은 날개를 타고 기쁘게 오르셨을 거야. 지금쯤 어떠한 눈도 본 적이 없고, 어떠한 귀도 들은 적이 없는, 도저히 우리로서는 상상조차 할 수 없는 하느님 나라에 무사히 도착해 천상 행복을 누리고 계실 거야. 나는 그토록 알고 싶었던 그분 기일(忌日)을 알았으니, 살아 있는 동안 그날에 맞추어 연미사를 봉헌하면 돼. 이미 천국에 드셨을 테니까 그 미사는 축하의 미사가 되어야 해. 축하의 미사가!

나는 혼잣말을 중얼거리다가 문득 『준주성범』 생각이 났다. 서가에 고이 간직한 그 책을 꺼내 그분이 말한 부분 「죽음을 묵상함」을 찾아 읽어 보았다.

"아침이 되거든 저녁때까지 이르지 못할 줄로 생각하고, 저녁때가 되거든 내일 아침을 못 볼 줄로 생각하라. 그러니 너는 항상 준비하고 있어라. 많은 사람이 갑자기 준비 없이 죽는다. (…) 죽을 때에 예비되어 있기를 바라는 것처럼, 항상 그와 같이 생활하고 있는 사람은 그 얼마나 복되고 슬기로우냐! 친구나 친척에게 의뢰하지 말고 네 영혼 구하는 일을 미루지 말라. 사람들은 네가 생각하는 것보다 더 빨리 너를 잊으리라. (…) 오, 사랑하는 이여! 이제 너는 죽을 때를 당하여 무서워하기보다도 도리어 즐거워할 만큼 그렇게 살기를 도모하라. (…) 사랑하는 이여, 네가 무엇이든지 할 만한 것이 있으면 하라. 지금 하라. 이는 네가 언제 죽을지 모르고 또는 네가 죽은 후 사정이 어떻게 될지 모르는 까닭이다. (…)"

'할 만한 것이 있으면 하라. 지금 하라.'
그렇다. 사실 이 글을 쓰는 것도 죽음 준비의 하나다.
남몰래 간직하던 보물, 아니, 아름다운 우정의 비밀. 그러나 비밀은 외출하고 싶어 한다. 살림만 정리할 것이 아니라 머릿속 생각들도 정리하고 홀가분히 떠나라고, 누군가 재촉한다.

~라파엘 님,
올해 들어 목사님 생각을 참 많이 했어요.
목사님은 끝내 제 편지를 돌려주지 않아 그냥 제게 있는 목사님 편지만으로 긴 긴 추억여행을 마쳤습니다. 덕분에 올 한 해 쓸쓸하지 않았어요. 가을에는 통영도 다녀왔어요. 태평동 22번지, 남망산, 미래사, 다 둘러보고 목사님의 향취를 듬뿍 묻혀 왔어요. 피안, 그 아름다운 여정을 돌아보며 행복했어요.

저는 요즘 '메멘토 모리'라는 말을 자주 묵상합니다. 아무리 100세 시대라고 해도 준비는 해야겠지요. 목사님은 윤회에 관심이 많았지만, 저는 싫어요. 하느님께서 '생을 한 번 더 주랴?' 하고 물으시면 저는 '아니요, 이것으로 충분합니다.' 하고 사양할래요. 소년기, 청년기, 장년기, 하나하나 되짚어 보아도 굽이굽이 가파른 산언덕은 너무나 많았어요. 사이사이 아늑하고 평화로운 골짜기를 끼워 주셨기에 감사하며 잘 버텨 왔지만, 또 한 번 더 살 기력은 없습니다. 저는 이미 유언장도 써 놓았고, 카데바 기증 카드, 연명치료 거부 카드 등 다 준비했어요. 참으로 다행인 것은 우리 신앙인들에겐 돌아갈 곳이 있다는 것이지요. 저는 본향으로 돌아가 영생에 들 희망에 부풀어 있어요. 바오로 사도의 말씀이 자주 떠오릅니다.

"어떠한 눈도 본 적이 없고 어떠한 귀도 들은 적이 없으며 사람의 마음에도 떠오른 적이 없는 것들을 하느님께서는 당신을 사랑하는 이들을 위하여 마련해 두셨다(1코린 2장 9절)".

목사님!

요즈음 이곳은 코로나19 팬데믹으로 모든 일상이 멈추었고, 외출도 자유롭지 못해요. 그러다 보니 텔레비전과 친하게 되었어요. 최근에는 〈오르페오〉라는 클래식 음악 채널을 즐겨 봅니다. 저번에는 레너드 번스타인이 젊은 시절, 청소년 음악회에서 해설하는 걸 봤어요. 날씬한 몸매 때문인지, 청소년 예배에서 영어로 설교하는 목사님 모습이 겹쳐지더군요. 또 노인이 된 번스타인이 「베토벤 교향곡 9번」을 지휘하는 것도 봤어요. 반가워하며 4악장 '환희의 송가'가 나올 땐, 목사님이 번역해 보내주신 가사를 꺼내 읽어 보았지요. 중간에 이런 대목도 있더군요.

누구든 참된 우정을 이룩한 사람
단 한 사람이라도 그대가 참으로 믿을 수 있는 사람이 있다면
우리와 함께 이 찬미가를 부르세.

목사님, 그리스 말 에로스, 필리아, 아가페, 등 사랑의 여러 유형을 아시지요?
아무리 생각해도 우리 영교(靈交)는 필리아의 좋은 보기가 될 것 같아요.

참, 저는 오래전 일흔 기념으로 하모니카를 배웠어요. 소나기 마을 촌장으로 불려가는 바람에 1년 정도 배우다 말았는데, 틈틈이 연습해서 슈베르트의 「보리수」, 「아베 마리아」 정도는 부르게 되었어요. 요즈음은 자꾸 연습했더니 베토벤 '환희의 송가'도 부를 수 있게 되었어요. 우리 가톨릭 성가 401번에 「주를 찬미하여라」라는 가사로 나오거든요. 얼마나 좋은지!
엊그제는 또 「카라얀 ; 내가 바라보는 아름다움」이라는 영상을 봤어요. 헤르베르트 폰 카라얀의 일생을 다룬 것인 듯해요. 엄격하게 오케스트라 지휘 감독하는 모습, 가족들과 즐기는 장면, 레너드 번스타인과 만나서 함께 연주 준비하는 장면, 그리고 「베토벤 교향곡 9번」 리허설 장면도 나왔어요. 하얀 폴라 티 받쳐 입고, 살짝 곱슬해서 유난히 멋진 은발 나부끼며 카리스마 넘치게 지휘하는 모습. 음악으로 도를 닦는 사람처럼 시종일관 지긋이 눈감고 고요히, 숙연히, 그러면서도 온몸을 다 부려 열정적으로 지휘하는 모

습, 정말 존경스럽더군요. 해설자는 말했어요. 카라얀이 「베토벤 교향곡 9번」 지휘할 때, 그 자신도 천상에 오르는 듯 보였다고. 아닌 게 아니라 합창단을 호되게 연습시켜 '환희의 송가'를 부르는데 눈물이 핑 돌더라고요. 그래서 저는 제 영안실에 그 음악을 틀어놓으라고 부탁할까 싶어요. 유언장에는 「브람스 독일 레퀴엠」을 틀어놓으라고 썼는데, 마음이 바뀌었어요. 천국에 드는 기쁜 날, '환희의 송가'보다 더 제격인 노래는 없겠지요?~

나는 목사님이 곁에라도 계신 듯 혼잣말을 중얼거렸다.
그러다가 생각이 빙글빙글, 과거로 회귀하더니 마침내 우리 만남이 시작되었던 그곳, 내 고향 백운산에 가서 딱 머물렀다.
백운산은 광양시 옥룡면에 소재한 산으로 해발 1,222m, 전남에서는 지리산 노고단 다음으로 높다. 백두대간 영취산에서 갈라져 나와 호남 벌을 힘차게 달려 호남정맥을 완성하고 섬진강 550리 길을 갈무리한 명산이다. 정상에는 상 백운암이 있고, 아래에는 하 백운암이 있다.
상 백운암 앞에 서면 광양, 순천, 벌교, 고흥 등을 한눈에 볼 수 있어 그 어느 산과도 견줄 수 없는 호연지기를 누리게 된다.
그러기에 통일 신라 말기 승려이자 한반도 풍수의 대가로 알려진 도선국사(827-898)는 이곳에 주춧돌을 놓았다. 높이 100m도 넘는 엄청나게 큰 바위 밑에서 솟는 샘을 발견했기 때문이다. 그 천년의 샘, 눈이 시리도록 맑은 샘물, 그것이 바로 도선 선사가 마셨다는 석간수다. 이 샘물이야말로 천년 고찰 상 백운암을 있게 한 원천이다.

오랜 세월 뒤, 고려 중기 승려 보조국사 지눌(1158-1210)이 1181년 이곳에 처음으로 암자를 세웠고 그것이 오늘날 상 백운암의 모태가 되었다. 지눌은 이곳에서 수행하며 '주천하지 제일도량(周天下之第一道場)'이란 말을 남겼다. 그리고 수제자인 진각국사 혜심(1178-1234)이 스승을 뵈러 상 백운암을 오르면서 지은 시(詩)와 사제 간에 주고받은 아름다운 시문(詩文)이 동문선(東文選 고전국역총서 33권)에 기록되어 있어 백운산의 위상을 높이는 데 크게 이바지하였다.

암자는 임진왜란, 여순 사건 등을 거치며 전소되고 1959년 고승 구산 스님이 다시 세우는 등 우여곡절을 겪으며 오늘에 이르렀다.

광양시에서는 이곳을 소중한 문화유산으로 여기고 법당 신축과 수행처 증축, 그리고 오르기 험한 협곡을 확장하는 데 수십억의 예산을 쾌척하고 있다.

바로 이곳, 상 백운암에 구산 스님이 3년 남짓 머물다 떠나신 뒤, 그분의 권유로 라파엘이 1년 남짓 묵었고, 도선국사가 마신 천년의 샘물 석간수(石間水)를 우리 편지에 언급한 것이다. 나는 이 글을 마무리하면서 그곳에 가고 싶은 소망을 품는다. 내년 봄쯤은 공사가 끝날까? 건강 잘 지켜 꼭 한번 오를 수 있기를!

나도 머지않아 흰 구름 같은 천사의 날개를 타고 하늘나라로 올라가겠지. 그곳엔 내가 좋아하던 『유리알 유희』의 '카스텔리안'보다 더 좋은 유토피아가 마련되어 있을 거야.

부디 목사님이 윤회하지 말고 그곳에서 영생을 누리고 계시면 참 좋겠다.

만남, 그 신비!
피안, 그 아련한 여정.

이제 나는 나의 아름다운 피안을 하늘로 날려 보낸다.**

                                        2021년 겨울